郎文庫 17

長谷寺／山ノ邊の道
京あない／奈良てびき

新学社

装丁　水木　奏
カバー書　保田與重郎
文庫マーク　河井寛次郎

目次

長谷寺／山ノ邊の道
京あない／奈良てびき

使用テキスト　保田與重郎全集第三十三巻（講談社刊）

長谷寺

大和の長谷寺は、日本に數知れずある新古の寺の中でも、特別に古くから、國の上下の人々の信仰のあつい寺の一つである。

佛教渡來の直後からあつた寺で、民衆の信仰を今に持續してゐるのは、最も古い四天王寺だらうが、大阪の天王寺さんのお彼岸詣りにみられるやうな市民的な習俗と、長谷の信心とでは、ずゐぶん信仰の形は異つてゐる。長谷の信仰を、わが國の「觀音信仰」といふものの中心最大のものとして、それで安心してゐるとすれば、それこそ全く輕薄な觀念論である。さういふ簡便の思考法を、かりそめにも、こともあらうに學者文人の考へ方としてはならぬ。

奈良の東大寺に大佛さまを拜觀にゆく多數の人と、長谷觀音に身をゆだねたお詣りの信心家とでは、その心も思ひも異つてゐる。長谷を信心してきた中昔以後の人の心は、今日の山村の老婆の思ひと、ねがひごとの期待ではかはりなかつた。

長谷の觀音さまを信心する女性の思ひは、今も昔も、こゝろは變りないやうで、ただ表現がちがふにすぎないものであらうか。「更級日記」の作者、菅原孝標女は、數多くの王朝の女流文學者の中でも、けふも優雅な若い人々に最も愛しまれてゐる作家の一人だが、永承元年十月二十五日大嘗會の御禊《ごけい》の日に、初瀬《はつせ》の精進《さうじ》はじめて、その日京を出で長谷詣りにゆくのである。一代に一度の見物《みもの》といつて、田舎あたりからも、たくさんの人が京へ上つてきてゐるその日に、京をふり出でてゆくのは、いともの狂ほしく、流れてのものがたりともなるやうな、全く異常だと周圍のものはいふ、伴にしたがふものの、なげきあきらめてゐる様子もよくわかつてゐたが、彼女はしかたないと思つた。

彼女らの一行は曉の二條大路を下つてゆく。先頭にみ燈《あかし》をもたせ、人々はみな淨衣《じやうえ》姿なので、ゆきちがふ車も人も驚いて、何事でせうか、こんな日にと、あざ笑ふものやあざけるものばかりだつた。ただ一人、「一時《とき》が目を肥《こや》して何にかはせむ、いみじくおぼし立ちて、佛の御徳必ず見給ふべき人にこそあれ」といつてくれたものがゐたが、彼女の氣持はさういふ割切つたものでもないやうだつた。旅の道中は決して平安でない。盗賊や鬼が待伏せてゐるやうな恐ろしい旅で、恐ろしさを感じるといつそうに御佛を念じ奉りて、たのもしくうれしく自分の信心をたしかめるやうである。物騒な、不安な、そして苦しいやどりを重ねた。實際よりも、さう思つてゐたのである。長谷寺へは夜到着し、はらへなどして御堂に上り、三日參籠した最後のあけ方に、しるしの杉を賜はるゆめ見をして驚きめざめた。

當時の彼女は四十歳前後だつた。その二、三年のちに、また〳〵思ひ立つて長谷に詣でと、「初瀬川たち歸りつつたづぬれば杉のしるしもこの度や見む」と、いい、いと頼もしと期待を燃やし念じてゐる。この「更級日記」の作者の思ひは、王朝の人々に共通した信心の形だつた。その旅の様子も、旅の思ひも似たものだつただらう。

長谷寺の起源は、日本の上代の寺院の中でも最もはつきりしてゐるものの一つである。現在長谷寺所藏の「法華說相圖」、いはゆる千佛多寶塔銅板にしるされた銘文は、金石文だから史料として第一級のものである。長谷寺は、四天王寺、法隆寺よりは新しいが、東大寺、興福寺より古い。藥師寺、大安寺は飛鳥から移轉したものだから、それらは新しいとされる。さうしていつの代にも信仰されたといふ點では、それらのどの寺も長谷寺とはくらべものにならない。四天王寺は宗派本山とは別に、今日でも民衆の信仰對象となつてゐるが、法隆寺の方は年一度の會式に名殘りをとどめ、その日の異樣な喧騷のあとは、もはや流行の拜觀寺院として、雜沓に汚されてゐるにすぎない。もちろん寺と聖德太子の信仰とは別事である。

日本人の精神史研究のうへで、今までにほとんど究明されてゐないものが多すぎる。あれほど年久しく榮えて今も變りない長谷寺の信仰が考察されてゐないといふやうなこともその一つである。遺憾なことだが、封建時代のわが國の優秀な學者は、儒學の立場から大むね佛を卑んだからであらう。佛徒の學者は、己が教學法理の他を思はず、かつ教團のことのみに執心して、他派を排することにかゝづらつたから、日本の國民的な、または民衆的な、さらに庶民的な信仰の實體の內奥を問ふ研究は、今に及んで日本の精神史の見地でほとんど拓かれてゐない。別の一つの理由と考へられることは、外國の學問方法を模倣した、粗末な方式史觀による、公式主義の際限ないくりかへしである。近ごろの歴史や美術史の論文のかき方を見たらすぐにわかることであらう。

長谷の寺の起源は、千佛多寶塔銘文にある飛鳥淨御原宮《あすかきよみがはらのみや》の御代《みよ》である。それを他の後代の二級三級の史料によつて、時代を天平中期ののちに降さうとするやうなことは、眼界のひらけた史家の態度といへない。銘文の書體や文章を云々して、史書による側の天平後期といふ判斷に加擔しようとした者もあつたが、その態度の多くは、不遜にして功名心を現す爲にせんとするに近い。

天武天皇の御代に建てられた大寺では、この長谷の寺と、山田寺である。天智天皇天武天皇の二代の敕願になる山田寺は創造時すでに大寺であり、長谷寺は都が大和から山城に移つてのち一段と榮えた寺である。いづれも今の奈良縣櫻井市の所在であるが、山田寺は中世に一度廢滅してふたたび復興せず、御堂關白が憧れ詣でた七堂伽藍の偉容は、今は寒畑の中の礎石に僻僅かに殘るのみである。その礎石の大半も、早く古物商の手によつて遠くへ盗み出され、礎石の中では最高の骨董價格で珍重されてゐる。中ごろ、興福寺本尊の燒亡した時、南都の僧徒大擧して、この寺をおそひ、本尊、脇侍を掠奪し歸つた。今日興福寺寺寶中第一の國寶なる佛頭こそ、天武天皇御造願の山田寺本尊の佛頭である。この奪略の證が興福寺金堂臺座下より發見された昭和初期の某年某月某日、報をうけて第一番にかけつけた松田定一翁から、私は直接その驚きと、史料の尊さに感動した事情をきいた。

以前はさすがにこの興福寺僧徒の暴擧の記録を疑ふものの方が多かつたのである。當時の翁は奈良縣廳の官員に出仕してゐた。「大和國神名帳」はこの翁の著書で、大和國の古代のくらしと民衆の歴史生活を學ぶうへで、有益の書籍である。

山田寺は一度のわざはひによつて滅び、長谷寺は、近世に入る天文五年六月までに、九度燒亡の記録をもちつゝ今に信仰旺《さか》んである。長谷寺燒亡の復興に當つては、國費をもつてまかなふことなく、すべて寺僧の勸進によつて行はれたことゝ民間のふかい信仰の證であるとともに、民間に信仰歸依の心を一段と伸張させた所以《ゆゑん》である。

南北朝合戰から元龜、天正のころにかけて、一度の火災によつて滅び、つひにふたたび建たなかつた大寺の數は、大和國内においても數少くない。

長谷寺は、大和においても最も古い寺の一つであり、各時代を通じてふかい信仰の寺であつた。その信仰は上下貴賤に及び、王朝の女流文學者も、中世の俳諧連歌師も、また近世の小説家も、すべて信心のまことをつくした。このやうな寺は、無數の寺の中で、この寺一つである。それは單なる「觀音信仰」ではなく、長谷のみ佛への信仰だつたのである。しかも千三百年一貫してつねにさかんな信仰の對象であるといふことは、尋常のことではない。

紫式部が、「數ある佛の中のみ佛」とたゝへた「長谷」の「觀音」とは、日本人の代々の人の心において、民衆の信仰において、國民の精神史において、いつたいいかなるものだつたのだらうか。私は「長谷」と「觀音」を二つとして考へをすゝめるのである。紫式部がいみじくもしるした一句の、そのいみじさを自らにさとり、それをときあかすことなくては、わが王朝文學の流れの大筋も、日本の精神史のふかい根柢も理解し得ない。長谷詣と觀音の信仰の原因をきはめることが、紫式部をきはめることであり、王朝文學の本質にふれることであるといふ理由を私はこゝで語らうと思ふのである。

しかも長谷の觀音が、千數百年、絶ゆることないはげしい熱い信仰の對象となつてきた祕密を、けふのことばとして、すなはち日本の精神史とか、文化史といふ形で解明するためのヒントと發想は、かへつて國學の先人たちが殘しておいてくれたものばかりだつた。伴信友翁や鈴木重胤翁が、あるひはヒントとして、あるひはその發想として示されてゐると申せば、一見奇妙にうけとられるだらう。それのみならず、私はさらに立ち入つて、方法論にまで一歩入つた着想をこの學派から學んだのである。

信友、重胤兩大人は、本居宣長翁の學問と方法を學んで、本居學派を日本の文學と思想の歴史のうへでつくりあげた大學者たちである。たとへていへば、さきの紫式部の一句をあり〳〵とわが心でうけとり得ぬ限り、王朝文學の理解は、觀念論の域を出ない。そのやうなうけとり方は、これらの先人以外に誰も暗示しなかつた。しかしこの人たちに、その多くと、またその學の體系化を求めるのは不當である。宣長翁が初瀬に遊ばれたのは、「菅笠日記」にしるされた以外、その生涯に今一度もあつただらうか。今日の我々は、少くとも長谷のみ佛を見てゐなければ、うがつた解釋の眞實をさぐることはできぬ。今の人が、交通の便を得て、しかも旅の滯留の努力をせぬのは、學者の誠實にかけるのであらうか、文人の素質の貧困によるのであらうか。私は思ふ、やはり誠意と謙虚の失墜が貧困の因である。

國學の人といはれる宣長翁から始つて、伴信友翁や鈴木重胤翁など申す先人たちが、その主張として佛道を排する立場にをりながら、まことの學問研究のヒントを出しておいてくださつたといふことは、そのいはゆる國學――といふより本居學派といふべきか、一般の上方の國學者の眞理に對するつゝましい態度と究明が、世俗にも通じた上での精密さを示す、驚くべき精緻な古典研究の事實である。さらにその祕密のものを立ち入り求めると、所詮本居翁のもつてをられた、空前絶後の文學的な深さ、ひろさ、大きさにゆきあたるが、その人を形成した要素や底邊には、この偉大な人の出生の環境と、その代々にわたつた土俗の民族性、久しい歴史と傳統、くらしとして保存された健かな民族の造形原素のゆたかさ、さらにそれに加へるものとして、當時の京都における修學時の環境と生活にも原因するものがあらう。

舊時の京都遊學は、明治以降の地方學生の東都遊學と、環境の教育において異つたものがあつた。環境の教育は、教養の基盤である。往年京都に遊學した西國の武士たちが、その教養の一部を京の庶民的遊里で學んだことはむだでなかつた。その遊里の傳統としきたりのくらしには、土俗固有の美的造型さへあつた。西國武士の京都遊學は、明治維新成就の一つのつよい遠因であるが、この京都遊學を可能とした、京都側の學者うけ入れの條件と經過を考へると、はからずも長谷に因緣ふかい隆光上人の事蹟が、歴史上のこととして現れる。ふしぎにからみあふものは歴史の糸である。人の世のしくみである。一つ一つの糸が大綱によられてゆくところに、國の本姿が現れ、歴史の學問の興味が起り、因緣のたつとさが現れる。善も惡も歡喜も戰慄もまたこゝに生れた。

隆光上人は、將軍綱吉側近の護持院の上人である。例の大衆小說では惡名のみ高い僧侶とされてゐるが、往時の學僧の一人であつた事蹟を私は知つてゐる。

一般的な傳承では、長谷寺の建立は天武天皇御代にて、ついで聖武天皇の御時、新に十一面觀音が開眼された。これを新長谷寺とし、さきのを本長谷寺とよんだが、いつかこの二つの合體したものが、今の長谷寺の原型といふのである。飛鳥淨御原天皇の御時に道明上人が八十人の人を率ゐて寺をつくり、石堂に佛像を安置した、これはかの千體佛銅板の銘文のしるすところである。歷史史料としていさゝかも疑ひをさしはさみ得ない貴重の金石である。

この道明上人が、仙家だつたといふ傳へのある由は、「元亨釋書」などにさやうしるされてゐるが、長谷といふ土地の信仰の原始の狀態をさかのぼり考へあはせると、わが大倭國の原始のなりたちや、いろ〳〵のその他の條件に照合して、長谷寺造立の責任者中心人物を、佛者としてよりも仙家に近い、太古よりの固有の信仰と神祕にかゝはり多い人物と、考へるものがあつても當然と思はれる。元來わが國の風儀では、仙家や道家の敎へや修業は流行しないで終つた。その傳說もきはめて少く、かつ淡いものであることは、代々の日本人の考へ方やくらしの欲望の相を現す一つの精神史的史料である。仙家思想が流行しなかつたことは、日本人の精神生活の一つの特色として、また精神史を解明する鍵ともなるもので、そのことは早く水戸侯の「大日本史」において指摘せられてゐるところである。かゝる意味で、長谷の「道明上人」といふ人物が、どういふ観念の形態で、わが古代の精神史に位置すべきものかといふことは、大倭朝廷のふるさと櫻井と、長谷の谷を瀧倉へのぼる一帯から小夫上郷《ををぶかみのがう》をへて、さらに都介野《つげの》の方へ出てゆく地域を、わが上代史のうへで考へる過程において理解すべきことであつた。

この「法華説相圖」は、その形のうへから、「千體佛」とか、さらに正確には「千佛多寶塔銅板」ともよばれてゐる。圖柄は法華經第四見寶塔品に説かれてゐるところを描いたものと舊來佛家は解説した。釋迦牟尼が靈鷲山で、大比丘衆一萬二千、菩薩八萬のために法華經を説かれると、會座に、地中より高さ五百由旬、縦横二百由旬の七寶塔が涌出し、空中に住在するところあり、時に寶塔中より、多寶佛が大音聲を發し、釋尊説くところの法華經を讃嘆し、それが眞實なることを證する。やがて釋尊扉をひらいて、二佛寶塔中に併座されるといふのがこの經文の大旨である。

教説だけではいさゝか空疎にひびくが、長谷觀音の御本姿は、この涌出の話が、いかにもなまなましい、生命の神祕にふれた實體を示して、さらに空中に住在するといふ心眼の見る現實を、肉眼の現實以上の現實としてゐる。長谷觀音の信仰を、人それ〴〵の心においてみとめるなら、やはり法華説相圖の意味する眼目の、象徴的理解によつてなりたつてゐると、私は考へ信じるのである。二佛と觀音の關係など云々することは、わが國人の信仰においてさほど重大でなく、わが國人の在家信仰の高次性は、さういふ教學教儀への無關心と無視にあつた。

日本の一般信仰において、あるひは家庭において、信仰のしつけはあつても、教學論議の弄びごとを學問の旨とした期間はなかつた。それは日本の精神史の、優美にして高次な象徴性の所以の一つにて、その特色の大なる一つである。だから、今日の文學批判といふ立場からいへば、地中より涌出し空中に住在するといふ現象を、今日のことばでどのやうに描き造型するか、しかも肉眼の見る以上にその眞實を描くことが、今なほ日本人の文學には、可能であることを私は信じ、かつ例證できるのである。それが文學か話術かのいづれにしても、その象徴性と現實性によつて、われ〳〵はその作家を批判し得る。情緒と情感が滿足して表現されたか否かの度合をも示すだらう。それをなま〳〵しく、生命の原始か、太陽の青春によつて、造型し得たとき、その千年の信仰の主内容となるものは、すでに佛説の中のものでなく、わが古の道の世界のものであつて、このやうな感動は、すべて文學的表現をとる他ないものである。かくてそれは、永遠な生命の世界をひらく用をなすのである。

千體佛の銘文中に釋尊の眞像がこゝ靈山に降りとあるのは、きはめて象徴的にうけとれる。日本の原始とか、日本人の情緒とか、國と人の生命といふ點で、長谷といふ地は、太古のわが民族根源の神聖の地域だつたのである。さういふ原信仰を集約するやうな形の上のものが、中世以後の長谷寺詣であつた。十一面観音の靈驗譚には、そのさきに導くものがあつた。大倭朝廷の原始生命發祥の地のかなめに、この寺が建つてゐた。その觀音がまたさういふ神祕なもののなまなましさを、リアリスチツクに表現してゐたのは、深祕にして奇怪といふべきかもしれない。それは、長谷の信仰を日本の精神史と云つたもののうへから見たときの一つの太い線である。この信仰の下心は、やはり大和《やまと》の「古事記」の世界である。大倭朝廷時代の古き日本人のくらしの心だつた。それは今の心の中に生きてゐる。けふのうつそみよりはつきりと生きてゐる意識に結びつくものである。

近昔になつて、長谷寺と日神の關係を深祕として說いたことなども、このやうなわけで、來由と本質は、ふざけた荒唐無稽のみでもない。說き方の、その時代風の合理主義があまり幼稚なので、珍妙になつたといふことである。いつの時代にも、その當節の俗學者は、かうした珍妙幼稚な說き方を、時流の俗論にそつて、合理主義的、事大主義的雰圍氣の中でするものだといふ事情は、今の日本にも多い。

大倭朝廷の昔の大和人の「古事記」や、また「萬葉集」の思想は、永遠であり、つねに青春であり、いつも日出づる國の精神だつた。この若さは、さきにいつた幼稚とは異質のものである。日出づる國といふ日本の國がらの稱へは、太古の變若《をち》の思想と合致して、聖德太子の國書以來、佛徒學人おしくるめて、日本の家庭の教養とし、民族的潛在意識として了つた。業《ごふ》ふかい人が生涯の大事に一度ぐらゐ思ひ出して、感銘再現したり、人生をふたゝび拓く可能性となつたりする類の信條である。

長谷の谷からのぼる日と月は、式島《しきしま》の土地、すなはち大倭朝廷の國始めの土地から見た時、平城宮や平安京の日出月出の景觀と全く異つた壯嚴雄大だつた。上代文化が變化した過程を考へる人は、大倭朝廷の故里から見る旭日の眺め、夜毎の月の姿を千度もながめるべく、その土地でくらせば、古人の思ひに通ふものが産れるであらう。それは、生命と原始と、その神祕と信仰と、それらをくらしのうへでうけた感じとしてとらへねばならない。千體佛が、地中より涌出して空中に住在するものの圖解だつたことが、最も象徴的に、かつ具象的に、むしろ露骨にまで、生の實體としての長谷觀音の造型が示してゐたのである。この生そのものの觀念は、のちの代の空海上人の、神佛混合にもかこつけられる、兩界曼荼羅觀とくらべても、はるかに淸醇で、すなほで、しかも生々と太々しい生命の本體とその永遠性、またその若さに、神祕の力で、卽してゐる。平城京で攻究された華嚴學の象徴主義より、生々とした生命充溢の感じにおいて、生命の原始根源の太々しく直立する實質を示してゐる。肉眼で簡單に見てゐた「千佛多寶塔」のリアリズムは象徴であるが、今日我々の見る長谷の十一面觀音の、所謂涌出の御影さへ、生命の原始と靈異を思はせる。この妖しいものは、この像の古の原像においていかばかりだつたらうか。いかばかりに太々しい、雄々しい、葦かびの、めばえいづるごときものだつただらうか。この世で最もやさしい秋草の芽も、春にその芽の萌え出す時は、毒々しいくらゐにたくましい、太い生命のめばえを示すものだつた。爬虫類の巨大なものの生の力にも比すべきそのかなしきものは、また情景演出の自然のある狀態では、このうへなくなまめかしいものに見える。

後代平安時代になつて、たとへば今日著名な女流の作家たちは、長谷觀音の原始の造型を、その自然環境の美しい中の法樂演出――法要の雰圍氣の中で、いつか夢幻一體となつて、佛と共通の空氣を呼吸し、一つの生命の素朴根源の怖れとあはれをともに感じて、ともに生死のいのちの源へわけ入るやうに思つたことであらう。この間に產みと產まれといふ、現身の生命の本態の、諸々の力の雄渾な現實性も見てゐたと私は考へる。しかもそれに加へて、神祕窈窕の地形、美しく多彩なこのうへない風景の自然、はる〴〵と來た旅路、御祖らの代々の歷史と傳承、さらに加へて、先人の文學や詩歌のつたへたあはれ、これらが心のうちで重り合ひ、しきりとくみかへをくりかへされたやうな事情も、こゝで注意しておくべきだ。

千體佛(法華說相圖)は、作品としても優秀なものであつた。その鑄金像の一つ一つはよく見れば面白い。この作品は、經文をとく繪圖といふことになつてゐるが、作品の一つ一つの造型が入り交り、一つの小說や文學をよむこともできた。銘文は理解できる限りでは、空しい美辭となりさうだが、それ以上の意味も、想像のうへでは考へられてゐたらしい。字の一つ一つ、句々はみな面白く感嘆に耐へないものも少くない。しかしかういふ作品の興味と優秀さを了解し、製作の技術まで考へ、そのうへで一つの藝術として味ふといふことは、古美術觀賞の近ごろの風である「古寺巡禮」式に、おのれの美文を作るために、感傷的に佛像を見るのとはちがつて、よほどふかい代々の文明と信仰生活の層をつけて生れた者でなければできがたい。しかもこゝで簡單にいへることは、普通の意味で何でもない民衆が、丁重にかういふ形で感嘆してゐるといふことである。このことは日本の精神生活の現状において、すなほであたりまへの庶民の間に、文明の層の深さがあり、自身でインテリなどと稱し來つた、舊來の自稱文化人などが、文化の層の驚くべき淺さにゐるといふことである。かういふ場合、日本の現文化相を批判することばの一つである、無國籍のもの、といふ概念は、的確にこゝでも使用できる。ただ初めからかういふ概念をつかつてことを終了するのは、怠けてゐるといはれてもしかたない。またそれは私の好まないところだ。私はかういふ點で、三十年前には、その「インテリ」層の文化の濃度の淡さになげき、その淺さを批判非難する代りに、淺さの原因となつてゐるものを批判し、それとたゝかはねばならぬと思ひ立つた。そのころ例の和辻博士の「古寺巡禮」の觀賞法を次々に批判したのも、その一つの營みだつたが、早くさういふことの徒勞を知り、今もこれについてあきらめに近いものを感じてゐる。

古代の作品に對しては、つくつた人がなした努力を尊び、またその念願のほどを思ひ、自分自身は倍の努力を注がねば、少しの理解すら得られぬといふことを、つゝましくさとらねばならぬ。いふならば、人生における修業の謙虚さと、態度の眞劍さのつみ重ねが、この自身の努力に他ならない。すべての學問も信仰もこの心がなくてはなりたゝない。輕々しい氣分的感傷的觀賞による、美術趣味や古寺巡禮が流行し、浮華々々した美術寫眞書の流行してゐる現象に、私は文明の空白化をまざまざと見るのである。今日の世界の人文と人道の危機は、過去の人類文明に對する質素な努力と、謙虚な反省の缺如に原因してゐる。

彼らは至誠を思はず、狡智を重視するのである。國の危機と等しい歩調で、世界の人道の現狀も、おしなべて同じ危機の狀態である。道德の國の存在なく、道德の人は俗世に生息し得ない。わが國のみの末世ではないやうに見える。

和辻博士の「古寺巡禮」は、近ごろの古美術の觀賞の一種の種本となつてしまつた。もうどこの本屋から誰の著作が出ても、古美術觀賞法では、この本の內容や發想から一歩出た例を私はまだ見ない。もつとも一期一會のそのまゝに、古人の作品に對して輝くばかりよいことをいふ人が、とき〲あつても、それは美術觀賞や藝術學あるひは文藝學として體系づかないのである。たまたま、はからずもよいことをきくのは、人の生命の中に、民族の造型の本有のものが生きてゐる證である。しかしそれが發想となり、體系に成育しないのは、その人たちのみならず、わが國の文化の底に民族のくらしや、その觀念すらうすくなつたからである。

大和時代の佛像がどうして美しく尊いかは、つひの思ひとしては、傳統のくらしの中で初めて知られるのだ。けふのくらしは、遠い代々の人々のくらしの集積である。すなほにわれ〱は、われらの先祖のつくつた藝術や、あるひはかの美的生活にのぞめばよい。そしてともにあたりまへのこととして娛しめばよいはずである。しかし特別の態度や、特に文化的な姿勢を考へてゐる、今日のインテリ通念で對しようとするのは、無知と、それに關係の深いコンプレックスのなすわざである。このことは紫式部や淸少納言の隨喜した長谷の寺を說明するために、云つておかねばならぬ前提である。彼女らの文學的天分や、その美的生活の初心に、長谷の寺の必然性といふものがわかつてゐないところに、普通の「古寺巡禮」の讀み方の、日本の美觀から見た重大な缺陷がある。

環境とくらしに、佛像と佛教をこともなく容れてゐる人と、異國人の遺品を味ふやうに、奈良の佛像を見て廻る人とでは、そのものに對する考へ方も異るのが當然である。その原因はあまり單純なので、いへばふたもみもないことだ。代々のくらしをうけて、今のくらしの中で、こともなくをさまつてゐるのと、ゆかりないくらしの土地から來た人とでは、ものの見方考へ方として、少々丁寧に語り出すと大へんな異同が出る。清少納言は長谷のお寺の參籠の夜に、自身でいつたことばも、他人のことばも記錄したが、それは千年の歳月をへて、今日われ〲の世間で、少し高尚な氣品をもつて、したがつて古風も尊んでゐる一般普通の女性の日常生活の中のことばと、全く同一なのである。かういふ簡單な事實を知らないで、古典文學をわれ〲の周圍から高く遊離させて、もの〲しく考へたうはのそらに、そら〲しい美術論や文藝論の多くがつくられてゐる。文明開化この方、わが國の古典は、特に美術、彫刻は、全く異國のもののごとくに日本の「インテリ」のまへにおかれたのである。

長谷寺を、日本の精神と美觀の歷史のうへから見た時の重大性云々はともあれ、たゞそれに對する尋常の興味さへ、「古寺巡禮」の風儀からはひき出せない。「古寺巡禮」はさういふ形で、日本の藝術や精神史を民のくらしの中で、見てきたのでないからだ。

美術といふものの最高のものは、誰の所有物でもない。二流三流の骨董は私有できても、最高のものの所有といふことは、現實にあり得ないし、原則的にも不可能である。天がそれを許さないやうにさへ見える。批評家が無名の作者を發見して、つひにその人を世界の名匠とし、最高藝術としたといふやうな例は、わが近代百年の藝文の歴史の中でほとんどない。わが國の著名の批評家は、道の修繕も、水先案内もしなかつたやうである。だからそのうへのことをして、たとへば本居學派の有終の美をなすといふ類のことは、とてもなし得ないことである。さうしたことが必要ないといへばさうかもしれぬが、それならば現代の創作界に棲息してゐる作家文士や學者文人が、いたづらに古物を弄玩するのは、必要ないといふより、惡いことである。そのよくない理由は、遠い〱昔に孔子が教へ、われらの少年時代には、家庭學習で意味なく暗誦させられたことばの一つだつたが、その意味を後年考へると、古物を玩弄することは、低劣な慾望のはてしないあらはれに他ならず、創造を志す人間の清醇の創造力を阻止するものだといふことがわかつた。

　天地自然の大觀や、國の初めの土地の美しい風景は、何人の所有でもない。わが國の初めの土地が、千古依然として、その國内で最も美しい土地であることは、何といふわれ〱の幸であらうか。私はこの自然の美しさの保存を、わが生命とさへ感じてゐるのである。わが國の先祖代々の教へでは、わが天皇は、かういふ美しい國土山河を領されてゐるのでない――古語ではうしはくといつたが、これには領土の領といふ字をあてた、天皇は領《うしは》きたまふことなく、つねに知ろしめすのみである。つまり天皇は元來無所有で、財産といふものをおもちにならぬといふことが、代々の日本の國がらであり、かつは神話だつたのである。このことは、皇后でも皇族でも財産をもたれることができたといふ點で、天皇の尊貴との間に嚴格な折目があつたのである。

もつとも異土の國の神の中には、領《うしは》く神がゐる。それは「萬葉集」の時代の人々の考へ方にもまだ殘つてゐた。この異土とは未知の世界をさしてゐる。しかしわが國の神は知ろしめすが、領くことはない、これは天皇と同じである。文人學者も創造をつとめとするものとして、神々や天皇と同じ神話の世界に住むのが、本來の形だつた。ここで創造といふけふのことばをつかつたが、藝術は創造であり、米作りも創造である。しかし太古の日本人の考へでは、米作りは、この地上に高天原の神々のくらしと同じものを實現する手ぶりだといふ、天上の神の約束に從つて、國の初めをなしたのだから、古い延喜式の祝詞などでは、百姓の日々のわざは神わざとされた。そのつくつた米の所有はきはめて判然としない、要するに百姓が神々と共同してつくり、それを神に上つて共に食ふのが、國のくらしの大本だつた。この上る時にはどうも百姓のものらしく考へられる、といふやうなきはめて大様な形で、所有權の基本が考へられてゐたのが、わが國の最古の古典なる延喜式祝詞にあらはれる憲法だつた。

今日のやうに文學藝術に關して、創造といふことばをつかはなかつた時代の、紀貫之朝臣が、歌は神と人の交通のてだてと考へたのは、大體こゝに申した天皇の御意味と同じやうな考へ方にもとづくもので、この考へ方が、日本の神話、國がら、文學、美觀、風流論を一貫するのである。貫之朝臣の遺蹟は今も長谷寺にあるが、紀氏は長谷と因縁がふかい、紀長谷雄物語は長谷靈驗の説話であるが、貫之朝臣のゆかりは、王朝文學における「長谷」を解く暗示となる。

知《し》ろしめすが領《うしは》かない、このわが天皇の御本質は、元來は神話の考へ方で、したがつて神々の本質であつた。この日本の天網の疏なるところへ、異國渡來の佛教が入りこんで、現世にさかんなる教團組織を形成したのである。丹生津姫神の紀和にわたる廣大な信仰圏を、高野の大師が横領されたなど、その好例である。大師が横からいつて領したのである。この信仰圏は、紀ノ川の源なる丹生《にふ》の水に培はれる地帯で、丹生津姫神はこゝを御巡幸された。この御巡幸の記録が丹生の祝詞で、その祝詞のしるすところは、巡幸各地における新嘗の記録で、それは農業の根本なる水を求め、技術を教へて歩かれた記録である。この丹生津姫御巡幸路を、私は肇國經營の御道筋と考へてゐる。長谷寺の場合も、國初の事蹟とこの種の雄大な規模の信仰圏の要《かなめ》となつた形のものである。

しかしわが神々はさうした横領のことなどに、さほど重い關心をよせられなかつた。無關心だつたのである。長谷と瀧倉の關係は、古から、瀧倉が地主神であると信じてきた。われ〳〵の少年時代には、瀧倉神社は長谷の奥院で、こゝへ參詣せねば、ほんたうの長谷詣りの御利益は半分しか得られぬといつてゐた。高野と天野の關係をいふ民間風習と似てゐる。

しかし長谷の元の信仰を瀧倉一社にきめたのは、時代を下つたころの寺家の便宜方便の處置だつた。この信仰圏の太古の姿は、瀧倉一つにとゞまらず、もつと廣大茫漠としてゐ形で、私は歴史この方不變の長谷信仰の根柢を理解してゐる。それは民族の意識の底の記憶である。大倭朝廷の原始の土地が、限りなく美しく、日月が比類なくすばらしいといふ事實が、この血の記憶の重大な支へだつた。日本の原有の美觀の根柢はこの事實にある。私はそれを長谷を方便として語ることができると思つてゐる。それが清少納言や紫式部を理解する緒となり、王朝の美觀解明の鍵となる。現行古寺巡禮式美術觀は長谷寺を第二次的に扱つた。しかし紫式部と日本の千年の民衆には、長谷は第一義だつたのである。この新舊のことわりに日本の美觀の肝心を見ねばならない。

今さらながら佛徒の横領の罪を責めるのではない。私はこのことから、信仰の根源の深さと、消滅せぬものの力づよさ、永遠の若さを痛感することをいひたいのである。教團のさかんなる組織が、佛家に現世利益し、神官が浮世のあはれをとゞめたとしても、信仰の本姿は少しも消滅増減せず、變化もせず、むしろ異土の神々は、この國の土着神に變貌させられたと斷ずべき現證の方が多い。

私は「古寺巡禮」方式を歎ずるごとくのべたのは、それがわが佛教藝術の國のくらしの中でのあり方を無視して、さらに佛教が何なるかをほとんど生活面で解せず、それを知らないところで、鑑賞の美文をつくりあげてゐるところに、一種の特權者的意識を見たからである。この文明の密度のうすさは、文明のくらしに對する經驗と傳統の稀薄さに由來するらしい。「古寺巡禮」のつひの低さと淺さは、國の土俗民庶の傳統生活についての無知に原因するのである。無知はなほ許されるが、不親切は許されぬ。この國のくらしの事實についての無知が、のち〳〵まで、「古寺巡禮」の著者の夥しい日本精神史研究を、今一歩甲斐なきものにしたと私は考へるのである。

歴史においては書籍を讀んで知る範圍に限りあり、佛像彫刻を展覽會場で見て感ずるところにも、明白な限界がある。和辻博士は、日本思想史や日本佛教史に練達されてゐたが、しきたりやくらしの中で、日本の佛教を見られることは少く、おひたちの中で、日本の神社の嚴かな祭りを知られるところなかつたのではないかと私は思ふ。博士は日本の國の中でも古く文化の高い地方の土着の家の出で、その近親者に知り人もあつたから、いろ〳〵にきゝしらべて、私にその理由の理解しがたいものがあり、要するに時代性格のゆゑであらうと思ひ定めた。「古寺巡禮」方式によつては、長谷寺は第一義の觀賞對象とならない。このことが重大な項目で、その理由が了解されゝば、日本の美觀は正當な筋道で理解される。日本の精神史の上からいへば、長谷信仰は最も大きい歴史的中心課題の一つである。日本の古代史の解明からいつて、さらに日本の美觀の究明といふ點からいつても、最も重い對象である。さま〳〵な歴史的研究において、大和に數ある古寺の中で、第一にとりあぐべきものといへば、當然かゝる意味の長谷寺であつた。

天武天皇の御代に、千佛多寶塔の經文を象つて、本長谷寺が建立され、聖武天皇の御代に、十一面觀音を涌現のなまなましくはげしい形で造型した、この奇しき吻合こそ、はたして吻合なりしかといふ一事に限つても、くりかへし考へてみねばならぬことである。この考へをあからめるためには、日本文學と文人史上の「旅」といふ觀念を、今日に改めて實踐する一事の他にはない。

今なほ一代以前の文化的雰圍氣から生れた「古寺巡禮」の、その亞流的狀態に滯留してゐる通俗的古美術書が、長谷寺をよけてゆくやうな傾向は、藥師寺の鑄像佛なら、いづれも大きくて黑く光つてゐるから、何もわからなくてもわかつたやうな氣がするから、わからうと努力をせずにすむが、千佛多寶塔のもつ象徵的な、あるひは精神史的意味は相當の努力なくてはよみとれぬからである。その美的工藝的意味や固有民族造型の見地から見たその歷史的價値も、容易に理解できない。しかしそれよりさきに、立止つてゆつくりと眺めて、たのしむといふ氣持が少くなつたのである。こゝにおいて、私は、わが國の教養人における文明濃度の低下をなげき、おそれ、悲しむ。この低下こそ、日本の近代化の百年間における現象だつたのである。しかし民衆は長谷詣りを、千三百年間中絕ゆることなくつゞけ、法燈今にいよいよ旺んなるは、民衆は國の常人としてのくらしの中で、最も大切のことをおほよそに傳へて、大らかに了知してゐるからと解すべきであらう。

歷史の基定は記錄史料だが、歷史の眞實とその心は記錄のみで解されない。記錄のみで歷史を學ぶものは、第一義のものを見忘れる。つひにそれを解さずして終る。大乘院の日記によつて知られるのは中世大和の一つの狀態であつて、實體のくらしでない。それはほとんどが虛妄に近い政治の問題である。國、民族、民、人、等々の生命の眞因は、その種の史料によつて見られ得ない。それを記錄してゐるのは、生命の文學と信仰の傳承である。

長谷の寺は九度の焼亡より立ちあがつた。この期間の經過と再建の原因と成果は、記錄をはみ出した信仰の正確な現實である。つまり私は「大乘院日記」などをくつて、長谷と南都の關係をいふことを決して無用とは申さないが、その文書の眞は、今日の共產圈の政治論文に對するに近いほどに、用心して考へて欲しいと思ふのである。私はすべての長谷寺の緣起に出てくる藤原房前卿の立場をさへ疑つてゐるのである。たゞ疑ひから直ちに否定といふ直接行動に移る考へがないだけである。

最も肝心なものが無視されてきたいきさつだけを、くりかへしいつた理由は、わが國の藝術の學びでは、骨董的市場的關心と文明開化の海彼尊重心からの脫却が未だに行はれず、歷史の學びでは、政治偏向の邪道を知つて避けるといふことを知らない。この二つのことを指摘しておくのである。それを指摘し、それを知つて脫却せぬ限り、眞理の扉はひらかれぬからである。千佛塔の經文は、說教者の眞理が多寶塔によつて證され、こゝに說教者が扉をひらいて、多寶佛と併座す云々となつてゐる。扉をひらいて併座するといふ形は、眞理探求の完成と考へられたのである。

日本の美觀の歷史の解明のためにも、また精神史究明の見地からいつて、長谷寺の信仰を對象とするがごとくに對象とすべき寺は、大和に數多い古寺の中にもないのである。たとへば興福寺が多くの史的硏究の對象とされるのは、政治偏向の考へ方の現れに他ならない。こゝで一言にいひ得ることは、この大和に數多い古寺の中で長谷寺は建物と自然の調和の最も美しい寺だといふことである。日本建築の美的特色は自然との調和にあつて、それが世界の建築に比類ないところである。

長谷寺を山嶽佛教風の寺院の一つと數へようとするものがゐる。しかしそれははたして妥當であらうか。千體佛の銘文記年を天武天皇御代の戌年にあてても、長谷から瀧倉に出る道はそのはるかの以前から拓かれてゐた。軍隊の進みゆくことのできた道である。長谷は谷ふかいとはいひ得ない。「萬葉集」に出る、こもり國《く》のはつせを國《ぐに》の地理を考へても、淨御原宮のころは、人少ない山地ではない。道明上人の因縁や、後世の附會に出てくる役行者などのかゝはりから、創建時に、山嶽宗教や修驗道の匂ひを導く推量は避くるべきであらう。その信仰は別個の觀念から、わが民族の原信仰として考へねばならぬものである。さてかうした解釋法よりも、私の關心をひいたのは「康富記」に「本尊ノ居奉ル石ハ古ヨリコノ山ニ在シ也、御足ノ寸法ノ形、自元在リシト也」とある記事を教へられたことである。享徳のころ中原康富のしるしたものだが、この古よりありし石こそ、新長谷寺の原因として本長谷と一體化する根源となつたものでなからうか。本尊御足の踏臺として年月をふるほどに、その原信仰の傳承が消えたのではないかと思ふ。

貞和三年といふ年號は、北の私年號だが、その正月、日野資名女が初瀬に詣でた日記の中で、「御あしにふませ給ふなる瑪瑙の石は、天竺國ふだらく山このやま三界の中に三所にのみありと申つたへたるはまことにや侍らん」としるした。しかしこの石のことばよりも、「觀音の利生方便は殊なるうへに、この山の靈地世にすぐれて、一どもこの地をふむものあらば、ながく三惡道に墜つべからずなどぞ申侍」とあるのが、大切な信仰の現實にて、そのものは國と民族の歴史にあると思はれる。御本尊の御足の記事は、このことにつゞけて出てゐるのである。このやうにもとの信仰上では本尊の石を重視してゐた。

いはゆる「菅公緣起文」によると、本尊十一面觀音の御衣木は、繼體天皇十一年洪水のために近江國高島郡三尾前の白蓮華谷から流出し、大津にとゞまること七十年、それを大和國八木の里人が造像のため持歸り、それがさらに同國當麻の里へ運ばれ、あげくに德道上人が初瀨へ運んで成功した。この間二百十三年である。今の本尊は天文燒亡後の造建であるが「長谷本尊圖記」によれば御長二丈六尺七寸とあつて、これは原型であらう。御手に錫杖を持たれるので、古來より觀音地藏合體の尊體と稱へ來つた。普通の十一面觀音像と異つてゐる。方八尺九寸高さ一尺の自然涌出の大磐石の上に立たせ給ふ御姿は、正しく地の底のくらさをつらぬいて、大なる輝く柱の涌現する形である。現在の御像に拜しても、この涌現のすばらしさは、雄々しくたくましく、かつ神祕の靈異の妖しさまでもたゞよつてゐる。往昔平安の女性たちは、この妖しいまでに雄渾な力量感に、つよい魅力と神祕の恍惚境も感じたのでなからうか。

わが神話の天の御柱は開闢の二神のつまどひの象徵體として描かれてゐるが、神代においては、いたるところに天の御柱ありしならむといつたのは、わが國學先人のめざましい解釋である。天地の初めには天の御柱が立つ。生命も人生もこゝに始まるとされた。この大地の底のまつたゞ中のくらさから、太々と涌現する天の御柱のすがた輝くものこそ、王朝の文物の基幹の驚くべき雄渾のものだつたのである。しかも觀音御本尊は二つなき美しい自然風景の中で荘嚴に美しく輝いてゐた。その尊像は王朝文化の象徴である。象徴はたゞ尊重されるものでなく、信仰される對象である。

この古くからあつた大磐石を、さがし求めたのは道明上人であらうか、德道上人であつたか。丹生津姫神の御巡幸に、新嘗行儀の中で、杖を立てることをのべ、この杖を立てる行禮は、姫神の新嘗行儀としては輕い形の方式のやうによみとれるが、長谷觀音の合體の尊體といひ來つた錫杖の所持は、古い土俗信仰の感もする。漢土においても、農事の祭りに當つて行はれた。本朝ではこの杖はくしの意味といふ者もあるが、しからずして、たゞきびしい道をゆくに必要な杖である。なほ日本の久しい信仰の根源の一つなる倭姫命の御巡幸は、歷史時代に入つて歲月久しきにわたつたものだが、姫命はおそらく磐石の神聖なる原物を求められ、神託にたしかめつゝ、その數十年の旅をつづけられたものと、わが先祖は、これを解してきたのである。

長谷の本尊を拜する時、著名な美術の作品からうけるものとは、別箇のはげしい感銘を私はうけるのである。長谷寺と同じ櫻井市には比類ない聖林寺の十一面觀音がいます。この像はおそらく本邦佛像中第一の作品に數へるべき天平の傑作であるが、佛像や造型の面白さは、さまぐ〵である。ものの原始、むすびの象徴ともいふべき、あしかびの萌えいづるやうな、太々しい生々とした、まさしくあらはに俗でもあるやうな、そのものの佛像的造型は、長谷のみ佛のたくましい信仰の原因と私は信じる。

環境や條件や、參詣の旅路の美しさ、苦しさ、さらに御堂法儀の深さなどをすべて除外して、佛本尊を陳列箱の中で見るやうな風俗を、私は無趣味非文化と思ひ、さらに極言すれば侵略奪略者の方式と思ふ。博物館に民族の信仰の造型品や、家内の用度品を陳列して文明と稱するのは、侵略的西洋文明の風習であつて、その奪略物品の展示を彼らは凱旋の誇りとして疑はないが、私はこれに疑ひをもつ。博物館にならべられた佛像は、ほとんど過去の文化遺物であるが、つゝましい尼寺で尼僧にかしづかれてゐる開山の御像は、名もなき人の名もなき作ながらも、ある時ある狀態で、かぐはしい雰圍氣をかもし、妖しい生氣さへたゞよはす。ある時その美術上の價値なき像は、人の生命に無限の創造の種子を與へてくれる。長谷の本尊――今の天文新造の長谷寺本尊においてすら、さういふ異常の靈異の感動は、必ずうけとれるのである。昔は御開帳は嚴格にて、中世においては、御綸旨を得て行はれたといふ。一段と演出効果のふかく神祕の畏きものがあつたにちがひない。御像十一面の標識を儀軌によつて注釋するやうなことは私の任でない。しかし日本の民衆はさういふ一種の神學と全然無緣ともいへなかつた。その儀軌を、教學として解し、哲學として考へる代りに、彼らは日常生活に應用し、人生時折の、しか〳〵の時の感動の折に、その記憶をひきよせて、現世の光明とし、希望としたものである。

いはゆる豐山「十一面祕法」は文觀上人御筆として傳はつた。正平八年文觀上人は參籠して、南朝のためにこの祕法を修した云々といふのがこの傳承である。長谷寺は地理からいつても、大むね南方宮方加擔の勢力として、南北朝時代をへてゐる。南方宮方勢力の一つの據點だつたことは、淵源としては大楠公以前のいはゆる保田黨が、六波羅の命に服せず蜂起をくりかへした傳承によつても知られる。この兵亂鎮定のために、大楠公は初めて和州に乘込まれるのである。

文觀上人は後醍醐天皇御側近の政治經濟の顧問にて、實務において現在の大藏大臣のごとき役割をした。その亂世にあつて行動の千變萬化なりしは、黑板勝美博士のごとき平穩の日の史家をして、國史上疑問の人物の大なるものと感じさせた。しかし南朝の財政を專ら司る時、その捧持する歡喜天尊像の魔力をもつて、畿內の財寶をことごとく集めたといはれてゐるやうに、今日の新聞用語でいふなら怪物の大なる存在であつた。文觀上人はこの奧書に、こゝ長谷を、天照大神本地云々としるしてゐる。

長谷觀音が天照大神といふ「深祕」說は、南北朝ごろよりさかんとなり、伊勢詣りの流行と結託した形をとつたのである。伊勢詣りが、長谷から國越えをする途中には、皇大神宮の御遺蹟も多く伊勢の神領も少くなかつた。わけても重い遺蹟は、天武天皇の御代の大《おほ》伯皇女《くのひめみこ》の泊瀨齋宮の故地で、これは「日本書紀」にもしるされるところにて、いかゞはしい僧侶の緣起ものではない。長谷と皇大神宮の間に一種のかゝはりがつくられたとすれば重大な一つの因緣となる。大伯內親王の泊瀨齋宮は、まだ長谷寺の形影もない時代の國史の記述である。長谷寺より以後の信仰の聖地として、泊瀨、瀧倉、小夫のあたりは、歷史の太古の土地である。現在の長谷寺が公けにしてゐるその點についての見解では、天照皇大神の本地觀音といふ意味でなく、天照皇大神と觀音と一體の意を現してゐる信仰とのべてゐる。これは長谷信仰上重大な觀點である。

天照大神は御女性であるが、長谷觀音の現本尊は、雄々しい男性の佛像であつた。長谷の峡をのつと上つてくる春の月、びつくりするほど大きい、春のなまめかしい月讀の、ある一時の情感に彷彿たる感がある。日本の神話と信仰では、夜の大空をわたつてゆく月は壯子《をのこ》とされてゐた。王朝の女流たちが見た佛像も、この長谷の谷を上る月讀壯子に似た、雄々しく、たくましく、たのもしく、魂太い姿だつたと思ふ。かういふところに王朝の女流文學の根柢感があつたのである。それはまた京の都で見られぬ月讀のなまめかしさでもあつたが、彼女らはその間の情感をもよく了知してゐたのである。數ある佛の中のみ佛といふ感動は、まさしく官能的である。この官能的といふ意味は、觀念的な審美觀と本質を異にした、絶對的にすこやかで生々とした、形は太くつよく、情景は妖しい、いのちのたくましい産び《むす》——一等上では國産みといふ時の、あの産びの根源力の造型だつた。今もその感じは長谷の本尊開帳の時の感じである。

吉井勇翁は、十數年まへに「長谷詣」といふ小説をかゝれた。きはめてそつけないかきぶりで、大阪の萬歳、近ごろはそれを漫才とかき、おもむきも大へん變つたやうだが、その古い萬歳調の輕口のやりとりの間に、王朝文學の生きてゐるまゝのあり方を、あざやかににじみ出しつゝ、今生の人の姿を描出されてゐるのに、私は驚嘆したことである。先生のものがたりは、その人がらとも思ふほどにきはめてそつけなく、云ひ方では冷たいと思ふくらゐだが、大和や京大阪のことばをもつて生れ、そのくらしの中にゐるものに、紫式部や清少納言の文藝がなほあり／＼と、けふの上方の女たちの唇にのつてゐるありやうを、まざまざと示してくださる。まことにかけがへも比類もない作者だつた。以前の京、つまり戰前の京都の風流者と申せば、評論隨筆と稱するものをかいたり、デモやサイン集めなどする「文化人」とは異質の、都の傳統に生きた文化の保護者たちだつたが、さういふ者が集つて京の人情や王朝の文藝の匂ひ、今の都の遊藝を理解して描いてくれるほんたうの文士は、吉井先生たゞ一人と尊んでゐたことを思ひ出し、私は十數年まへの長谷詣りの小說一つにもそれは十分に知れると思つたことだつた。西鶴翁の例の風流を、その例のごとき例のものがたりとして綿々と解說することのできたのも、私が知つてゐる限りでは吉井先生一人きりだつた。

その長谷の小說の話だが、內陣の法要に列して、衆僧の唱禮の聲をきいてゐると、ふと去年奈良の博物館で見た法華說相圖が幻像のやうに目にうかんで來た。幻像とか、れてゐたのが大へんなことだ。それはこの谷ふかい聖の山で拜觀したのでなく、去年博物館で見たものなのだ。吉井先生はこゝでこの幻像を刻明に描寫された。千體佛の詳細な說明を描かれた。法要に列しつゝも空間に幻像となつた千體佛から、しばらくは眼を離すことができなかつた。——そのうち何氣なく眼をあけて仰ぐともなく正面本尊を見上ると、ちやうどそれは前を蔽うてゐた古金襴の御戸帳が唱禮の聲につれてしづかに音もなく下りて來るところで、見てゐるうちに高さ二丈六尺七寸といふ閻浮檀金の色あざやかな佛體が、兩脇士の難陀龍王、雨寶童子の姿とともにその全身を現して來た、——私はこの幻像から御開帳に移る描き方に感嘆したのである。本尊涌出の描寫が、一番大事なものをうつして申し分ない。誰だつてこのやうに、そつけなく、人のいのちにふれたものの深奧のことをいへる人はゐない。近ごろ王朝文學の解釋や現代譯をする人で、それほど的確にいへた人を私は知らないのである。この小說の數行の文から私はその艷なる聯想をたのしんだ。ほどのよい文士は、江戸の講談師の流でないから、つまらぬ注釋を恥ぢるものである。もし品下つたものがゐて、こんな描寫を、あぶな繪風に再描寫しても、私は彼の稚い眞實を責めない。その原因の作者をそのことからとやかくいふことにも同調しない。この數行が王朝文學の深祕をよく說いたといつても誰も理解してくれぬだらうが、さらばとそれをくどくどあらはにいふことは、西鶴翁の下品相をまねたといふやうな始末となる。私は下品《げぼん》の文章をかゝないと決心した文人である。吉井先生は數行の文章で王朝文章の深祕を示し、加へて清少納言や紫式部の思ひを、そのことにふれずにいうてしまはれたのである。長谷の本尊の實體をいのちの深奧で露骨なまでに示された。

「中務内侍日記」は、「長谷にまゐりつきて登廊を入るより貴く面白きことの世にあるべしとも覺えず」としるした。そして御開帳を拜んでの歸りのこゝろを「へだたらむ後を思へば戀しさの今よりかねてなみだ流るる」と歌つたのは、さながら相聞歌の熱いしらべである。御開帳の雰圍氣の中で、妖しいまでの夢幻情感にうたれてゐて、何かにはつと驚いたのであらう。さもありさうなことと疑ひなく思へる。「おりなむのちいかがと覺ゆ」としるして、この歌をかきつけた呼吸が、いかにもさもありなむと私には思はれたのである。かうした思ひで御佛を拜した女性たち、平安の高度な文化の精神をもつた女性たちの多くは、必ずこのやうにこゝでめざめたことであらうと私は思つてゐた。

法華說相圖にしるされた長谷寺草創ののちに、新しい長谷觀音の建立が別途に行はれたとして、その緣起を說くのが「長谷寺緣起文」である。寺傳では菅公御筆といひ、その寫しといふものが傳はつてゐる。この新しい東岡の長谷寺は、また後長谷寺とも稱へられた。淨御原宮の時造建の西岡の長谷寺より四十年ほどのちのものにて、その緣起をわけてゐる。十一面觀音を本尊とする後長谷寺の緣起として、聖武天皇の御名をかゝげて、それを別つ必要があつたのであらう。「諸寺緣起集」といふ、小杉榲邨翁が音羽護國寺の文庫で書寫したもののうち、長谷寺の緣起を「大和史料」の引用で見ると、菩薩前にありし「障子文」といふものが緣起本文である。この文にも後長谷寺造建の手柄人として、藤原房前卿の名が見える。この文に德道沙彌が長谷へ入り來た時、道明上人の本長谷寺はいたく荒廢してゐたとある。千體佛のごとき精巧な鑄金をなし得た技術と、それほどのものによつて始められた寺院が、僅々四十年たらずの間に堂舍は修理人なく倒失し、石室佛像等はみな木の下にあつたなどといふのは如何なことだらうか。「續日本紀」神護景雲二年十月の記事に行幸のことがしるされ、田八町の喜捨をうけた。稱德天皇の御代である。これが信憑すべき國史記錄の初見である。「三代實錄」「東大寺要錄」「扶桑略記」等々の記述にはみな明白な年代の矛盾がある。

「長谷寺緣起」によると、聖武天皇神龜六年、海彼來朝の工人、稽文會、稽主勳が三日で奉造し、四年後の天平五年五月二十日、敕旨による開眼供養あり、導師は行基菩薩だつた。翌二十一日敕願大般若經供養を嚴修した。天平七年に堂舍の上棟あり、同十九年九月二十八日に建立供養が行はれた。導師は天竺の歸化僧波羅門僧正で、行基菩薩が咒願を勤仕した。かくて天平勝寶五年十一月、聖武上皇の行幸があつた。以上が菅公の筆と稱する「長谷寺緣起」にしるす大略であるが、この記事は、當時の國際的な文化的香芬にあふれた絢爛のものである。

さきにもいふごとく、長谷寺創建の根本史料は天武天皇の御時、道明上人の千體佛銅板銘文と、國史に現れた神護景雲二年の行幸の記事の二つである。さきの緣起の筆者を菅公にあてることは、荒唐無稽だが、長谷寺の信仰と菅公との結びつきには、南都大乘院が我田引水に記錄した「歷史」的史料よりは、濃厚密接な絕對面がある。

南北朝時代において、南都が六波羅と密接だつたころでも、大和國內においては崇神天皇、景行天皇の二帝陵のある澁谷《しぶたに》邊から南は、ほとんど一貫して南朝地域だつた。大和國の歷史地理は、南北朝より應仁亂にかけ、澁谷、卷向《まきむく》あたりで一線を劃してゐた。北の支配はこの線を確實に徹廢し得なかつた。興福寺が山田寺の三尊を奪ひ去つたやうな、掠奪に類した課稅が、しば〳〵この地帶からさらに山中にも及んだといふことはあつた。櫻井市外山《とび》の宗像神社の宮座神事を見ても、對興福寺のこの期間の事情のわかるものがある。その時代は宗像神社韜晦の頃とよばれた。房前卿の緣で、藤原氏が長谷寺の別當をした云々といふやうな傳へは、その根據のほどを古くは知らない。南都の政治的記錄の面では、初め東大寺が別當し、やがて興福寺が奪ひ、これが大乘院に移つた。興福寺の門跡は、一乘院と大乘院の二つに別れてゐたのである。興福寺が押領したといふいきさつは、「東大寺要錄」が記錄してゐる。どういふいきさつがあつたかもしれぬが、調べる必要も考へてゐない。しかし長谷寺の方から、當寺未だ興福寺の末寺たりし記錄なしとひらきなほられ、興福寺側は一言もかへし得なかつたのは、江戸幕府初期の話である。嚴密な國史でない私記日記の類は、歴史の史料としては、百中の一の眞實と考へるべきである。歴史の眞をいふ百分の一の眞實といふことは、今日の新聞紙などの報道と大差ないと思へばよい。今日の新聞雜誌の報道や論説は「歴史」と無關係でないが、重大な第一義のものとは無緣だといふことは、多少の思慮あつて、節操と誠心とをもつ人には當然わかつてゐることである。

大和一國が中央任命の國守に支配されたことは、中世以前に例がなかつた。大和國中の聯合勢力は、大和守の入國を拒否した。筒井順慶が織田信長と結んで、大和平定を策した時も、その軍隊は吉野川を越え得なかつた。龍門山塊をひかへた初瀬川の線は、吉野朝この方、南北を別つ傳統的な一線だつた。時に興福寺の勢力は、龍門の裏を廻つて徵税したことがあつても、それは妥協ともいひ得ぬほどに薄弱な取引だつた。かうしたことは大乘院のしるした記錄のそとの現實だつた。應仁の亂が起つても、なほ南朝の遺皇子は、飛鳥の神奈備《かむなび》の丘の上、高取の城にこもつて、南方宮方の燈臺を守りつゞけてをられた。この遺皇子が山を下つて都へ入られるのは、大義名分の象徵をもたない西軍の主として迎へられ給うたからである。わが先人たちは、これをもつて後南朝の悲しき終焉としたのである。

大倭朝廷は、嚴密には飛鳥藤原京で終る稱へである。このことは長谷信仰をいふうへで、強調しておく必要がある。平城京はもはや大倭朝廷しきたりの都ではなかつた。平城京の根柢となつたものは、古代の人のくらしからいへば、原理の異るものであつた。飛鳥淨御原宮においては、まだそれは濃厚であつた。飛鳥神奈備の信仰である。都は舊來のしきたりに卽つてゐた。この神奈備——「萬葉集」でたゞ神奈備といへば飛鳥のそれをさしてゐるのだが、この杜の北東の山地が、式島《しきしま》を中心とした、肇國天皇《はつくにしらすめらみこと》の故地のつゞきの延長の地形だといふことは、櫻井から山田へ出て、そこから飛鳥の低地を見おろすとたちどころに了解できる。この山添ひの道が最古の磐余《いはれ》道、中ごろ山田道とよびならはした。山田といふのは蘇我の石川麻呂家の根據地である。

さて持統天皇藤原宮の造營の過程の中で、大倭朝廷のしきたりは一大變革に向つてゐた。この都は規模平城京以上に想定されるほどの大都であつた。この變革の前兆は、式島《しきしま》の金《かな》刺宮《さしのみや》へ、韓人が佛像經典を獻上したころ、特にうごいてゐただらう。佛典渡來は、その一つのきつかけにすぎず、國際間の交渉の方は、一つの方向をめざしてすでに速力を増してゐたのである。式島の金刺宮は、初瀬川が大和平野に出るところ、跡見《とみ》といはれた地にあつた。跡見こそ國の初めの日本の古里であり、神武肇國の天皇の聖蹟である。金刺宮の式島の地名は、やがて日本國の總稱となるしきしまの大和の國といふのが、日本の國名の稱へとなるのである。當時の金刺宮は、名實具へた國際都市の、最初のものの姿を示してゐたのである。

飛鳥神奈備と長谷の信仰とにどんな關係があるのか、それはわたしらの先祖のくらしの歴史のうへで、看過してならないものであつた。飛鳥淨御原宮と穴師《あなし》の山人《やまびと》の關係を考へたうへで、人麿を首とし、その代表する穴師神人の「讃歌集」を、「萬葉集」の中で選別してゆくと、巻向、穴師、三輪、長谷といふ一帶の地域は、その背後の上之郷諸邑と合せて目前にうかぶ。

私のこゝで考へてゐる「歴史」は、他の人の考へ方とさほどに異質とは思はないが、今の人が忘れたり、思ひつかなくなつた古代のしきたりや風俗を、私はまだ數々知つてゐるのである。今の人の思ひ上つた氣持や、あるひは簡單な無知から、われ〳〵の先祖のしてきたくらしや思ひを無視してゐることは、私の非常な不滿である。この無視の原因となる無知について、無知の原因をさらに見ると、謙虛さに缺けてゐるといふことである。歴史の考へ方といふものをとつてみても、史料文書を求めよむ努力は、文明開化以來も相當につくされたが、史料の外にある、或ひは史料の底にひそむ、生きた日本人の歴史の思ひのよみ方や、文書の文字から、その文學や詩をよみとる營みは、封建時代に比して、きはめて退歩したやうに思はれる。この退歩といふのは、要するに志の低さによるのである。また「進歩」の妄想や幻想と結果である。進歩を雰圍氣で考へ、進歩もまた個々のものの努力にあることを忘れた。努力といふものは、謙虛がもとであるといふことが忘れられた。人の性向をいふことばで現すなら、反省といふことの絶對が必要なのである。

私の「歴史」のうけとり方や「歴史」のくみ立て方、または「歴史」としていはうとするところは、やはり今の世俗の例と多分ちがふといふことがわかつてゐる。宣長翁や信友翁、また重胤翁とならべて、この人々の思つた「歴史」とその内容を考へると、近來の學問の凋落ぶりが、身に沁みるのである。しかし文學の失墜はさらに甚しい。たとへば、鈴木重胤翁は、この國にある神々と神社の、系圖と地圖とを、わが身の中に、體系として容れてをられた。神社の分布状態を示すことによつて、日本の歴史をきら〳〵と現された。われ〳〵の先祖のくらしてきたいのちのなつかしさを顯して、しみ〴〵と感じさせるやうな精巧無比の「歴史」を描かれたのである。芭蕉翁は大きい旅に出る時の用意として、神名帖一巻の持參を忘れなかつた。それは日本の文學史上の第一人者たる翁の心がけである、國の先祖への心のあらはれである。

私はかういふ意味で、さきに「大和國神名帳」への興味をいつたのだが、こゝで改めて誤解ないやうに申しそへておくことは、この本は戰前の大和國現在の神社名と所在地をたゞ列記したもので、以前ならどこの縣廳にもあつた管内神社臺帳を補正したもののやうである。しかしこの補正は、大へんな仕事なのである。私が長谷の信仰を考へるやうな時には、佛典の必要はないが、この神名帳の助けは必要だつた。千三百年絶ゆることなくつゞいた信仰の根源は、尋常の教學や政治力で與へられたものでない。そこには生命の永遠と原始のものが、なま〳〵しく存在してゐるはずである。しかも長谷寺の場合は、その草創について、最も確實な第一級の史料をもつた古寺である。

原始の大倭朝廷の根源地帯の信仰とそのくらしを、今から追想できる限りの手順と方法で考へ、またその遺蹟を再現する時、長谷信仰の原型は、國初の歴史と、大倭の國の民の、精神とくらしと思ひの全體にわたるのである。それを觀音信仰といふ形に觀念化して語るだけでは、私には何の感興もなく、私の歴史の學びの目的にもそはない。たとへば飛鳥神奈備の説明をしておくのは、この意味で當然だが、さらに一般的に「歴史」の考へ方や、その實のすがたといふものを語るについて、好適な例とも思はれるからである。ことの輕重を別として今日の通念では、長谷や式島より、飛鳥は小さくまとまつた史的觀念として、なじみ深いやうに思はれてゐる。しかし私の「飛鳥神奈備」考を初めてきく人は、既成の飛鳥觀念の混亂を味ふかもしれぬ。この觀念の混亂が當然だといふことは、普通の「萬葉集」の解説家や大和萬葉地理の紹介者の思はない、大倭朝廷時代の大和の國と、人のくらしと思ひの歴史を私は語るからである。私の立場で「長谷信仰」を解明することは、これもふくめた範圍の國の初めの物語である。それは貫之朝臣や清少納言、また菅公ゆかりの長谷寺の濫觴ものがたりである。私の長谷案内は長谷寺に藏する古美術品を列品記述するものでない。

飛鳥神奈備は、吉野離宮とともに、壬申の歳の亂ののち、「萬葉集」の根本となり創造因となつた古代の人の精神の中心である。吉野離宮は、持統天皇の世のつねのものとは思へぬ再々の行幸や、その時の狀態から考へられるべき吉野山中の聖地だつた。飛鳥神奈備も吉野離宮も、私らが以前きいてきた限りでは、甘樫のならびの丘をあて、あるひは新子《あたらし》より下流の宮瀧をいひ、そこに共通することは、何らの史的なまた信仰上の根據がないことだつた。飛鳥の南の山脈──南朝の高取城のあつた一帶の山脈の中に、下照姫命の社といふものを見出されたのは、重胤翁であつた。その社が、飛鳥のま上ま南の高い山中の土地に座したことを、現地を知らぬ重胤翁の知られるはずはない。私はこの神社こそ、飛鳥神奈備の主神と考へたのである。國讓りの時の幽契を思ひ、こゝを大汝《おなんぢ》命が大和にしづめられた四社の一つ、飛鳥の神社と考へた。それはいふならば私の「文學」であり、私の「萬葉集」である。

下照姫《したてるひめ》命は、出雲の神々の中でも、最も美しい姫神であつた。神代第一の輝く美しい女神だつた。姫神は高天原から國讓りの交渉に來られた天つ神の神の子と戀愛をされた。神代を通じての第一の美女の最も熱烈な戀愛の物語がこゝに描かれ、その果にこの戀は高天原の神々の怒りにふれた男神の死といふ悲劇によつて終る。しかし下照姫は、この悲劇の原因だつた高天原の皇孫《すめみま》のために、御父の神の仰言で飛鳥神奈備をひらき、こゝにいつか來られる皇孫命を待つてをられた。この飛鳥の根源神話は、わが古典に出てゐない。私は先人の暗示によつて神名帳を照合し、失はれた神話を再現したのである。むしろ忘れられた神話といふべきかもしれない。

この下照姫命の飛鳥神奈備の東隣の谷に丹生津姫命がある期間滯在されたといふことは、丹生の祝《はふり》が傳へた尊い古文祝詞に出てゐることなのに、近ごろ一人として現地にあたつてこの神話に注目した學者文人はなかつた。丹生津姫命は、高野山の地主神といつかれてをられるが、その艶麗豐滿な御畫像を拜すると、わが國の最も美しい大刀自の俤である。この神の御巡幸は、これを一言で申せば、農業の方法を教へ、新嘗を終へては次々に移りゆかれた。この御巡幸の最後、一番の奥が吉野の丹生であり、吉野を下つて、順次に飛鳥の丹生谷にいましたあとは、巨勢《こせ》みちから紀州へ歸られ、天野山にしづまられたのである。高野弘法大師を信仰した一代まへの信心家たちは、高野へ參つても天野《あまの》へ詣でなければ、それは片祭《かたまゐ》りだ、御利益もうすいといふものだと信じてゐた。今の文化的觀念では、高野を俗とし、天野はインテリ好みといふこともあるらしい。

　飛鳥京の守護の神御二方が、わが神代において最も美しい姫神だつたといふことは、飛鳥時代といふ大女帝時代を象徴してゐるやうである。持統天皇の度重なる吉野行幸は、かの神聖な天津水《あまつみづ》を求められたものといふことを、かつて折口博士が仰言つた。たゞそれが何のための水かといふ點では、神祕な信仰の說になつた。私のいふところの丹生津姫神御巡幸の終點は平明單純な眞理である。それは新嘗のための水、つまり水田耕作といふ農業生活の開拓行以外ではない。丹生の姫神のたづねてゆかれた水源は、今の吉野の丹生だつた。紀ノ川沿開拓が丹生津姫神の一大御事業である。飛鳥の大女帝が、その姫神の源の水、水源の神聖の地を求めゆかれたことは、まことに當然な敬神精神である。折口博士は天野の古い祝詞について、後の丹生の祝《はふり》らの加へた修辭を嫌はれたのか、この祝詞自體を認められなかつた。しかし柳田博士は、晩年の結末に米と新嘗を重視されたころは、この丹生の祝詞を尊重せられた。そのころ私は丹生津姫の御巡幸と、飛鳥朝の吉野離宮の關係から、こゝに一つの「萬葉集」の濫觴を見てゐた。折口氏の歿後である。私は折口氏生存中に、丹生の祝詞を語ることをしなかつた。紀州の加納諸平翁が、そのころ江戸にゐた信友翁にかき送り、信友翁が一見して珍重々々可祕々々としるしたのが、この祝詞の世に出た初めで、その注釋の著述されたものは明治になつて上梓された。飛鳥の大女帝が、その都の神奈備の東隣の谷にいました丹生の姫神のお祭りになつた、水の源をとめゆかれたといふことは、これが日本の信仰であり、またくらしである。わが大本の國の歴史は、さういふ形からのべられねばならぬ。新子より下の宮瀧などをあてゝゐたのは、宮といふ一字によりかゝつたあまりにも幼稚な推理であつた。

飛鳥神奈備を、飛鳥の南壁をなす山脈の中腹と知つた時、私は白鳳を中心とする「萬葉集」の主要部分――すなはち「萬葉集」の濫觴を、この飛鳥神奈備と丹生の吉野離宮にあることをさとつた。丹生を吉野宮とする説は、今年九十一歳の森口奈良吉翁が、半世紀にわたつてのべてきたところだが、およそ無視されつゞけた。謬説が一度行はれると、それがいかに幼稚な思ひ付によるものであつても、精緻の考證をたゝみ込んでくみ上げた學説の開眼はなか〳〵容易でない。しかし近ごろでは飛鳥神奈備とその主神といふ考へ方についての私の氣持をうけ入れ、私の判斷に従つてくれる人が、増加してきた。それが誰が考へた新説かなどと、一々斷つてゐなくともよろしい。正しい、意味のある新説は、流布する方がよいからである。しかし森口翁の七十年にわたる努力の成果をかりそめにもいふ時は、當然の敬意を表すべきである。學問をなす眞目的は、人己《ひとおのれ》の心がけを、正しくするといふことが第一義だからである。

丹生が水銀と關係があるとの昭和十一年頃の新學說を私は知つてゐた。戰後吉野離宮の考證をかくために、丹生關係の近ごろの論文を見てゐると、丹生と水銀鑛の關係を論じた論文があつた。ある私立大學教官がかいたものだが、昭和初年に出た學說を盜んでゐるのである。かういふ態度は、學問の目的でない。身を正す代りに、うしろぐらさに好んで入りこむ氣持からは、何ものも創造されはしない。その文章は死んで腐つたものの臭みだけを發散した。たとへばその人は神功皇后の奇瑞にふれねばならぬ時には、小學生以下の幼稚な智慧でこれを合理づけようとしてゐた。それは長谷の諸々の靈驗を現實的に合理づけるやうな類で、靈驗を信じようと信じまいと、それは勝手であるが、靈驗の描かれたまゝが見えない人は、なまじ靈驗を幼稚な當節風の發想で合理づけるやうなことをせぬ方がよいのである。それは靈驗の證とはならず、それはうそであり、その本人の心の低さの證となるにすぎないからである。

古今の名家の描いた神話の繪畫は、多くの今日の合理主義者をも納得させてゐる。現在の作家がギリシヤ神話を題材としても、その神話の現實性を考へずに繪畫として納得する。今日でも龍といふ空想上の靈物の繪が描かれ、これを見る人が、世の中にないものを描いたといつて叱らないのは、せめてものことである。一ころの文明開化期に寫生の說が俗化した時、かういふ東洋の傳統精神が危くされかけたことはたしかにあつた。龍を描いた古來の繪畫は、すべて龍そのものを描いたのであつて、決して他の浮世の觀念を龍といふ形で描かうとしたのでない。それはすべて、龍の本態と眞實を描かうとした。同じことは、佛像においてもいへることであつた。尊い經文に描かれたことは、描かれたまゝに信じられた。十一面觀音の御姿を見た人は、初めは必ず見たのである。一尊二躰、この合躰の尊像といふ奇怪の觀念の具象は、いつたい誰が見たものであらうか。しかし必ずたしかなる存在の形象を見たのである。世にありもせぬものからは、何らの感動もうけないといふ人はあるだらう。世にありもせぬものからうける感動が、この世において最大のものであり、生命の最高と感じられるのは何故か。ありもせぬ物語からうける感動や、あり得ぬ繪畫よりうける感動がたしかにあるといふ時に、單純なリアリズムが感動の支へとなつてゐるためしなど、藝術と精神の世界ではかへつて稀少なものであつた。

本長谷寺が天武天皇の御ため營造せられ、ついで四十年ほどのち、聖武天皇の御發願にて、十一面觀音を本尊とする新長谷寺が建つたといふ傳承は、そのうち一つになつた長谷寺の來歷を說くものだつた。しかもその緣起は天武天皇皇統に結びつくものである。このころの上代の朝廷における兩統の交立は、南北朝の對立原因となる後の有名な兩統交立と、現象においては變りないものである。

聖德太子から壬申の亂をへて平城京へゆく相當期間の大倭朝廷の歷史は、いつも兩統の交立の歷史だつた。その交立は何かの必要によつて行はれたものであらう。いくつかの理由も考へられるが、その果は信仰上のものが出てくるので、今日では少し異樣に感じられるものもあつた。首親王（聖武天皇）の御成長を待たれる間の宮廷の感情なども、文藝を初めとしてあらゆる現象に現れて、いさゝか世のつねならぬ情況を味はせる。しかも聖武天皇の後、天武天皇皇統の親王はふたゝび立たれなかつた。飛鳥時代より奈良時代前期にかけての、詩歌や信仰や、さらに政治的行爲のかげに、天武天皇皇統の祈願は考へねばならないことである。天武天皇皇統は、奈良朝後期において、はやくも絶えた。

封建の儒風史家の中には、このことを解釋して、壬申の因果と附會したものもあつて、俗な教學の範例としたものさへあつた。聖武天皇皇統の終末は、皇女井上内親皇の配流所、大和國宇智あたりにおいて、一箇の御靈信仰を形成し、それは長く異常な信仰圈を結成し、この勢力は中世を通じて、奇妙に强固な團結を持し、南北朝當時は、あくまでも南朝の御ために、忠節を持しつゞけた。その信仰圈の形成は、日本の歴史を學ぶうへでも、特色あつたものの一つである。その本有を失はないまゝに、靈異の雰圍氣を多分にたゞよはせたところには、祕儀より生まれるものの性格さへ示してゐた。

井上内親王御靈信仰は、大和朝廷の末期の一つの爛熟のものを象徴したのである。井上内親王の御靈の花々しい御振舞ひと、光仁天皇の久しい韜晦ぶりや、夫人高野新笠と數へあげてくると、末期頽廢の相がおもむろにうかび出るのである。飛鳥藤原京の經營の結果として、古代國家の故郷となつた式島、巻向《まきむく》から、こもりくに泊瀬《はつせ》にかけての一帶の地域とその信仰は、この種の末期の爛熟と頽廢の外にあつた。谷ふかい奥へしまひこまれた感じさへしたその神祕は、いつそう畏まれまた輝いた。それは自然の地形景觀を原因とし、また條件として、奈良と櫻井の式島（磯城島《しきしま》）といふ、二つの地方の人情風土の差異は、二次的に現れたものであらう。平城は新開地だつた。

平安初期において長谷寺と東大寺の關係がいはれるのは、かた〴〵當然の緣故だが、長谷の緣起の中で、藤原の北家が、長谷寺に對する別當權をいつてゐることは、どういふ形で始つたものか私にはその明確な根據がわからない。

天武天皇皇統によつて建立された長谷の寺の信仰も、その原信仰からいへば一つの皇統專有のものでない。これは明白な歷史的な形で大倭朝廷の根源の地域にあつて、その一つのかなめとなつたものである。こゝで瀧倉と與喜の二つの神社がうかび出る。式內山口神社の信仰は早くうすれたやうであつた。初瀨の與喜山の天神社と、それに關聯するのが小夫のかなたの染田の天神である。この與喜山は、天神信仰以前のふかいいはれありさうな山容である。今日もこゝは廣大な不入の自然林で、天然記然物に指定されてをり、多種無數の野鳥が棲息してゐる。

今から四十數年以前、一人の中學生がゐた。中學校へ通ふ代りにこの山に入つて、こゝの野鳥と友達のやうに仲よくし、鳥のことなら何でも知つてゐるといふ少年だつた。中學校を卒業するのに萬年かゝるだらうといはれて、萬年さんと仇名でよばれてゐたその少年は、大人になつてからもこの山や鳥については、山の靈と特別の因緣のあるやうな、異常の物知り人である。この少年の數代以前は、四國の方から出て來た。旅藝能の關係で淨瑠璃語りの名のある人も出てゐる。この家の住みついた土地の宗像神社も、日本の能樂の發祥とはふかい關係があつたが、それは中世の話で、その中世のころの長谷を考へる場合には、能樂などより、俳諧連歌師の一つの中心地だつたことを先に思ひ起すべきだ。

遠い世の旅人の多くゆききした街道の、最も有名な寺の門前に發達した賑かな宿場には、この世のあらゆる遊びごとの支度や用意のされるのは當然である。しかしこゝで連歌俳諧がこの時世に、一時の花をひらいたことは、長谷の寺の長い信仰を考へるうへで一つの大切な問題である。與喜の天神の俳筵やその俳諧橋は、ずつと後代にもつゞいたものだが、長谷の寺を中心とした俳諧の一時代があつた。つまりこの寺は常に何かの高い文明を保持してゐた、さういふ性格は大和の多くの豪族の狀態だつた。彼らは隱遁者や文人をよく遇した。そして長谷のやうな寺院は豪族より强大だつた。それらの豪族は、必ずしも興福寺の支配下につゝましく處世してゐたのではない。寺院側も强力な支配權を考へたわけでない。大和の豪族の六波羅への反抗は、全國的な南北抗爭の端初となるものだが、もと〳〵は興福寺とのいさかひが因だつたやうだ、この亂を平定するために動いた大楠公の十年にわたる大和經營は、のちの南朝の地盤を大和山中一帶にきづいた。

往年の南北抗爭は、表現上でこそ血肉爭ふといひながら、あくまで憎しみ戰ふ氣分には遠かつた。第一に兩統の間に、やり切れぬ憎しみのごときものが、少しも見られないといふ事情は、畿內では、上下に相通じた現象だつた。大楠公、顯家公相ついで陣歿され、後醍醐天皇吉野に崩御せられるといふ興國初年の數年間は、南朝最大の危機だつたが、その間新帝を御守護して吉野朝廷の第一線を支へた、玉井西阿公の事蹟の全貌がやうやく判明したのは、明治維新後である。西阿公活躍時においては、長谷寺はまた南方の一勢力を形成してゐたのである。

長谷の文明史上の功績は、南北朝から戰國時代にかけて、文藝風雅の面に少くなかつた。やがて文藝の文化は一段と大衆化して、この影響は交通路の關係から江戸時代前期の伊賀俳壇の形成にも及んだのである。長谷の信仰の永續の側面には、この寺がつねに教學究理の高次の道場であり、また文化、文藝、藝能に寄與し、さらに保護するところが多かつたといふことを、特に今日忘れてはならない。寺院關係者は、必ず深い反省とつつしみをもつて、先人の努力辛苦の學藝と修業について考へをいたすところなくてはならない。信仰と修業との生活は、いつの代においても、それを守るといふことは、今日に守るにひとしい忍耐を必要としたものである。

佛教の傳統の教へや戒律に疑ひをもち、靈驗談に合理的解釋を加へることは、きのふけふの學校教師の教へるまへに、すでに江戸初期において、一部合理主義の教界僧侶の解決すべき課題となつてゐた。しかしさういふ中においてたゞ一途清い信仰をもち、戒律のまゝに疑はず修業をなしをへた僧侶もあつた。さういふ人々の存在は、民衆の信仰心と結びつき、法燈持續の因となるのである。長谷寺は、その歴史的原因、自然の情景、原信仰の本地、さういふいろ〳〵の理由の他に、僧侶にすぐれた人あつて、寺院として高い文化をもつて世道人心に寄與した事實を數へねばならぬ。九度の燒亡のつど、必ず再建の勸進が行はれた。廣大な莊園領地の類をもたず、また官寺、大寺の扱ひもうけてゐなかつたから、國費によつて再建されることもなく、再建の大方の寄進は、一山僧侶の足で集めたものである。しかしそのことは、一山の信仰を昂らせ、布教の實績をあげる結果となつた。官寺といふ形でない寺が、國中の民衆の信仰を得たといふことは、國の人の心のむきを知るうへで大切なことである。しかもその長谷の信仰の根源は、大倭朝廷の發祥の歴史に結びつき、日本の國の初めの信仰と一つだつたといふことは、最も注意しておきたい眼目である。平安朝を通じて、高貴の御方より攝關家をはじめ後宮の女性たちもふくめ、上下の熱い信仰をうけたこの寺が、寺格の權勢名譽榮達を求めることなかつたことは、平安奠都後に大和の國民が團結して京の國司を國內へ入れず、一種の自治制をしきつゝ、國初の信仰と歴史を既定の形で保持した態度にも通じる。頑固に傳統を守るといふのでなく、その中で疑はず、自らにくらし、それを離れることを望みも願ひもしない。水田一段の收穫の固定して何百年もつゞいた時代の保守性であつたが、亂世無常の世變に際しても、このくらしのしきたりを、自然のまゝにといふ、保守主義として守る方法を知つてゐた。

天文の時の復興のごときは、まことに遲々として難儀極つたが、不思議な信念が、つひにこれも完成した。當時の大和川沿の貿易商人の勢力の增大のみが、再建の有力な原因でない。この保守主義は、一種のなまくらな信念だらうが、それを分析すると、やはり悠久な國の民の原始と傳統の信が、脈々と流れてゐる。それがくらしとなり、しきたりとなつてゐる。まともなくらしのしきたりを一應尊重しようではないか、といふことばが、すなはち保守主義の主張の發言である。この單純な發言內容は、分解すれば、厖大な史書文藝一巻くらゐにはなるものだといふことを、ものを考へることに意義を認める人は知つてをらねばならない。

まごころの僧侶があれば、寺塔の焼亡は、信仰の宣布擴大の縁となるものだ。またかういふ教團のしくみに附隨した形でいつの代にも、文明に對して高い意味での創造的な寄與があつたといふことは、千數百年にわたり持續した信仰の、持續の重大な理由だつたのである。戰國の終りにあたつて一様に疲弊したごとく見えた社寺と文化全般の狀態に對し、再建の熱意がその間隙をねらつて、なほ兵亂の中で行はれ成功したのは、當時の新興武士がその人物において雄大、教養において、當時の市民に劣らず優秀だつたからであるが、その時にこそ俳諧連歌師の久しい歳月の努力の大きい作用を見忘れてはならない。それらの人々を、かつて私は後鳥羽院以後隱遁詩人といふ呼稱でその史的性格を規定した。その人々の世捨ての生活は、美しい衣を欲する僧侶以上に徹してゐた。彼らはわびさびの旅路に、野ざらしとなることを意にかけず、その旅をなほもつゞけたのは、よほどに高熱の火が胸中に燃えてゐたからである。後鳥羽院の大御心をうけて、おどろの下に道のあるを知らせるといふ念願が、彼らの理想を、わかりよいことばでいつた時の形容だつた。それは正確な象徵的表現だつた。

長谷寺の復舊の責任者となつた豐臣秀長公は、なほ天下一統に至らぬ日、その行政においては、一擧に天下統一の世の中における文明をめざして事をはこばせた。その驚くべき見識は、大和の古社寺を次々に補修保護し、長谷寺はまた多くの恩惠を蒙つた。長谷寺へ專譽上人を迎へたことは、まことに武人の驚くべき叡智にして、國民の幸ひであつた。これによつて長谷寺は、ふたゝび國内最高の學園の實質を形成し得たのである。

中世戰國の時代においても、長谷寺は大和の豪族たちも加つて、高い文明の一種の避難所のごとき狀態を形づくつてゐたのであるが、秀長公の行政下に專譽上人を迎へることによつて、又も最高の學園を形成し得た。このあと傳統は、江戸前期に至つて、隆光上人の出現となる。

隆光上人は、俗說では、犬公方の原因とされてゐるが、本來の姿は學僧にて、あるひは異例の靈力の所有者だつたかもしれない。五代將軍は、學問を尊重した文化的な人物にて、側近の徂徠先生柳澤侯いづれも學識の人である。綱吉將軍は、大御所遺制の政治を一擧に停止し、唐風を旨とした制度國家の形態をつくらうとした。傍系の小藩より入つて宗家の主となつた者が、新しい權威をたてる方法として、ふさはしい新體制の思想であつた。隆光上人はその時の選にかなつた側近學僧である。佛教團の勢力分布は、この上人の力によつてかなりの變化をきたしたのである。長谷寺の教界における勢力の伸張は、上人に負ふところ甚大だつた。しかし今日より見た時、上人の功績は、古文化財保護の面に大きい。日本の古文化財にして、この上人の陰の力によつて久しい荒廢の時ののちに初めて修復再建されたもの、京都大和において多數である。法隆寺、東大寺、さらに伊勢遷宮の大事等、上人のかげの力は數しれない。當時、江戸城大奥は京の女性の多くを迎へ、一擧に京都風に變へた。これも新體制推進處置の一つだつたが、その配慮は單に政治的な考へ方によつてなされたのでなく、さきの場合も合せて、文化文明への憧憬と、開化の理想が先行してゐたといふことを、肯定せねばならない。しかるにその女性らの人情から、京都への財物の仕送り、京方の收入の増大加俸といふ形の工作のなされるのは自然である。上方の商人は、彼女らの手びきで江戸に進出し、その家庭が、上方の軟文藝を江戸の市井へ入れた。實にこの變化は維新の夜明の一つの光である。

かの犬公方の原因となつたものは、江戸城の炎上に始つた偶然事の連續の結果で、燒址がいつか狐狸の巣窟となり、江戸城大奥は白晝から狐狸の惡戯に驚愕困惑してゐた。その對策としては、生物を殺すことを嫌ひ、初めは虎の皮をもつて狐狸を怖れさせようと考へた。しかし多數の皮は入手困難ゆゑ、虎の繪を描いては如何などと評定にあけくれしてゐる時、偶然の機會から犬を飼つた者があつて、はからずもその狐狸をよける效果絶大なことを知り、それがたちまち畜犬の流行となり、ひいて珍犬名犬の競爭となつた。虚榮心は大奥女性の平常のことである。やがて犬醫者に市民眼をみはる狀態となる。しかしけふの東京市民は犬醫者にも犬の美容師にも驚かぬ。犬を舶來自動車のしとねに坐らせることを何とも不思議がらぬ。五代將軍の時は、まだ犬の美容師はゐなかつた。しかし當時の江戸町人は、五代將軍の新體制が、三河武士を蹴落して、お犬さまが威張つてゐる圖に手を叩いたかもしれぬ。かういふ形のレジスタンスは、將軍の霸府の町人の氣質で、天子の京都にはなかつたものだつた。それを異常といへば人心上の、さらに文化史上の異常の發生である。

かうした俗說で桂昌院と結託させられ迷信の首謀のやうにいはれてゐる隆光上人を、われわれは別の形で理解する。その人は當時の教界の勢力狀態に、一つの變化を遂行した。長谷寺の近代教團的勢力を組織擴大した。しかしそれ以上の重大なことは、桂昌院を教へて京都大和の上代の古社寺の修繕再建に力をいたし、また間接的な結果だが、京都の經濟力を增大し、京坂商人の江戸進出を助成することによつて、日本の文藝復興、すなはち維新の先驅をなしてゐたといふ、思ひがけぬ結果を次々に起したのである。惡評高いこの上人が、浮世に大きく出てきた理由原因は、その學問努力のゆゑであり、これは長谷教學のめざましい產物の一つの現證だつた。

　平安の都から、長谷寺に詣でた人々は、まづ南都に入り、卷向《まきむく》、三輪から海柘榴市《つばいち》、佐《さ》野《ぬ》の渡をへて、朝倉、出雲、初瀬といふ順に進んだ。寛治三年十月十三日、攝政師實が長谷に詣でて、丈六の四天王木像を供養したといふのが、王朝貴族の行粧美々しい花やかな長谷詣の先例となつたといつてゐる。しかしそのさき永延元年十月十七日といふ花山院御幸は、日本の國民の歴史感情からいつて無くてはならぬことだつた。花山院が、日本の精神史とか、信仰の問題のうへで、さらには隱遁詩人のやんごとなき御先達として崇慕され給うたことは、その高貴な悲劇の御運命のゆゑである。觀音巡禮の始まりを、この院よりとしてきたのは、千年の歴史に不可缺の國民感情の一つの現れで、西國三十三ケ所御詠歌のうたひ初めに、まづ花山ノ院さまに奉る御詠を唱和したのは、五十年以前の大和の風だつた。大和のふるい村々のどの家でも、神佛の信仰の議論はいはないが、花山ノ院さまは、なじみの御名だつた。永延元年は位をさられた翌年で、「紀略」はこの年に、圓融法皇の大和諸寺御巡禮をしるしてゐるが、總本山の編史にはこの方はとつてゐない。攝政師實の參詣は、ざつと百年後のことである。長谷寺が興福寺の支配をうけた云々の件は、おそらくこのころにきざすのでなからうか。

後鳥羽上皇の御幸は承元三年三月七日とあるから、長谷から吉隱《よなばり》を宇陀《うだ》へ出て、大野寺の石佛供養に臨御せられた御歸途である。承久元年の十年前であつた。平家は東大寺を燒き、南都と不和だつたが、源家の大將軍は、東大寺に大いに寄進つとめた。しかし賴朝將軍の長谷詣はきかない。その妻平政子が安貞三年正月に詣でたことは、「明月記」に出てゐる。政子はあのやうな性格行動のゆゑに、信心のこゝろのふかい女だつた。地藏菩薩を信心し、これがもとで地藏信仰が流行したとさへいはれてゐる。

政子念持佛の地藏といふのが、古いころは鎌倉の博物館に出てゐた。三、四十年の昔は、博物館も傳説俗説を列品説明に加へたが、近ごろはさういふなつかしい庶民的歷史感情を抹殺することを、學問的だと思つたらしい。公立の博物館のやうに、權威を示すそぶりの多いところではさういふ種類の解説はしないやうである。國民の史的感情にそつて世の中をたのしくする代りに、無味にするたくらみの、無意識な現れで、その心せまくして愚劣に近い。

長谷の本尊が觀音地藏合體の尊體といふやうな信仰の發生來由は知らないが、政子がこの合體尊體の說をきけば安堵をいつそう深くしただらうと思へてをかしい。

　このやうに春日詣、長谷詣が、王朝貴族の年中行事となつたことは、誰が推進したわけでない。その信仰の原因といふべき魅力はまた數多くあつた。そこに長谷信仰の年久しくつゞいた理由がある。尋常の觀音信仰とか、藤原氏の因緣といふごときものは眞相の說明とはならぬ。長谷信仰は「長谷」への信仰が主軸であつて、單なる觀音信仰でない。紫式部の數ある佛の中のみ佛といふ感じ方は、美觀や感覺論の他に固有信仰にも結びつく。もちろん式部はこの御本尊を拜しての現實の感情のうけとり方を現したのである。今ある天文再建の本尊を拜しつゝ、そのもとの形を思つて、式部のうけた感動を回想してみる。天文再建の御本尊の御形を今見る時も、まことに世のつねの佛ではない。世のつねの造型ではない。ただ當節の美術觀賞では、このみ佛のありのまゝを拜することをしないし、さまざまの人のつくつてくれた狀態や、わが世の思ひをこめて見るといふこともできない。美の觀賞は幼稚に抽象化されてしまつてゐるのである。これを私は「古寺巡禮」の亞流といつたまでである。日本人の心のふるさとの現實や、生命の原始へのたえまない復活、「古事記」のもつ永遠な稚《わか》さ、さういふものの具體の造型を、ぬつと、太々しく、この本尊と、美しい四圍の自然と、そして悠久の國初の歷史が重なつて顯し示してゐるのが、いふところの長谷詣の原因となるものである。

　近世以後、西鶴翁などの小說の現れるころからの、上方の市民や庶民のもつた長谷についての俗な遊蕩境の觀念も、その信仰上の根源にさかのぼつて、觀念の整理をしてみると、やはりなつかしくすてがたいものがある。

長谷寺が立教開宗千百五十年記念出版として上梓した「豐山前史」には、世上に流布する長谷寺縁起は、興福寺が長谷寺を東大寺から奪つて、支配するにいたつた以後の所産といへるものにて、興福寺が長谷寺を支配する現實を合理化する主張をこめたものともいへようとのべてゐる。この見解は、今日の總本山長谷寺の立場を示すものと解釋するが、正しく今の緣起が、興福寺が長谷寺を懷柔した後の作爲多いといふ考へ方は、大よそその通りと思ふ。

しかしその緣起を菅公に結びつけねばならなかつたところに、普通通念の神學風の教學教理と別箇に生きてきたわが國の俗な信仰のしつこさがある。

日本の歷史や精神史のうへで、長谷寺といふ場合には、その領主權とか、政治經濟にふれるやうに思へる大福帳の記錄などに、無關心であつてもよいのである。大和國原を挟んで東と西に、長谷寺と相對してゐた當麻の寺の、その曼荼羅にかたどられた信仰が、中將姬傳說といふ得がたい演劇物語をもち、かつ世上の信仰の寺院ではあつたが、なほ東の長谷寺の旺んさにくらべるべきでないことは、これもきのふけふの話でなく、歲月いつものことだつた。

天平の本尊十一面觀音の緣起では、靈木は初め近江から大和の八木へ移り、こゝより當麻の里へ移つてのち初瀨へ來た。すなはち江州の白蓮華谷を流出してから、二百十三年目に當る。本尊の御衣木が一度當麻へゆかれてゐるといふことが、古代生活の信仰の點からいふと、何かの意味がありさうで、さういふ因縁をよろこぶやうな信仰の風儀は、この縁起の流布した中世も今日も變りなくあるのである。今日の人なら、何かの調子で、當麻のもつてゐる多くの國寶の中のあるものに見えるエキゾチズムに心をひかれたり、二上山にまつはる大津皇子の傳説をなつかしんで、その初夏の會式の粧ひを、來迎欣求の歴史とも結びつけて、二上落日の神祕性の深さを幻想するかもしれない。しかし世上と歴史上の信仰で、東の長谷にくらべて幅の狹く淺いのは、山も谷も淺かつたし、自然の美しさでも劣つた、さらに歴史の古さにおいて比すべくもなく、中將姬の美しい悲劇は、當麻の南に當る井上内親王の悲劇の深さから生れる執心にも打消されたゆゑであらう。當麻れんぞ地帶の團結より、井上内親王御靈社地帶の自治體の團結力のつよさは、南北朝戰國の大和國民史に明白である。しかし長谷の信仰の原型は、このあたりでいふ「歴史」の何千年、何萬年以前に遡るもので、佛と神をわかち稱へなかつた原日本人の魂の「古事記世界」である。二上の落日に象徵されるやうな當麻の信仰から、例の山越彌陀の、異常の生々しい印象を、長谷の本尊の涌現ぶりとくらべてみることは、單なる思ひ付でない。それはくらべてみねばならぬ民族の造型の奇異のもので、心に殘つて、生々しいものだからである。しかしどちらの本尊に抱かれたいかといふところで、信仰も藝術觀賞も別れる。かういふ云ひ方は、あぶなく官能的に墮すだらうか。實にかういふ危なさにゐるといふところで語つてゐるのである。山越彌陀も奇怪で、しかも身におぼえのありあまつた生の繪だつたが、長谷の本尊はいつそうあらはだつた。生を涌出させてくれる生々しい種子である。それはまさに男性の情態であらう。ここで申したいことは、美術鑑賞家風な見方からは、山越彌陀は一級の國寶と處遇され、長谷の本尊は美術書の對象にならない新しい時代の作である。新しいゆゑに國寶でもない。この本尊を、私の眺め感ずるがごとく寫眞で現すのは難しいやうである。涌出も涌現も、その妖しいたのもしさも、寫眞に現しがたいといふことはきはめて當然だ。私はさういふ必要もないと思ふ。

日本の本來の繪畫は床にかゝげて拜見するもの、文房具は北窓の机上に愛して用ゐるもの、陶磁は食卓で使ひつゝ鑑賞するもの、佛像は莊嚴された內陣の法要の中で拜みつゝ嚴かな、あるひはなつかしい、またはたのもしい信仰と一つとなるもの、私らはさういふ形で、美の作品を、あまねく全き教養ある人間の行儀正しいくらしの中で享受することを考へねばならない。古來の文化と隱遁と風流の生活も元來さういふ原則にもとづくのであつた。花道ももと〳〵においてさういふものでなければならない。今日家元茶道が未曾有に流行しつゝ、花道の生活が、國民生活の大きい部分でも無くなつたやうに思はれるのは、どういふことだらうか。

京の都の教養高い人々が、春日詣、長谷詣と、年中行事のやうにしてゐた時代、人々は奈良の風景に、今の人の思ふほどのものを感じたであらうか。奈良公園のできたのは、明治の初年で、大乘院一乘院の入りこんだ空地を整理するころには、今の博物館のまへでは田植をしてゐたといつた。大和國小房《をふさ》の儒者前部重厚翁がこの公園の設計者で、今ある公園の松の木の大方も翁が植ゑたものだつた。二人曳の人力車を馳しらせつゝ、指揮されたといふから、さすがに得がたい人物であつた。幕末の谷三山先生の門下だつた。三山先生は、當時海内著名の儒者だつたので、吉田松陰先生は、はるばる訪れて教を乞うた。その時三山先生にまみえた感動から、已の經學をやめて文學に轉じようかと惱んだといはれてゐる。三山先生の書は早くから山陽先生も畏敬したものだが、まことに近世の第一人者である。その上品の人格の高尚さと、人道國事に對する志や、切々の情感は、尋常の僧家などの書風に見られない尊いものである。重厚翁はこの三山先生の高弟にて、性豪宕の人だつたが、趣味の洗練された人であつた。現存の所縁の人たちは、翁の文學などは忘れて、その食物の趣味や味覺についての驚きの逸話だけを傳へてゐる。

つい近ごろまで、京より奈良に入る道は、奈良坂から大佛殿の大屋根を見ながら、古都へ入つた。大和の道は、國原に南北を貫き三條あつた。東よりの道を上《かみ》つ道、それから西にならぶ二つの道を中《なか》つ道、下《しも》つ道とよんだ。上《かみ》つ道は中ごろより上街道となり、その東側に山すそを通る山ノ邊ノ道があつた。それが舊の上つ道だつた。さらにこの春日の山つゞきの山脈の上は東へひらけて高原である。後醍醐天皇の吉野行幸の道は、この山上の道である。つまり今の上街道は北朝の交通路で、南朝の交通路は、山ノ邊、磯城《しき》の臺地山中にあつた。この臺地の南部、長谷の谷の水上《みなかみ》の一帶こそ、大倭朝廷のふるさとだらうといふのが、大和の物部《もののべ》の一族が大事にしてきた傳承である。物部の族は、神武御東征の以前に、こゝの山上に天降《あまくだ》つたといひ傳へた。長谷の谷のなほ奥である。

大倭朝廷のふるさとといふ點では、長谷はその稱へのごとく籠國《こもりく》の奥所《おくど》だつた。それは初瀬川が平野へ入る地帯には、多くの大倭朝廷の舊都の遺蹟があつた。さらに天降《あも》りの傳承さへ殘してゐた。これらは長谷詣といふ、長谷の信仰の最もふかい原因となるものだから、その一通りをこゝで語らねばならないと思ふ。巻向《まきむく》の北の澁谷《しぶたに》に、山ノ邊ノ道の勾岡《まがりをか》の上《へ》の陵と山ノ邊ノ道の上《へ》の陵の二つの御陵がある。崇神天皇、景行天皇の御陵であつて、この二つの陵あたりで、南北朝の境界線をなしてゐた。つまりこれより南、すなはち今の櫻井市に對しては、興福寺勢力も完全には及ばなかつたのである。さうしてこの二つの帝陵のあるあたりが、日本の親里《おやさと》、わが大倭朝廷のふるさとといふ見地からは、一應の北邊と考へたらよい。長い期間であるから、大倭朝廷の都は、このあたりより北にも移り、時には、國を越えて近江、難波等々にもつくられたけれど、およそにいつて今の櫻井市と橿原市、それに明日香村を三つ合せた方三里ほどの地域が、日本の國のふるさと、大倭朝廷の原地である。

奈良は開拓された計畫都市だつた。七十年ほどしかつゞかなかつたのには、いろ〳〵の理由があつたと思ふ。奈良で一番大事なお宮だつた春日神社は、御神體のいます社でなく、元來は遠方の御本社を遙拜する社だつたのである。平安朝の中ごろまでは、藤原氏の者もはつきりとさう知つてゐたはずである。春日詣だけでは、大和巡りが心持で終らなかつたのは、心の風景の問題もあつた。先祖の血の思ひ出である。生命の源の生れた親里に歸る思ひである。そのうへ奈良の邊の風景は、美しくなかつたのである。これは今も式島や長谷の山峽の風景と比較したらわかることである。日月の壯麗な生命感も、奈良の都では、もとの國の初めの故地にあるやうに、崇嚴には眺められなかつた。風景と歴史が、あまりに生々しく比較されることが、奈良の都を短命にした一つの理由だつたと思はれる。

天武天皇皇統の問題といふやうな政治的條件より、私はかういふ人の感情に結びつく思ひを重んじる。例としてはおそれ多いことだが、明治天皇が、江戸城といふ霸者の居城をよろこばれず、京へ歸ることを望んでをられたといふ話は、巷説としてきいてゐたが、先年日野西侍從の祕記を見て、世上の噂の正しさを知つた。日野西子爵の祕記といふのは、天皇御紀編輯のため、編纂所總裁金子伯爵が嚴祕を保證したうへで、口述筆記されたものである。宮中と子爵家に一本づゝを殘した。侍從の拜した天皇の御日常を謹述したもので、世に出ることなど、ゆめにも思はれなかつた極祕の書である。明治天皇が江戸城をお好みにならず、いつも京都へ還ることをお考へになつてゐられたといふことは、普通にはごく小さい御逸話の一つだらうが、私は國の歴史のうへでの影響微少とは思はないのである。

現在櫻井市内だけで、上代の古墳大小合せて五千ほどが大よそ知られてゐる。さらに推定では萬を越すだらうといふ。專門家が保存調査といふ命目で、公費をもつて發掘破壞したものは、まだ數箇にすぎないのは幸ひといふべきである。澁谷は現在天理市に區劃され、櫻井市の穴師《あなし》に隣接してゐる。こゝの二帝陵は、典型的な壯大優美な御陵である。いづれも廣大な濠をもち、その水は大和平野の何ケ村かを灌漑する生命の水として、年しらずたゝへられてきた。御陵の水は舊來から、原則として農耕の用水だつたのである。

以前の町村制のころの道順では、丹波市町から朝和村をへて柳本町へ入つた。澁谷はこの柳本町の大字で、その南端である。朝和村には大和の大國魂の神社があつた。ある時代にはこの大和《おほやまと》神社は、大和の一ノ宮かといはれるほどに栄えたこともあつた。しかしこの神社ば、もとは柳本町の南端の巻向山の山手の岬《さき》の長岡にあつた。今釜ノ口長岳寺のあるあたりである。大和では大和神社のお祭りが國中の祭りの初めとされてゐる。その御名のごとく、大和一國最大の魂の社だつたはずだから、大きい信仰圏——共同生活圏の中心だつたが、この釜ノ口も、弘法大師押領の遺蹟である。大和神社は初めの釜ノ口あたりから、今の朝和村長柄《ながら》へ移られたのである。さういふ移轉は、信仰圏の減少となつたと思ふ。釜ノ口の寺には見るものも少くない。その三尊の佛像の、うすものを透すやうな現身感や、面貌の優美さは、ちよつと類少ない平安の優作だが、大和では推古天平といはねば、自他ともに納得しない。見過していつて了ふのである。止むを得ないことだが、文明密度といふ見地からいへばさびしい。近ごろではやうやく弘仁貞觀が觀光對象になつてきた様子である。

丹波市の山の上の、布留石上《ふるいそのかみ》神宮は大倭朝廷初期の物部氏の根據地、垂仁天皇の御代にこゝを兵庫としてゐる。つい最近、近くの杣之内の昔から知られてゐた西山古墳の隣に、島ノ庄の石舞臺に匹敵するやうな石組の大古墳が發見せられ、物部氏の首長のものと想像されてゐる。石上神宮には平安式の樓門などあり、社殿の配置境内の庭など、自然の景觀、木立の美しさかねそなはつて、代表的な上代藝術の一つだが、今なほ清閑の狀態におかれてゐる。

澁谷の山ノ邊ノ道の二つの典型的な美しい御陵を拜して、穴師《あなし》に入る。五十年の昔には、人麿屋敷といふなつかしい遺蹟をつくつてゐた。その人麿の穴師川は小さい川だが、さかんなころにはこの川上の車谷《くるまだに》には百以上の水車がならび、大和中の粉をひいてゐた。明治大正までの話で、その水車には、どこそこの赤鬼などといつた仇名がついてゐて、まことにさかんであつた。明治初年の文明開化の時、この水車の動力を利用して時計産業を始め失敗した。しかし穴師の水車が時計をつくらうとし、失敗したといふことは、わが明治維新の精神の、最もつゝましい象徴である。當時洋式時計は、商賣として入つてきたのでなく、侵略者の道具として入つてきたのだ。一割二割ほどの口錢をもつて賣りつけるものは、まともな經濟行爲として、商賣といひ得る。それは商賣の道德にかなふからである。しかし一のものを十倍で賣ることは商賣行爲でなく侵略行爲である。たとへ對抗の兵器をもたなくとも、侵略行爲に對應することは、卑怯の汚名をうけない態度である。維新當時の攘夷論は、かういふ自衞精神と相通ずるものに變貌した。穴師の水車が時計をつくらうとしたことは、國の大局からはとるに足りぬ微小の經濟的行爲だが、その精神は大きい。

この穴師に座すのが大兵主《だいひやうず》神社である。もと穴師卷向の山上に座した兵主神社は、中ごろ山を下つて今は一所である。この穴師の大兵主神社は、卷向の二つの都、卷向珠城《たまき》宮、卷向日代《ひしろ》宮、すなはち垂仁天皇と景行天皇の都の背景の勢力にて、この二帝當時の大倭朝廷の發展を考へると、兵主の神の族の强大な勢力が想像される。この垂仁天皇の御代の七年七月七日、大兵主神社の神域内で出雲の野見宿禰と、當麻の蹶速《くゑはや》が相撲をして、宿禰が勝ち、蹶速の當麻の領地を與へられた。これが節會相撲の嚆矢とされ、この大兵主神社が國技發祥の地といはれる所以である。宿禰の遺蹟は卷向の村内にもあつた。この出雲といふのは、初瀬町の入口の部落として今も殘つてゐる。宿禰は殉死の制を止めるために、こゝで埴輪をつくつたといはれてゐる。この宿禰の族は祭器の製造や葬禮にかゝはりあつたと考へねばならない。垂仁天皇の御代からのちは、皇室の喪葬を司る部族となつた。これが土師連の始りである。

この泊瀬の國の稱へのまへに、この一帶を出雲の稱へでよぶ風があつたのだらう。宿禰の記事に出雲國とある國は、書寫する人が知らずに考へて、脱字と思つて入れた國だらうか。出雲の野見宿禰を迎へる使者が、大倭國魂の大和神社の祭主長尾市《ながおち》であつた。大國魂の神の司が、出雲の英雄を迎へにゆくのである。

今の初瀬の町の西の出雲の部落が本來出雲で、宿禰の出身地でなからうかといふのは私の見解でない。三浦義一さんもさう考へた。數年前奈良の旗亭で、三浦さんは尾崎士郎さんに、このことをきかせてゐた。その時尾崎さんのいつたことは、實は島根縣の宿禰の出生地といふとこへ招かれ、苔の生えた石をもらつてきたが、いま三浦さんの話をきくと困つたことになつたといつた。しかしそのあとで、苔はすつかり枯れたといつた。三浦さんは相撲を熱愛して、國技精神の顯揚に實際の盡力をしてゐる人である。史實に對する關心も、われ〳〵のやうな傍觀者と異つた熱意があるから、天啓の暗示をうけることもできるだらうと私は思つた。しかも歌の作者としては、近來の名家中の第一流である。特に「萬葉集」に對しては、多年ひたむきな態度でのぞまれた經歴の持主である。泊瀬の國と稱へた以前、かた〴〵私の見解からも、この山あひの奥地が出雲と總稱されたと考へることも、のちになつて、泊瀬の語意を終瀬と考へねばならないやうな事實にあつた時に、いつそう切實に回想される。

櫻井地方の俗間でいつてゐる「長谷流れ」は、平安初期の記録に見える延長の年の大洪水のことらしいが、「粟原流れ」の方は記録皆無である。しかしこの二つの川の大洪水は、沿岸の遺蹟を一掃するに近かつた。初瀬町の笠《かさ》に、上代の庶民の火葬集團墓地を發見したのは、昭和も早いころの話だつた。泊瀬を終瀬の意といふのは、やはり墓地の意味をもさすのであらう。この初瀬が生命根源なる、日と月が、朝と夕に、雄々しくなまめかしく昇つてくる谷あひと見た事實とともに、そこをまたいのちのつひのすみかとして考へたことは、わが本有信仰の發想にかなふものである。

わが國の思想は永遠でつねに青春のものである。墓場が、母の國であるといふ考へ方は、これも太古よりの尋常の民俗だつた。沖繩の人々が、墓を母胎のはらに象つてつくつたのは稚いが、素朴である。天理教祖の天啓のことばが、神から親へ還つたといふことも、この意味で私には興味ふかい。天理教の舊來の神學を形成する以前の原信仰の天啓は、私の考へでは、大倭朝廷回想の原日本の信仰に最も近い信仰の生理だつた。明治立教以來、外部から來た宗教學者がつくつた教典は、その意味で私は納得してゐない。それで近ごろ三代目の中山正善親柱《しんばしら》が、教祖のおふでさきのことばの考證から見出した、神から親への移りをいつた解義に大いに注目するのである。こゝに至つては大倭朝廷の人の心といひ、あるひは長谷の信仰の原型といひ、迂回曲折して語つてきた筋みちと、みな一つとなるからである。天理教で、祖先といひ、地場といふ考へなど、お地場歸りといふ具體性まで加へて、何萬年以前の先祖のくらしの記憶の繼續をいふのである。數學者の岡潔先生は、南の海でのさういふ超原始の記憶を、科學的にではなく、詩的に情緒的にしるされてゐる。私は人間の眞の文明は、さういふ記憶のつゞきにあるべきものと思ふ。偉大な詩人や藝術家はそれを說かず、またいはずしてたゞちに表現してゐるからである。岡先生も、さういふものを表現されたのである。わが祖先の人々の觀念としての高天原も淨土も、さういふ原記憶が、淸淨風化されて、美の極致に到つたもので、われ〳〵は何萬年の昔にそこで現實のくらしをなし、やがてそこへ歸つて、新しい生命を開始するのだらう。何萬年の記憶がわがうちにあるといふ事實が、この信仰の保證である。

野見宿禰の出雲は、大和の出雲であつた。それは今の初瀨の町の入口で、この出雲に葬禮の埴輪や祭器をつくり、死によつて始まる長い生活を司る部族が住んでゐたといふ話は、當麻びととの相撲の話と、「萬葉集」の歌の解からも一應整然と勘考できるのである。當麻も、西方の來迎にふかいかゝはりある土地だつたことを、ここで思ひ出したい。三浦さんの說は、單に島根縣の出雲が遠すぎたといふやうなところで始まるのでなく、大倭朝廷の原始時代の生活や信仰にふれ、神話の構成にもふれ、「萬葉集」を丁寧によみほぐした果の思ひ付であるとして注釋すべきものである。

尾崎士郎さんも生涯の熱情の大なるものを相撲にかけた人だつた。この時尾崎氏夫妻を案内して、私の家内とも一緒に、平城京址發掘場を見にいつた。奈良の中西寛さんが案内だつたが、そこへゆくまで中西さんはだまつてゐたので、野原の中の假小屋のまへで自動車がとまり、さあ降りてといふと、尾崎さんはつれて降りたが、とたんに、何としたばけもの小屋へつれてきたんだといつた。眞に迫つたとつさの表現だつた。冗談でない。あとで尾崎さんがいつたことだが、千葉で、幽靈の出る小屋といふのへつれてゆかれたが、それと全く同一なので驚いたのだと語つた。私は尾崎さんの第一印象の直截なことばが、今こゝで行はれてゐることの客觀的な批判として、心から眞實のものにうけとつた。私は以前からかうした事業を、驚くべき文明と道徳の破壞と思つてきた。その破壞といふことに全然氣づいてゐないことを、最もおそれかなしんできたのである。

周知のごとく菅公は野見宿禰の子孫といふことになつてゐる。それは菅原氏の族の人々が、歴史時代を通じて信じきた事實であり、わが國の姓氏の體制のうへの傳へも、歴史書の記述もみなさう信じてきたのである。この菅公が、長谷寺緣起文の作者であり、與喜山や染田の天神社が長谷信仰の中で大きい比重をもつことを、こゝで考へ合せておく必要がある。かういふ因緣しくみをはなれては、永續的な信仰はあり得ないのである。菅公が以前に長谷に詣で、よき山と仰言つた。このことが與喜天神の濫觴といはれてゐる。しかしもと〳〵瀧倉社とならべて、瀧倉を長谷寺の地主神といひ、與喜社を今地主と稱へたことから考へても、天神社となるまへからの神聖な社にて、長谷寺の以前の信仰の聖地と思はれる。菅公の縁で、出雲の聖地と思ひたいところである。菅公にとつては、長谷の入口の出雲が、千年以前の先祖の地、おやの土地だつた。それは因縁である。この與喜山が今日天然林として殘つてゐることは、文化の見地からは、何體の古佛が殘つてゐることよりも、ありがたく尊い。いはゆる文化財以上に大切なものである。

長谷を民族の信仰といふ立場から考へる時は、野見宿禰から菅公へといふ血統は一つの大切な要素である。この解説は明快でなくとも、この一行ですべての心すなほな日本人にはわかつてもらへる、さういふところであたりまへの日本人の信仰史とか精神史はなりたつてゐたのである。

穴師《あなし》の兵主《ひやうず》社の一族の神人たちは、巻向の宮時代には、後の泊瀨の出雲の野見宿禰と緊密な關係だつた。巻向の村にある出雲莊はその證となる。この穴師の神人は、飛鳥の淨御原宮のころの神聖な行事には必ず登場して、魂しづめの藝能を行つた。この證は、平安時代に入つてからも、神樂や催馬《さいば》樂の類に殘された。そこで柿本人麿と稱へる歌聖は、この穴師の神人――仙人といふことばでいふものと少し通じた内容をもつてゐるが、のちに穴師の山人《やまひと》とよばれる、大倭朝廷が急速に發展した時の一大勢力を反影した部族の、精神的な代表者であり、その象徵的存在だつたのである。この人麿が巻向の宮の背景勢力の持續した信仰の象徵だつたといふ意味は、歌は神と人をつなぐものといふ貫之朝臣の思想を思ひ出させる。そこで私がこの二十年間にかいた「萬葉集」の濫觴を説く三つ目の論文は、この巻向の象徵なる「人麿考」といふことである。「吉野離宮考」「飛鳥神奈備主神考」とつゞいて、これが三つ目になるわけで、このやうな「萬葉集」の論を、誰も考へなかつたのは、それはわが鄕國の庶民の精神生活が構成してゐた、くらしの中の血脈につながる信仰面の解明のものだからである。長谷信仰にしても、かういふ要素の綜合體である。僧侶や教團關係者が、かういふ點にきづかぬのは、彼らが民衆と一つでないからである。一種の特權階級だからである。かうした形で、僧侶や社家が、民衆の一番大切なこゝろから浮上つた時、さびしいのは教團人や司祭者の側である。民衆は司祭業者を浮上らせても、依然として原始の信仰の方はすてない。かうした現象は、戰前の官幣社系統の古いお宮の官祭の現場でときどき見られた。官祭私祭同時といふやうな場合、一あしさきに形どほりの官祭をとり行ひ、宮司をその方へ棚上げして、村民たちは別の筵で私祭行事の仕上げを賑々しく行つた。

長谷の信仰の根源は、すべての外來の宗教儀禮の果に、國の血脈の根源へかへるといふ思ひにあつた。信仰と歷史と、生命と神話が一つとなる現場と振舞だつた。假名がきの史書の一なる「水鏡」は、內大臣中山忠親の著といはれた。時代は後鳥羽天皇の御代、建久六年六十五歲で薨じた。この本は少しさきにできた「大鏡」が、文德天皇より書き始めてゐるので、その上に續かせるために著したもので、一篇のしくみは「大鏡」にならつて、神武天皇より仁明天皇まで五十五代千五百二十二年の事歷を、御代々々の順に揭げた。その序文で、一人の修行者が仙人よりきゝ、とつたところを、筆錄するのだとのべてゐる。そ

参籠の尼が修行者に乞うて、彼のき、及んだ物語を、後夜《ごや》うち過ぎ、睡氣をさますため

に語つてもらふといふ趣向である。神武天皇この方の歴史を語るのに、初瀬の寺を選んだ

のは、まことにめざましい思ひ付である。その場所は、國史の草創よりこの方、國のふる

さとの土地である。その國史の舞臺は、ほとんどがこの地に都された代々の御物語である。

そのゆかり正しい先祖の土地で、國初よりの御祖の歴史を語るといふ「水鏡」の作者の思

ひ付は、まことに心憎いばかりに、すばらしいと思はれ、またつゝしみふかい心持によく

ふさふものとも思はれる。しかし事理に細心なこの本の著者は、こゝで二つの注意をのべ

てゐる。その一つは「古をほめ今を譏るべきにあらず」、いま一つは、目の前のことばかり

のみ知る心を去れ、云々――きはめて健全中庸の注意である。

この「水鏡」の序の中で、私の特に興味を感じることは、このき、手の尼の身上で、こ

としは七十三といふ。今年はつゝしむべき年だといふので、その二月初午の日、龍蓋寺に

詣で、それから長谷寺へと來て、たそがれ寺につく、そのまゝ參籠したのである。龍蓋寺

とは岡寺のことで、初瀬と同じく、西國三十三ケ所の札所である。札所の順路は岡から初

瀬へとつゞいてゐる。この尼は、厄除けのために、二月初午の日に岡寺へ詣でたのである。

この習俗は、著者の薨じた建久より古い時代すでにあつたことだらうから、平安末期の風

俗である。この風俗は、現代の岡寺につゞいてゐる。二月初午に岡寺へ厄除けに參る風習

は、知つてゐる戰前はさかんだつた。男子は他所へ參る村もあつたが、女十九の本厄には、

大和の遠近から大方こゝへ詣でた。初午のその日は、飛鳥路一帯野も丘も、着飾つた若い女であふれた。日もやうやくうらゝかで、まことに美しく賑やかでたのしい眺めをひろげた。もちろん近在の若ものたちも、あるひはしめし合せてくり出すのである。今もおそらく變らない風俗と思ふ。この風俗は平安朝の終りから、今まで連綿とつゞいてゐるのである。都の內大臣が、遠い大和の飛鳥路の民衆の風俗を知つてゐたといふことも、よほどきこえたお祭りか、よほど細心の文人の心得のある人か、そのいづれもだらう。

穴師の西の平地の箸中の墓の主、倭迹々日百襲《やまととひもゝそ》姫命が、古神道最後の偉大な女祭主としての歴史的地位は、以前なら誰でも知つてゐた。先般アメリカ軍隊がわが國に駐屯してゐたころ、東洋學とか日本學を專攻した青年で、日本へ來たいために軍隊に志願して、奈良へ來たものが少くなかつた。そのころ鄕里に歸農してゐた拙宅へ來て、日本のことをあれこれ問ふ者もゐた。歴史上の問題で異常の興味を示したのは、この倭迹々日百襲姫命や崇神天皇の御ことだつた。澁谷の崇神天皇御陵には、何か古神道の祕密のしかけでもしてあるのではないかと問はれた時、まことに意外な考へ方に驚いた。そして日本で教へてきた國史教育と異るところで、日本史を學んでゐることもさとつた。彼らのそれは神道を重視した日本史といふことになる。しかし彼らは神道の本態はしらず、これをたゞ神祕として畏怖してゐた。

米軍進駐の直後さういふアメリカ軍人が何人か、武器を携へて澁谷の御陵へ來た。外山《とび》の玉井榮治郎翁がまだ監守長をされてゐた時で、この內部を見せて欲しいとたのんだ。玉井翁は、聖域内へ入ることを許すことはできない、しかし諸君は武器を携へて來た、あへて侵入しても、自分はあくまで阻止しようとはしない、といつた。米人將校は古墳の構造の説明をきゝ、うちに入ることを斷念した。この時も中に何かのしくみがないかときいたさうだ。もちろん御陵の中は明朗で、草木と土のある以外、特別の何のしくみもない。彼らの關心は、古墳の様式でなく、特別な神道の祕密の洞穴や神殿のごときを思つてゐたのである。さういふ米國の好學篤志の將校の一人だつたが、ある時こんなことをいつた。大和の國民の氣風を見ると、北は封建的で南は民主的である。これはどのやうな理由によるものかと問うたことがあつた。この解答のために、人情形成の來歴をいふと遠い昔のことになるが、ざつと考へると南北朝以來の傳統だつた。南といふのは、南朝勢力の地帶で、北といふのは、興福寺が統一しようとした北方幕府勢力だつた。南は護良親王が組織された、群小の土豪的勢力で、郷社とか宮座連合といふ形で、民主的な首長を選擧する風俗もあつた。大和神社の郷中は、北方勢力下で、早く微弱だつたことが、その社運の衰へとなつたやうである。アメリカ情報將校の判斷でいへば、民主的な地帶の郷中組織が、その神社の社運をさかんにしてゐるわけである。

大和《おほやまと》神社も、穴師の兵主《ひやうず》神社も、ある時代には、三輪《みわ》の大神神社とならぶほどの社運の榮えたこともあつたが、兵主社の盛時は、國史年表でいへばざつと二千年以前、しかしいろいろ考へ合せるともつと古い時代で、そのさき何千年の昔かわからない。肇國の神武天皇が、三輪の五十鈴媛命を皇后とされた時の物語は、美しい抒情詩巻だつた。今でも穴師から桃の咲く丘を一つ越えて、狹井《さゐ》へ出ると一ぺんに風景はひらけて、展望さへ變るのである。風景が無性にあかるく美しい。三輪の神體山が、樹木茂り、巻向山が見るかげもなく荒廢したのは、近世封建時代が、この山の風景を破壞したのである。「萬葉集」では、三輪山と巻向山の山川はならび立つて美しかつたと歌はれてゐる。平安時代もなほさうだつた。巻向山の木が伐採されて歌枕史蹟の失はれるのをなげいた江戸後期の記事が、當時の名所記に出てゐた。

三輪山から長谷寺へつゞく山脈は、今でも美觀少しも損じてゐない。三輪山の全山をおほふ松の木の種子が、長谷の谷の北側の植林を妨げたのは、美觀からいへば幸ひだつた。この山脈は相當ふかい林相で、戰後猪が繁殖して、近在の百姓が被害に困惑した。このあたり、初瀬から黑崎を中心とする附近の百姓は、戰前は空鐵砲で猪をおどして秋をこしてきたが、戰爭中の飛行機の爆音になれたけものどもに、空鐵砲では何のきゝめもないとなげいた。伊賀には鐵砲をつかふ獵師がゐるといふので、それを迎へて猪退治をしたことがあつた。初瀬谷の黑崎あたりに鹿や猪が出る話は、大正時代で一應終つたやうだつた。そのころ、三輪山から初瀬への山々を驅け廻つて最後の大鹿がゐた。その大鹿が、三輪山の東の山つゞき、慈恩寺といふ黑崎の西に當る部落の山上の落日の中に立つてゐる姿を、私は子供の日に見た記憶をながくもちつゞけてゐる。夕陽がまともに當る丘の、ほの暖い秋の日の夕燒の中で、村も家も川も山々もすべて紅紫に染り、この最後の大鹿は、角をふるつて、英雄のやうに頂上に立つてゐた。その雄姿は山より大きく天にとゞいてゐた。後で知つたことだが、これが私が見た「春日曼荼羅」の最高の原型だつた。

その時より十年も過ぎ、私は初めて春日曼荼羅をしみ〴〵見た時、この現身の記憶に體がふるへた。しかしよく考へると、その以前の幼童のころ、何かのはずみで、寺詣の老人のお伴のついで、春日曼荼羅といふものを見てゐたかもしれない。そしてそれが大鹿に先行したかもしれない。私の家には、昔、天から降つてきたといふ春日曼荼羅があつて、それをお寺へ奉納し、その法要を近ごろまでは、たしかに寺でくりかへしてゐた。奉納は二百年近い昔の話である。大金を寺へ納めると、その掛圖の裏へ姓名をかいてくれるのださうで、いつの代の院主が考へたかしらぬが、ずゐぶん寺の徳用になつたといつた。さういふものを幼童のころに見て、忘れて、しかも意識に潜在したかもしれぬ。しかし後年春日曼荼羅を見た時、私は初瀬山の大鹿の現身の記憶がよみがへつて、體のふるへたのをおぼえてゐる。それを思ふと、いまの心さへ妖しい。

巻向から三輪へ向ふ途上では、倭迹々日百襲姫命と三輪の神との結婚譚、畏き神武天皇の二つない戀ひ歌、「葦原の醜《しこ》けき小屋に　菅疊《すがたたみ》　いや清《さや》敷きて　朕《わ》が二人寢し」、その狹井河の上《ほとり》に、今はこの大きい天皇の戀の記念碑が立つてゐる。檜原社の近くである。そのまた近くの玄賓庵は、弘仁のころの名僧玄賓の檜原谷山中にあつた庵室の記念に、寛文のころに建てられたものである。玄賓僧都は名利を嫌ひ、桓武天皇の厚遇を拜辭して、遁世の志の深さに生きた珍重すべき僧侶だつた。「凌雲集」の贈賓和尚と題する弘仁御製は、僧都の淸らかな志行の高さをほめられたものである。京都より來た優雅な客の旅心は、このあたりで定まり、や、多彩の旅となる。

三輪の大神神社の前を南して、三輪川（初瀬川）に出るあたりが、崇神天皇の磯城瑞籬《しきのみづがきの》宮《みや》のあと、川につきあたるあたりが、かの海柘榴市《つばいち》の八十の衢の遺跡である。國の古き日に千年にわたつて榮えたこの市場も、今は見るかげもない海柘榴市觀音と、近くの三輪山中に海柘榴市谷の土地名を殘してゐるのみである。大倭朝廷の若々しい健康な、市とかゞひの記憶は、王朝の旅人にはわけてなつかしい土地だつた。清少納言も紫式部も、この土地を旅立つ心にしるして、うつゝに眺めかなしんだのである。

土地のものは、この海柘榴市の金屋《かなや》の部落の山の崎の高臺のあたり、延喜式内磯城御縣《みあがた》神社あたりを、瑞籬宮址と考へた。まことに西に展ける大和國原を一望にし、北に三輪山をひかへ南に三輪川を帶し、風光絶佳のところである。御在世中は「天神地祇ともに和《なご》み、風雨時に順ひ、百穀《もゝのたなつもの》用《も》つて成り、家給《つ》ぎ人足りて、天が下大に平なり、故《か》れ稱めまうして、はつくにしらす天皇《すめらみこと》とまうす」としるされてゐるほどの大なる天皇の都だつた。すでに歴史は明るく、大倭朝廷の形成の時世はこゝに極つた。第一代の天皇をも、はつくにしらす天皇と申上げたが、同じ稱へを、この磯城の瑞籬宮に天の下知らし、天皇に奉つたのである。

このみづがきの宮より東南に當る川の向ひに、欽明天皇の都址がある。すなはち磯城島《しきしま》の金刺宮《かなさしのみや》である。地形は、三輪山の方からいふと、佐野ノ渡の川向ひの南、三輪山と、神武天皇鳥見靈時《とみれいじ》の鳥見山とのちやうど中間の平地で、このあたり三輪川の堤から眺めた東の方初瀬谷の景色、西の方にひらける大和平野の全景、さらに生駒山、二上山、葛城山とつゞく西の山脈、大和平野の中でも最も絶妙の場所だつた。眼下に大和三山が見え、南に、倉橋山、多武峯、飛鳥神奈備の山々と、いはゆる龍門山塊の北おもての全部がほどよい距離で眺められることも、こゝの景色を類なくしてゐる。しかし何といつても、窈窕たる奥ゆきをもつて、山河自然の美しいのは長谷川の谷であつた。それは人の心をひき入れ、たましひを誘ひ込む自然地形の美しさだつた。金屋《かなや》にある弘仁風の彌勒谷石佛を見ての歸り、棟方志功畫伯は、石佛もよし、こゝの風景こそ、日本唯一と感嘆された。畫伯はその日を思ひ出しては、この地を三度訪れ、必ず人より先立つて、三輪川の河原に下りていつた。しかし五十年まへの磯城島の金刺宮址あたりの河邊のふかい風景は、もう知つてゐる人が數へられる。萬葉びとが、長谷川の河上をうたつた古河邊《ふるかはべ》といふことばは、私の囘想の三輪の崎、佐野の渡かけての川邊の感じだつたと思はれる。戰爭の直後の二三年ごろでも、荒廢は幽情をかもしてゐた。その景觀も今では知る人が少い。しかし今見ても、まだしも他所と異つて、國の初めの土地といふ歷史の俤はあはれにたゞよつてゐる。

この都の磯城島の名が、日本の國を意味する總稱となるのである。こゝからは、第一代の天皇の鳥見山の聖蹟も、橿原の宮址もみな見える。「老いづきて國の始めのあとに立ちしづかにかうべを垂れにけるかも」三浦義一さんが歌つた。私は口誦みつゝ、泪を垂れ、わが日本人であり、日本に生れたものなることを、千度もくりかへし、かなしい絶對感をかみしめるのである。かうした心の狀態の下では、愛國心の論議は不用である。信仰と美觀は、絕對といふ形で一つである。國も人も心も、また何もかも一つである。人と自然も、生と死も、たゞ一つである。大神神社を拝して三輪の崎を廻り、大倭國のふるさとの地のま中をゆく時、王朝の至尊も、都の高雅な女性も、戰國の連歌俳諧師も、遁世ものの藝能者も、芭蕉翁も、吉井勇先生も、みな同じ一つの心になつたであらう。古人の野ざらしの旅の心はこゝでやさしく定まり、すぎたる後は野ざらしも、玉敷く樓閣も何せんと、近昔の遁世の旅人は、昔の西行上人の心をさらにつよくたしかめ得た。これが日本の美觀であり、文學である。この風景の二つなき美しさと、國の初めのあとの思ひが、長谷信仰の、唯美最高の根柢である。そのはてに、本尊涌現の御姿は、雄渾な生命の太々しさを、かなしく妖しい神祕に象つてゐた。これが長谷詣りの幸《さきは》ひだつたのである。

金刺宮は佛教が公式に渡來した都である。日本の佛教の教へは、このしきしまの金刺宮に始まるのである。佛教の歴史からいつても、不思議な因縁で、釋尊の眞像豐山（長谷）に下るといふ奇怪な表現も、國史のこの記録と矛盾してゐない。佛教が初めて日本國へ渡つて來る時は、このしきしまの金刺宮をめざして、玄海の千重の山なす荒波をこえて來たのである。かの佛教は、飛鳥や斑鳩や難波をめざして來たのでない。こもりくの初瀬谷の山峡の戸口の金刺宮を慕ひ來つた。磯城島金刺宮は、當時の極東において、屈指の國際的大都市だつたのである。發掘しなくともよくわかつてゐる。日本の國のその後の發展や、日本におけるその後の佛教の歴史がそれを示した。しきしまの大和といふことばがまた示してゐる。都の名が國の稱へとなつた例は、そのさきにもあとにもない。磯城島金刺宮こそ、大倭朝廷の力あふれてなりたつた「大宮」だつた、大なる都だつたのである。今は櫻井市の地域となつてゐるが、舊い土地區劃では、大和にても古い名所の外山《とび》（跡見《とみ》）の地である。その小字地名にしきしまは現存してゐる。三輪の方からいへば、佐野の渡の對岸西である。定家卿が「駒止めて袖打拂ふかげもなし佐野の渡りの雪の夕ぐれ」は、國の初めの古都の址の、荒涼たるに示された詩情である。

「長谷流れ」「粟原流れ」の大變動によつて、近古このあたりには、池や沼が散在し、その間を三輪川が大河のごとく流れてゐたといふ古老の傳承したまゝの風景を、私は昭和初年のある年の洪水のあと數日間眺めつゞけた。その折は、今の三輪川（初瀬川）の川すぢを、舊態の流れにかへさうかといふ相談さへされた。その舊態といふのは何百年か以前の形である。當時大和に住んでゐなかつた私は、そのあとの相談を知らず、やはり今のまゝの河川の護岸工事を始めて、わが少年のころの風景を、思ひ切り破壞したのをその直後に眺めた。しかしこの破壞さへ、戰後の河川工事や道路開通土地造成から見ると、ものの數ではなかつた。しかし現在の佐野の渡あたり近く迄は、三輪山の神域として、幸ひ古い風景を殘してゐる。この神山の山麓のほんの一部分にあつた民有地へ、さきの市長のころ櫻井市が塵埃の燒却場をつくつた。大神神社で氣づかなかつたのもうかつだが、氣づいてゐても民有地である、輿論の支持なくては反對できない。しかし幸ひにも櫻井市では、今の市長になつて、輿論に從つてこれをとり除けることを決定した。一つの燒却場をとり拂ふといふだけのことだが、一度つくつたものを、まだ新しいまゝでとり拂ふといふことはよほどにふかい心がなければできない。それがあることがいけないことだと知つてゐる人は案外少く、知らぬ人に教へる方法はない。しかし櫻井市には教はらず知つてゐる人が案外多かつたのであらう。初めこれをつくつた前市長も、史的趣味の教養もある人物で、かつ出身が大工だつたので、かうい ふ大事のこともよくわかつてゐるはずだのに、どんな事情で、こんな場所につくつたのか、惡事でなく、なりゆきは理解しがたい。

古文化を保存するとか、傳統を守つてゆくといふことは、さま〲難しいことである。思ひがけぬところで、善意良識がはづれて、その破壞へいつてしまふといふ危險をさとり、その原因や對策をよく知らねばならぬ。醜惡な建物が建つたあとで、それを毀てといつても、そのとり拂ひ費用は大きすぎる。損害の保證はさらに大きい。私が今住む京都の驛前に目障りな展望塔をつくつた時も、工事終了まへになつて反對運動が起つた。私はその取拂費用と、建築に要した基礎工事費をふくめた總經費を考へ、反對者はそれをどのやうに處置するのかと思つて、あれこれの建築技術者にその經費の算出をたのんでゐる間に、塔は開店し、正月など登塔看客のため、烏丸通の交通が一時停止するといふ始末だつたといふ。京都の文化人の反對運動は、その後どうなつたかわからない。野原の中の建物なら、人を追ひ拂つて、爆發火藥で一擧に破壞できるが、市中繁華の場所では夜闇においても、殺身成仁の實行もできがたいのである。

私は昭和初年の三輪川の護岸工事に驚き悲しんだが、今から考へると、四十年まへの破壞の當事者の場合は、その人々の心はなほやさしく、自然や傳統といふ人の思ひに謙虚だつたことがよくわかつた。久しぶりに去年の暮には佐野の渡から長谷寺へ行つた。同行の人らは、私の感慨も思ひ出も知らないから、一應にさかんな尾花の風にゆれる河原の眺めに感傷してゐたやうだつた。そして私ひとり思つたことは、昔の貫之の朝臣の、ひとはいさ心も知らずふるさとの……といふ古歌の心だつた。人間の業《ごふ》のやうに、この世のなげきは千年もけふと變りない。私個人とか、はりないもののなげきは、千年もきのふのごとくくりかへされるのである。しかし信心の心のうすい私は、そのま、一途に、長谷の本尊にひざまづくことはなく、御佛に向つた時は、もう稚い無心で、願ひ祈ることばは何一言もなかつた。

跡見《とみ》の速瀬《はやせ》といふことばは、今日のどんな大和舊蹟案内にも出てゐない。萬葉地理の案内書にも見ないのである。古い萬葉集の訓みにはあつたが、今は消えて了つた。消えた理由は、跡見の速瀬といふ瀧があつたことが、遠方の萬葉集の學者にはわからぬからである。その名は、地名字典にも、「五畿内志」にも、「和州幽蹟考」あたりの古書にも出てゐない。陸地測量部の精密の地圖にも出ない。地圖に出される類の地名でないからだ。

「泊瀬川跡見の速瀬を掬び上げて飽かずや妹と問ひし君はも」この歌の二句の跡見の速瀬が消え、今は速見速瀬《はやみはやせ》などと訓んでゐる。泊瀬川の跡見の早瀬といふ地理の概念は、やはり土地の者でないと所詮わかりやうないから、遠方の學者の訓みのぎこちなさを責めるわけではない。それよりも大事なことは泊瀬川——今の初瀬川、三輪山のあたりを通るところを三輪川とよんでゐるが、もつと下でも初瀬川とよびならはすものもあつた、これが大和川の本流である。三輪、外山《とび》（跡見）、櫻井あたりでは、忍坂川（粟原川）と並行する。ともに外山で、山の峡から平野へ出る。太古の大倭朝廷の地域うちの川は、北から巻向川（穴師川）、三輪川（泊瀬川）、粟原川《おうばら》、それに多武峯の谷を下つてくる古の倉橋川、今は寺川とよんでゐる。この四つの川の中で泊瀬川が一番大きい。しかし粟原川も五十年前には、歌にもなる古川《ふるかは》だつた。今は櫻井の市中では、もう川といふ粧ひもない。しかし櫻井から外山を遡り、石位寺《いしゐでら》の下、忍坂《おつさか》のあたりへゆくと、和銅の露盤銘にいふ忍坂川の風格を殘してゐる。飛鳥川より風情ある川の相をしてゐた。石位寺には名高い白鳳の三尊石佛がある。元の粟原寺所在に間違ひなく、よつて私は、このわが國で最も美しい石佛、好ましい美少年の有羞を象つたやうなこの石佛は、晩年粟原寺建立にゆかりあつた額田王の念持佛だといつたのである。粟原寺建立者を老いた額田王の最終の夫に擬することは、和銅年製の粟原寺露盤の考證から一應なりたつが、この石の三尊佛は、額田姫王の念持佛とした時にこそ、最もふさはしい。美しくうひ〳〵しい、やさしい若もの像だからである。

跡見の早瀬は、泊瀬川が平野へ出るあたりだつたと思はれる。さきにもいふやうに中古の川流れの變で今は跡かたもない。土地が外山（跡見）だつたのである。「萬葉集」の跡見の速瀬が、男女の誓ひの水邊だつたといふことは、大倭朝廷の水源を考へるうへで重要な問題となる。こゝで昭和初年大水害のあと三輪川川筋がへの相談がされたといふ話にたち戻るが、今の三輪川と粟原川の間には二つの小川がある。いづれももと〳〵初瀬川のある時代の原形だらうが、その一つの川の方は、どんな旱天にも、川底を一尺掘ると水がこんこんとわいた。終戰後、私が櫻井へ歸農してゐたころに、しば〳〵試みたことである。三輪川の本流も、このあたりでは水は乾れなかつた。飛鳥川の水は、往昔は多かつたといふが、今日では磐余《いはれ》磯城の四つ川にくらべられない。

磐余といふのは、櫻井の古名で、神武天皇の御名の出どころである。用明天皇の磐余雙《なみ》槻《つき》宮がよく知られ、多くの都のあつたところ、聖德太子を上宮太子と申上げたその御名のよりどころとなつたのは、上宮《うへのみや》で、こゝが太子御生誕の御地である。雙槻宮は平野の高臺地で、この東の丘の上にあつたのが上宮の御所で、この二つの宮の中ほどの所にある櫻井の土舞臺《つちぶたい》は、聖德太子が伎舞樂を學ばせられたところである。すなはち國立劇場と國立演劇研究所をかねた濫觴の地である。今も赤松の疎林のある美しい丘で、大和の國中の眺めの格別なところである。それは巻向とも、飛鳥とも異つた、大和平野の展望の美しい景色の地である。倉橋山、初瀬谷、三輪山が、こゝの大きい美觀の强力な要素となつてゐる。倉橋川の水は、山ふかいせゐか、今でも櫻井の近くで山椒魚が見つかつたりする。卷向の穴師川は、つい近ごろまで百數十の水車をしかけてゐた。今も小川ながらに水量は多い。飛鳥から藤原京へ移られた時、私はその都の水を考へてみた。藤原の御井の讚歌などから想像しても、川よりも涌出の井戸がたよりだつたのであらう。奈良の都となると、佐保川の水であるが、その川の禊の場は、今では想像できない。

私が少年のころの三輪川には、行場といふ禊のできるやうな場所は、やうやく彿殘すくらゐのものだつたが、外山の宇陀辻《うだがつじ》から少し上ると多少、彿濃いものが見られた。そして長谷寺のある初瀬の町を、小夫《をぶ》の方へ遡つてゆくと、今でも次々にそれにふさはしい場所がつゞいてゐる。

「和州祭禮記」の辻本好孝さんが、初瀬から小夫の方を歩いたのは、戰爭になるだいぶ以前だつた。そのころの狀態をきいたことがあるが、いたるところが行場でしたといつた。瀧倉社の手前にある落神《おちがみ》など、私が見てからでさへ、その神聖な環境が稀薄になつたのは、また止みがたいことである。その燈明に電燈線をひいたからでもあるまいが、四邊がたちまちひからびて、わびしく孤獨にとり殘されたものといふ感じはあまりにも變化急激だつた。山中の風情がこのやうに早く變るのは、戰後道路が改修され、トラックとバスの力のためである。それはどんな山中もものともせず荒して了ふ近代の暴力であつた。

まだ五十年まへ、初瀬から小夫へゆくのに人力車しかなかつたころ、小夫の村の手前に、ひだり神の出る場所があつて、車夫が、客をのせたまゝ車をすて、逃げるやうなことが再々あつたが、民俗學の看板を出した人たちは、これはひだる神――ひだるいといふ語義といふが、私らは子供の心に、左道の神、外來の邪神と植ゑつけられてきた。どちらでもよいことだが、大和のあちこちにゐるひだり神の災にあつた人の話を、私は二人から面接できいた。どちらもごく親しい、一人は高等學校の校長で、その青年時代、吉野川の宮瀧の近くでの話、もう一人は戰時中同業者の組合長までした、五十年以前の中等教育をうけてゐる有識者で、この方は終戰二三年目のころ、大和の國內《くになか》の中央部の森屋の杜の近くでの話だつた。經驗譚は非常によく似てゐた。長谷の谷では、ずつと奥へ入つて瀧倉の神領を出た小夫の入口が、その名所だといひ傳へてきた。

この瀧倉社の峯を西に對して、笠荒神《かさのくわうじん》といふ荒神社がある。「萬葉集」にも「神樂歌」にも出てくる笠《かさ》である。「神樂歌」の小前張《さいばり》に笠の淺茅原を歌つてゐるのは、「われをおきて、ふた妻とるや、とるなてふ、笠の淺茅が原に」。この荒神社は近在から大和の國原の東よりの地方で最も怖れ畏んでゐる神だつた。近くに笠寺の竹林寺があつて、これが本地佛と稱へ、開基は、聖德太子とも役小角などともいつてゐる。こゝに玄宗皇帝遊仙之枕といふのがある。何から思ひついたのであらうか。この笠荒神の近くで昭和初年に奈良朝ごろの火葬墓地を發見したといふのである。こゝも初瀬八鄕の地に入つてゐる。

瀧倉神社の御神體は拜したことがない。與喜社の御神像はまことに畏怖極るやうなものだつたが、これも大正ごろの補修の時の寫眞と稱するものを見ただけである。瀧倉の第三殿御神體は福石といつて、土中に根をおろした大石といはれる。瀧倉神社は往昔より長谷八鄕の鎭守とされてきた、それにふさはしい社である。長谷寺では地主神を二つとしてゐる、本地主《もとぢしゆ》といふのがこの瀧倉神社で、與喜天神を今地主《いまぢしゆ》とよんだ。いづれも太古よりの鎭座だつた。與喜社も天神信仰に入るまへの原信仰があつたのであらう。それが今地主の原因と考へられる。古い日本佛教は、舊來固有の信仰圏を横領しても、寺院建立以前より鎭座した神社を廢さなかつた。廢することができなかつたといふべきだらう。與喜社を今地主とよんだのは、天平の後長谷寺の地主神といふのであらう。

瀧倉神社の奥にある小夫は、大伯皇女《おほくのひめみこ》の泊瀬の齋宮のあつたところだらう。今いつてゐる畑中の井戸は奇妙なものだが、齋宮は長谷寺のあたりよりずつと奥、瀧倉よりなほ奥と考へるのはよい。「是は先づ身を潔めて、やゝ神に近づく所なり」と「日本書紀」の本文にもある。

齋宮を伊勢に上《たてまつ》ることは、壬申の亂後の天武天皇の第一の政事だつた。天照皇大神宮に、御杖代《みつゑしろ》として未婚の皇女を奉るのが、齋宮の古制である。天皇は壬申の勝利を、皇大神宮の神慮とお考へだつた。人麿の高市皇子の挽歌にも、壬申の御勝利の因として、伊勢の神風を歌つてゐる。時人も皇大神宮の御加護を信じ疑はなかつたことがこれによつてわかる。人麿ほどの人の作を疑つたならば、もはや信ずべきものがないのである。天武天皇の御勝利を歌つた人麿は、同時に近江の荒都を悲しんで嘆きの歌を歌つてゐる。いづれも生命の限りに至つて眞實の心のあふれたものである。大伯皇女は二年四月泊瀬齋宮に入られ、三年冬十月伊勢神宮へ向はれる。この間一年半は、例なく嚴肅な禊齋である。のちに大津皇子の悲劇によつて、伊勢を退られるが、皇女と皇子の御贈答の御歌や嘆きの悲歌は「萬葉集」中の抒情珠玉篇として周知のものである。大津皇子の御墓は二上山の山上である。

この小夫の大伯皇女御遺蹟に近い修理枝といふところは、石上、大和《おほやまと》、三輪の三社の郷中の一點に集る地點である。そこで小夫上之郷《かみのがう》を中心に考へると、石上、大和、穴師、三輪、瀧倉（長谷）といふ、大倭朝廷の背後のすべての神社の神々は、この一點の高地から四方の谷に下つて、大倭國のまほろばをひらかれたと見ることができる。かういふ考へ方から、小夫のあたりが、高天原だといふ表現をして、大和の一番古い土地は、小夫一帶の上之郷だといふ説をなしたのが勝純老人だつた。この老人は、生涯貧窮にゐて著述に專念し、そのため生活はたゝなかつた。今私は勝純老人の行方を知らない。長谷の原信仰の少しの證を立てた唯一の人だつた。

小夫の少し奥から押型繩文土器の破片が出て、それが約八千年前と推定されたのは、はるかの歳月ののちだつた。現在大和國出土中最古の土器である。今、小夫から都介野の一帶は、大和の高天原――最も古い文明の證明されてゐる土地である。長谷からこの小夫までの初瀬川すぢはどこもみな行場だつたといつたのは、大東亞戰爭に入る以前に幾度となくこの道筋の宮座をしらべてゆきゝした辻本好孝さんの直接の話だつた。當時この人は櫻井で新聞社の通信部の主任をしてゐた。青年の日は、藤村先生を訪れたこともあつたといつた、往年の文學青年だつた。文學の志をすてて大和の磯城郡内の宮座の調査を始めた。いはゆる民俗學徒のひそみにならはず、いかゞはしい記録もあへてすてず、すべて蒐集しておいてくれたのが、われ〳〵に幸ひした。どんな小説もくらべものにならぬ興味のふかい宮座の記録一冊を殘して、戰後病死されたのは、老年にもいたらず殘念であつた。

さきにもひいた日野資名女の記に、與喜天神に詣でる時、社の手前の初瀬川のさまをしるして、「音にきゝたりしはつせ川、げにいとおどろ〳〵しくいはきりおちつゝ、ふもとをめぐれる山には、花よりほかの木梢もなし」とのべてゐるのは、今の様子で考へるのとは別の趣を想像せねばならない。今も俳諧橋より上は、禊の行場の連續と辻本氏がいつた。三十年以前の姿である。

泊瀬川の跡見の速瀬が若い男女誓ひの水邊だつたことは、跡見の速瀬が、金刺宮やそのさきの瑞籬宮の大切な水源だつたことにかゝはりあふ。應神天皇の御紀に九年、武内宿禰《たけしうちのすくね》が、敕命によつて、その弟の甘美《うましうち》と磯城川のほとりに出て探湯《くかだち》し、神祇に質して冤を雪いだ話が出てゐる。この磯城川は、泊瀬川の磯城のあたりに他ならず、とすれば、萬葉の女性のくどきの歌の跡見の早瀬の古い證となるものであつた。

上代の人々が、水に對した關心は、信仰と神聖觀においてなみ〳〵ならぬものであつたが、それは生活から申して當然のことであり、わけて水田農耕を神話と生活で一體化してゐる國がらでは、水への思ひは、今時の都會人の關心では考へられぬものだつた。大嘗の聖水は、現實的には所詮、米作りのためのいのちの水である。天道が好還するといふ思想も、水が天地間に循環するといふ形で、永遠と生命を實感したのである。天水が空からおち、地の水がけぶりつゝ天に上り、また地にふり、その間に米が育ち、人の生命が保たれ、世も人も生命もみなこゝに永遠といふのが、わが國民の神話にもとづく天壤無窮、萬世一系の信仰だつた。

以前のことだが、その時は本氣の興味から、吉野朝廷の大嘗の聖水をたづね當てようと思つたことがあつた。その時きいた話に、一人の少年がゐた。その少年は異常な心理の持主でとき〴〵發狂のやうな狀態になると、吉野の山のいくつかの水脈の中で、たゞ一つの水流のものしか飮まない。その少年を欺いて普通の井戸水や、よその小川の水を飮まさうとしても、たちまちに吐き出したといふ。その水源がちがふといふだけで、誰にも識別できない水を、發狂した少年だけは正確に味ひわけたのである。この水源については、他にもいはれあつて、その水量も常時豐かだつた。しかしこれを吉野の大嘗の聖水といふにはいはゆる證據はない。これは私の忘れがたい奇異な事實だつた。この話を今から十數年以前私にしてくれたのは、古く區長をつとめた村の長老だつた。

私が京都の今の場所へ移つてからはや數年である。こゝの地名は、昔ながらの太秦の三尾山となつてゐるが、鳴瀧の山の上である。比叡の山からま西に向ふ氣流は、衣笠山につきあたり、そのあたりの宇多野で南下して、太秦の今の廣隆寺の方へおりてゆく。この廣隆寺ももとは北野白梅町あたりにあつたなどといはれてゐるほどで、この氣流の通るところが平安遷都以前に、秦氏の者らによつて拓かれてゐた土地である。こゝへ移つた當座、この丘に井戸を掘らうといふと、京都の人がこれをとめて、昔話をしてくれた。

桓武天皇は初めこの三尾山のあたりに都つくりをしようとされた、しかしいくら井戸を掘られても水が噴かないので、あきらめて長岡京をつくられた。この三尾山から長岡のあたりを見ると、京全體の片岡のごとく眺められ、ゆるやかな綠の丘は、美しく明るく暖かさうに輝いてゐる。鳴瀧がその名のごとくたぎち流れてゐた平安の昔も、宇多野、鳴瀧、三尾山といふこのあたりは水に乏しかつたといふのである。今ある流れの水は、こゝから北の山上の人工の池よりひく。つくられた池の數は多い。さてもその昔話は何にもとづく傳說だつたのか知らないが、氣も遠くなるやうな昔の話を今に傳へる、水に對する國人の記憶と關心を、私はかりそめならず思ひ知つたことだつた。

跡見といふ地名は、神武天皇の鳥見山一帯の地である。天武天皇の御時、宗像神社を勧請されたのも、この跡見山の北麓、大伴家の跡見の田莊もこゝだつた。そして天武天皇が競馬を御覧になつたのもこの跡見の宿場の方だつた。みな古典のしるしてゐるところである。この「萬葉集」の跡見の速瀬のうたは、愛のうすれた男をうらんでゐるのだらうか、そのやうに解釋すれば、王朝相聞歌の女歌ぶりの早い早い先驅ともいへる。愛の安心感にゐて、ひとりで歡喜をかみしめてゐると解してもよいし、こもりくに泊瀬のおくに葬りした、遠くへ去つた男を戀ふものともうけとれぬことはない。しかし、誓ひの場をうたひあげてゐるからに、早い王朝相聞歌のわびやさびや、くどきや、あるひは根柢の不安の情をかまへて考へるべきだ。

なくなられるさきの年の秋、私は佐藤春夫先生を御案内して大倭朝廷の故地あまねくめぐり、長谷寺にも詣でたあと、談山神社の塔の前の宿で、その日のひるに見巡つてきた、この跡見の速瀬の史蹟と、萬葉の女の歌の心を語つてゐた。王朝相聞歌云々の件を、先生はうべなはれ、私はその際先生の筆で、大和めぐりの記念に、今まで誰一人もよんでやらなかつた、この女歌の作者のこゝろをしるしてくださいといつた。その翌年の春、再度の大和の遊行から丁度一月、世を去られたのは詮ないことだつた。この春の旅にも、三輪川のほとりをゆき、日の傾いた檜原社の丘をおりて、西へ西へと歩きゆかれて、大和國原あまねく御覧になつた。歌の話は今は私がしるす他はない、この「萬葉集」の歌の作者は、まだわかい女性であらう。「飽かずや」といふことばは、掬び上げてくれた水について、その時の水を飲みあかす意味でもあり、將來の誓ひをいふ抽象の意でもある。ちよつとした輕い茶目つ氣が瞬間に、行末の思ひに變るところ、この早い王朝の哀切と不安のうたは、人の口でくりかへされてゐる間に安定した歌と思はれる。

この跡見の速瀬が、籠國《こもりく》泊瀬小國の入口である。この入口で、萬葉の女流のつくつた王朝ぶりの女人歌を印象づけて、わが世の旅人は、御佛の聖地に浮世の旅の果も合せて知つてもらひたい。

「萬葉集」の開巻雄略天皇御製は、泊瀬朝倉宮である。今の黑崎といふのが必ずしも定說でない。古い封建時代の學者の間では、現地をたづねるやうな例がほとんど少ないので、岩坂といふ、初瀬街道から小一里も南へ入つた山間の部落をあてゝゐたこともある。岩坂は今は十數軒の部落で、もとは七つの古墳をもつてゐた。今から十數年前だが、この村へゆくと六つ目の古墳を解體した後だつた。二百年ほどまへにも一つを解體し、村中の家敷や田畦に必要な石を出したといつてゐた。こゝに七つの古墳がつくられたので、この村の一里四方に、おき棄てにされた石は一つもない、といふのが村人の云ひ分だつた。この村の神社には二つの井戸と池が一つあつた。この池へ、國中のがまが集つてきて、こゝで孵つたがまが、また國中へちらばつてゆくのだと里人はいつた。延喜の祝詞に描かれた形容を私は現實に味つた。しかしこの村の社を、當時極東にひゞきわたつた雄略天皇の都といふには、あまりにも狹くるしかつた。黑崎の山陽といふのが當然であらう。廣く明るく、國原が目のまへに展けて見えるのも、當然の一つの條件である。

百年前、天誅組の擧兵を大坂の宿できいた伴林光平先生は、その夜通し歩いて、大和の五條へ驅けつけられた。時に先生五十歳を超えてをられた。近世第一の歌人、當代一流のこの國學者は、青年の純情の仲間だつた。天誅組が壞滅し、先生は吉野山中から宇陀をすぎておちのびる時、黒崎の茶店で休み、そこの名物の夫婦饅頭を攝つたりされたが、黒崎の村の風俗を、さすがに昔雄略天皇の都のあとなれば、すべて都雅に見ゆとしるされてゐるのは、ほゝゑましい。しかし百年以前、吉野宇陀から、初瀬街道へ出ると、かほどの風俗の變化があつたのであらう。

武烈天皇の泊瀬列城宮《つらき》は、出雲の村の社うちに標識を建ててゐる。またこゝに野見宿禰墓と稱へて、みごとな五輪塔がある。この塔は近年までは別のところにあつたのを、電車道の工事の土地造成の都合か何かの理由でこゝへ移した。この村に今でも出雲人形をつくる家があつた。一ころ絶えてゐたものを、近ごろ復興したもので、簡單に云つて百年以上以前の人形型を無數に殘してゐる。泥繪具彩色の幼稚な土偶が、近頃まですき者に愛玩されてゐたといふ。近世では、紙づくりの造花の牡丹花と合せて、長谷詣でのみやげものだつた。

しかし長谷の寺に牡丹を植ゑたのは、元祿十三年といふ記録があるから、芭蕉翁も西鶴も、牡丹の初瀬は知らなかつたのである。花は櫻、翁が籠り人をゆかしと見た春夜の吟は、女人を見たのであらうが、櫻の中の美人だつたのである。

戰後間なしのころ、檀一雄君が、新聞に石川五右衞門を小説にかけといはれたといつて、大和へ來たことがあつた。戰前の文學者は、新聞小説をかくごときは純文學の墮落と考へてゐた。檀君も多分にさういふ煩悶をもつて京都大和の旅をしてゐたのであるが、何日かの彷徨の末に、かゝねばならぬ始末になつて了つたのか、あるひは決心をしたのか、さて、その作中で五右衞門にお月見をさせるとすれば、場所としてはどこがよいだらうといふ話から、結局長谷の舞臺しかない、さういふことをいひながら、夜の長谷寺へ上つたことがあつた。同じ時、五右衞門がしのび込んだ大名屋敷の臺所の天井に身をひそませる必要あつて、京で最も雄大な臺所はとたづねて、東山のある寺院の臺所がふさはしいと、その建物の見物にいつた。さすがに名だたる臺所に感心しつゝ、ふと五右衞門の忍びの話をしたとたんに、案内の僧の態度がさつと變つて、うちは石川五右衞門と何の關係もありませぬと劍もほろゝの挨拶である。京都大和に古寺大寺數あつても、豐太閤と天下の表裏を二分した王者の五右衞門が、月見の宴を開くのは長谷寺しかないといふのが、その時一致の意見だつた。

　この世の遊び、色里のながめの最後の地といふことは、昔から初瀬が、しか〴〵の方面で名を得たところだつた。はるかに西鶴翁の昔からである。今は溫泉などと稱する例のごとき宿をたくさんつくつて、昔なつかしさは稀薄となつた。生命の初まりの籠國《こもりく》は、浮世の終瀬《はつせ》でもあつた。大倭國の原始の生命の太陽が燃えつゝ昇るこの谷を、同時に籠國の終瀬とうけとつてきた心情、この生と死のかねあひが信仰的長谷の情緒であつた。

近世以來の數百年は、この情緒がむしろ長谷の大なる部分をなした。生命の發祥の現地は、また母なる墓場の國である。太古の岩石のあるところに、新しいみ佛の寺ができたなら、色里のつひの遊び場もこゝ、といふ類の考へ方は、色道にもさとりを教へた、日本的といふべきか、はた封建的ともいふべきだらうか。しかし西鶴翁のころ流連放蕩の果は、王朝の女流がみ佛と拜した時の象徴主義にくらべて、いかやうにも品も下り、何もかもくづれてゐる。文藝觀では不健康だつた。文藝では、露骨下品を、健康な現實主義などといはない。そんなものをリアリズムなどといつてゐる批評家は間違つてゐる、多分わかつてゐない者らである。

大正といふ泰平の御代には、初瀬の門前町の街道筋の店々は、一年のくらしを、牡丹の花時ですませたものだつた。咲く花を追つて、次々の遊覽地を移り歩いた女たちが、風呂敷包み一つをかゝへ、以前は櫻井から出てゐた輕便鐵道を初瀬驛でおり立ち、三々五々、門前町の旅籠宿屋へたどりついた。日ならず牡丹の花の咲くころの風俗だつた。やとなといふことばでよばれてゐたその女たちは、例年同じ店へ來たものださうだ。普斷は、空屋のやうにしづんでゐる土間に長机一つ、二間つゞきの疊座敷をしきつて、客をとるやうな、一番わびしい料理屋が、この期間だけ、急に生氣をふきかへした。長い冬の間のことや、花時の終つたあとのあはれさを知りつくしてゐる者にだけは、この花時の賑ひがいつそう哀切にうけとられた。さういふわびしい料理屋の表に立つて、中年をすぎた品のよい奥様風の女性が、落ついた着物などをきて、客をよんでゐたりして、どんな人の事情あつてかと思つたりすると、いひやうのない哀愁がいつまでも殘る。梅櫻の時を、あちこちの名所を旅して來た女たちにも、牡丹の長谷寺は最後だつた。地も終瀬の形容、その最後にみ佛にいだかれるとすれば、申すこともないだらう。しかし花がちると、まだ浮世の果を殘した女たちはいづこともなく散つていつた。人の去つていつたあとに、とり殘された女もゐた。それが子供などをつれて、いつそうあはれに、ものかなしかつたのは、昭和以前の話である。門前町の風儀も百年そのまゝ、といふ感だつた。大正時代には、まだ封建の宿場の俤が、過分に殘つてゐたのである。參宮線の電車が通つて門前町は變化して了つた。內容はともあれ、外觀もことごとく變つた。新しくなつたといつても、ほんたうに最新の近代の粧ひをするには、とても近代にふさはしい資力のあるわけでないから、門前町の當世風は、たゞわびしい。以前のやうに情緒のあるわびしさではない。今ならよく考へて殘すべきものを見定めるのが、旅人をたのしませてくれるといふものである。

もつと昔は、長谷から多武峯をへて吉野へ出る道が、道者たちの道だつた。花を追つた遊藝の女たちの道だつた。多武峯を花の中宿とよんだころは、初瀬から多武峯龍門をへて吉野山へ上る大和の花の道だつた。忍坂のあたりから多武峯へ向つてゆく道は、山の中腹だつた。芭蕉翁もこの道を歩いた。

もう十數年だが、花時のまへの吉野山に滯留してゐたことがあつた。例のごとく花時をさけて、そのあとさきを吉野山でくらすならはしのつゞいたころだつた。その年は氣候が異常で、急に春めいた夕方、宗信公の御墓所の高地から藏王堂を見降してゐると、たちまちたちのぼつた靄が藏王堂をつゝむかに見え、急にあたりが春の夜のなまめく暖さに陥つたやうな氣配、佐保姫の春のいそぎといふことばを、うべも、うべもと思つたりした。翌日は明け方から早くも全くの春で、眼のまへで蕾がふくらみひらく、花のいそぎを止めるすべはなかつた。例年より十日も早かつた。さういふ景色の中で、吉野の茶店や旅館は、まだ〳〵と油斷してゐただけに、大あわてに花見客の支度にかゝつて、床机をならべ赤い毛氈を敷き、造花や花籠をならべるのに町中大騒ぎとなつて了つたが、氣分はうき〳〵して滿悦のさまである。いかにも春がきたといふ騒々しい賑ひは、なか〳〵ものめづらしい。ちやうどその日やとなの女たちの第一陣が、例のごとく風呂敷包一つをもつて、ケーブルから降りて來たが、急に活氣づいて了つた町の樣子に、みなばたばたと走り出したのは、大へんをかしかつた。吉野山には、そのころペンキ塗の家一つなかつた。十數年まへの話である。まだ古風が殘つてゐたのだ。そのころの初瀬はもうすつかり樣子が變つてゐた。

萬葉びとが歌つた、こもりくの泊瀬小國には、かくし妻もかなしく生きてゐたが、岩城にこもる死者の國でもあつた。その情感のこまやかな條件のもとで、泊瀬女といふことばは、「萬葉集」のこの方、平安朝の數多の歌人の一つのあこがれのイメーヂだつた。ついでにいふことは、人麿がいたましく歌つた泊瀬川べの出雲をとめは、初瀬の町の入口の出雲のをとめである。

一代前の人々は、遊びあきたころに、なつかしい情趣の格別のところといつた。ここ三百年來、牡丹の初瀬はさういふ所だつた。西上人が早く出家の日にすてていつた妻の、尼となつてゐるのにあはれたのもこの寺である。この參籠の場を他にして、どこでこの人たちはめぐりあふことができよう。こゝは絶好の再會の場所だつた。かゝる場合を御佛の慈悲、この世の因縁とならべていへば、それらはめでたい小說作者の技法に相通ずるものである。昔は人はこの共通を、狂言綺語は轉法輪の緣とさとつた。「さても君わらはを捨て、行方も知らず出で給へば、いかなる人にか馴れ給ひ、いづくにか住み給ふらんといと恨めしく思ひしに、かくなん眞の道に入り……」といふ尼御前のことばがあつて、法悅をのべあふといふしくみである。その法談は別條なく、出會の場所はこゝをおいて他所にない。作者の手柄といふところである。西上人の物語は、謠曲「初瀨西行」である。露伴先生の「二日物語」は、それを踏へた御作品だつた。露伴先生も古の作者——國の民衆といふ作者の巧緻の曲をほめられるこゝろだつたのであらう。

「ことしあらば小泊瀨山の岩城《いはき》にもこもらばともにな思ひわが背《せ》」と歌つた萬葉の女らしい歌は、奥津城《おくつき》の泊瀨である。泊瀨川の古河《ふるかは》の邊の二本杉は、誓ひたのもしい神代の木だつた。契きな、また忘れずよ、この二本の杉は、長谷の信仰の一つの象徴である。長谷の信仰といふ時は、かういふ古い原始信仰のことをあくまで忘れてはならない。昔の人の、代々の信仰は、今の世の流行社寺へ參る人々より、心すこやかで、情こまやかに、そして美しく、血統たしかなものがあつたやうに思はれる。笠金村が「泊瀨女のつくるゆふ花みよしの瀧の水沫にさきにけらずや」と歌つたのは、泊瀨女にさういふ手すさびの技があつて、市にも出されたのだらうか。金村は泊瀨のゆかりの人である。

長谷寺の廻廊は、清少納言が、くれ橋を上り困じたころから原型はあつたが、奈良春日社司中臣信清が、わが子の惡瘡を救はれた報謝に、長暦三年四月、九十九間の登廊をつくつたのを嚆矢としてゐる。今の長谷寺で古い建物は慶安の本堂があるのみである。長谷寺の天然の景觀は、與喜山の天然林をひかへて、塔堂伽藍の配置、大舞臺の設計、さういふ綜合建築のうへで、大和で最も美しい寺である。月の夜も雨の日も、雪にも花にも、四季を通じて、朝暮の風日の變化に卽してつねに美しい。その美しさは、清少納言も紫式部も知つてゐたのである。最も愛したのである。法要參籠の雰圍氣の中ですべての人はみ、め美しく、ことばは優になつかしかつた。清少納言も芭蕉もこゝを描いたのだ。この美しさは淨土といふ觀念の原因であり現實である。京都にも一つとして、この寺より美しい寺は今もない。

日本の文藝が世界に冠絶してさかんだつた時代、日本の帝都が世界一であつた時代の、それをつくつた人々の美觀を、われ〳〵は素直にうべなひ學ぶために、長谷寺の美しさをもう一度考へてみることである。

今の大講堂といふ建物は、明治四十五年一月炎上し、大正十三年に再建竣功された。當時の費用で約五十萬圓といつてゐる。この建物はみごとである。設計もよいし、技術もすぐれてゐる。安易輕薄な復原建築でなく、新時代の學理實用の精髓をつくさうとしたことがよかつた。まだかういふものをつくる大工が、そのころはゐたといふ事實がありがたく思はれた。たゞ古いといふだけのものに感傷してゐるやうな美術鑑賞は、健全な將來性のものといへない。新しくてすぐれたものを見ると、それをつくつた人々に頭がさがる。古の巨匠に感謝するのは當然だが、今の目前にゐる名匠は、またありがたい。

昭和三十九年歳暮

山ノ邊の道

山ノ邊の道と磐余《イハレ》の道

こゝ數年來、山ノ邊の道を歩く人が殖えたといふ。氣候のよい頃や休み日には人の列でつながつてゐるともいふ。若い人たちも多いやうである。今までは奈良や飛鳥地域ほどにさわがれてゐない。その頃はこゝに來る人の氣持には少し異るものがあつた。しかし見物人が増すと、次第に流行となる。

この道は、飛鳥といふ時代より、遙《ハル》かさきの時代のものである。飛鳥の新都がひらかれるのは、磯城島《シキシマ》ノ金刺宮《カナサシノミヤ》の次の時代である。金刺宮欽明《キンメイ》天皇の御代は、日本の國が榮えて花やかだつたから、大きいよび名として、「しきしまの大和《ヤマト》の國」が、わが國の、總國のとなへとなつたのである。

しかし山ノ邊の道の方はさらに時代は古い。この道の名は、崇神《スジン》天皇と景行天皇の二つの陵の名として傳つてゐて、他には見ない。今の櫻井市に敷島《シキシマ》といふ地名が、初瀬《ハセ》川と粟《オオ》原《バラ》川に挾つた平野の一ヶ所にある。古名で海石榴市《ツバイチ》、今の金屋《カナヤ》の對岸である。このあたりから、三輪山の麓を通り、卷向《マキムク》、穴師《アナシ》から、澁谷《シブタニ》、釜《カマ》ノ口《クチ》をへて、北の端は、石《イソ》ノ上《カミ》の近く勾田《マガタ》といふあたりまでを、太古の山ノ邊の道の原形と思つてきた。勾田には西山の大きい古墳があつた。

勾田は現在、天理市へ入つてゐる。この二、三年前、こゝの西山古墳の近くの、塚穴《ツカアナ》といつてゐたところから、偶然大きい石窟が現れた。島《シマ》ノ庄の石舞臺に匹敵する程の規模で、石組も見事なものである。これ一つを作るのに、どれ程の人數と年月を要したか、見當もつかない。近くの學校の運動場をつくる時にみつかつたのである。恐らく物部《モノノベ》氏の首領の墳だらうと土地の人は云つた。蘇我氏の島ノ庄の石舞臺に劣らぬ規模が、いろいろのことを空想させるのである。

最近、巻向の山ノ邊の道から數町西に當る、太田《オホタ》といふ櫻井市内の地域で、公營の土場をひろげようとした時、無數の遺物が出た。繩文、彌生から近古にわたつてゐる。ほんの表面からの出土で、古墳の側溝かと思へるやうなものの部分を、一つだけを見當づけたと云つてゐた。全體の見當は當分わからぬ。

巻向から少し北へゆくと、以前の澁谷村に入り、崇神天皇、景行天皇の壯麗な二陵がある。これらの御陵は、造形が雄大だといふだけでなく、景觀としての造園が、比べるものがない程に美しい。わが國の數ある庭園中の第一流のものは、修學院の上の庭であるが、それを念頭にすれば、崇神天皇御陵、景行天皇御陵の、比類ない大きい美しさがさらによくわかると思ふ。この二つの御陵は、大和に多い古代藝術、並びに古代建造物中の第一級の壯大無雙の遺品である。法隆寺の建物は、最古のもののゆゑに尊いといふだけでなく、建造物としての美しさが、他の寺院をはるかに壓してゐるといふ事實と同じ理由で、最も古い古墳といふ造形は、我國で最もおほらかに美しい造園である。しかもこれらの二陵の濠《ホリ》の水は、長い年月、大和平野何萬石の水田の、いのちの水だつたのである。御陵の濠の水は、百姓のものだつた。この御陵の景觀の比類ない美しさには、さらに重い國がらの生産のくらしとの關係をもつてゐたのである。

　磯城島金刺宮から、天理市の、近年發見された塚穴古墳までは、道のりにして二里半（十粁《キロ》）ほどである。この山ノ邊の道の次の時代の道といはれる上つ道の兩側、手のとゞくほどの近いところに、さきの二陵を他にしても、三十以上の巨大古墳と思はれる古墳がある。今日の歴史で、古墳時代といつてゐる僅《ワツ》かの期間に、太古の大和人はどのやうにしてこれらの多數の大古墳を築いたのだらうか。櫻井市中の古墳數は、今日までの調べでは、大小あはせて五千と云つてゐる。當時の人力、人口といつた上から考へて、この造營が不思議でならない。思ひきりの人力をつかつても、一つをつくるのに相當の長年月を要することは、今の土木の心づかひとちがふからである。

　山ノ邊の道には、太古の遺蹟が多いが、古代美術の遺品も豐かである。近頃まで大和の人は、古物といつても、天平以後のものには興味を示さなかつた。路の途中の小さい寺には、平安、鎌倉、室町といつた時代の、愛らしい遺品を必ずといつてよい程殘してゐる。櫻がさき、桃の花のさく頃は、この道の美しい時である。春の山ノ邊の道は、むかしから桃の花のみちだつたが、今もその俤《オモカゲ》がある。こゝ數十年間、最も變りない風景をのこしてゐる。その景観は何百年變つてゐないと思へる程で、これは大和の他の古都の址《アト》では、もはや見られないものである。

「萬葉集」に出てくる道では、磐余《イハレ》の道が古い道である。「しきしまの宮」から、飛鳥新都をきづく時に整備された、中昔の山田道の、萬葉時代まであつた呼名である。この「磐余の道」は「山ノ邊の道」よりさらに古い太古の道だつた。人皇第一代、西國より來て大和の地を平定せられた天皇は御名に、この磐余の地名を附せられたのである。

ふる國

現在の櫻井市内にある都址で、磯城と稱へられたものは二つある。

磯城瑞籬宮《シキノミヅガキノミヤ》　十代崇神天皇
磯城島　金刺《シキシマノカナサシ》宮　二十九代欽明天皇

この二つの都は、日本の國の成立にかゝはる特別に重大な時代を決定した都だつた。次に磐余《イハレ》を稱へたものは、

磐余稚櫻《イハレノワカザクラ》宮　十五代應神天皇（神功皇后攝政の時代）
磐余稚櫻宮　十七代履中天皇

磐余甕栗宮《ミカクリ》　二十二代清寧天皇
磐余玉穂宮《タマホ》　二十六代繼體天皇
磐余池邊雙槻宮《イケノベノナミツキ》　三十一代用明天皇

用明天皇の皇子が聖德太子である。次に纏向を稱へとしたもの二つである。

纏向珠城宮《マキムクノタマキ》　十一代垂仁天皇
纏向日代宮《ヒシロ》　十二代景行天皇

景行天皇の皇子が日本武尊である。次に泊瀬を稱へる都は二つある。

泊瀬朝倉宮《ハツセノアサクラ》　二十一代雄略天皇
泊瀬列城宮《ナミキ》　二十五代武烈天皇

雄略天皇の御代は、上代史の一つの大きい劃期の時とされてゐる。次に欽明天皇の皇子御二方の都、

譯語田幸玉宮《オサダノサキタマ》　三十代敏達天皇
倉橋柴垣宮《シバガキ》　三十二代崇峻天皇

幸玉宮は雙槻宮の北、今、寺川《テラ》と云つてゐる、倉橋川の北岸にあつて、近接した土地である。柴垣宮はこの地から倉橋川を十町餘り遡つた川の東の土地である。幸玉宮は柴垣宮からは下流十數町で、川の西だつた。しかしこの川の名は、磐余川との古名が、用明天皇の御紀に見えてゐる。

これらの十二の都は、天香久山と穴師《アナシ》大兵主社の山とを結ぶ線の東に、三輪山と鳥見山

を屏風として、山ノ邊にひらけた平野の中にあつた。端から端まで、直線にして二里に足りない距離である。磐余の甕栗宮と玉穂宮は、天香久山に近く、その東に當つてゐる。これは磐余ノ池の西南よりに沿ひ、稚櫻宮と雙槻宮は、東から北よりだつたやうである。

この山につゝまれた三角形のやうな大倭朝廷の平野は、北から穴師川、泊瀬川、粟原川、磐余川（倉橋川、寺川）が東から西へ流れ、穴師川と泊瀬川、粟原川と磐余川は、今の櫻井市の西で合流する。

欽明天皇は偉大な天皇にて、御子の四方が皇位に卽かれた。三十代敏達天皇、三十一代用明天皇、三十二代崇峻天皇、そして三十三代が推古天皇であつた。

推古天皇は崇峻天皇がなくなられた非常時に、御姉とは申しながら女性の御身で御位に卽かれた。そして聖徳太子が皇太子として攝政せられたのである。推古天皇は豐浦宮で卽位せられた。九年夏には耳梨行宮に居られた。十一年小墾田《ヲハリダ》宮に都を遷された。小墾田宮の址については、よくわかつてゐない。本居宣長は、「小墾田」は「飛鳥」の別稱か、その當時は飛鳥をかくよんだのでなからうかと云つた。中昔からの傳承では、櫻井市の大福としてきた。大福は櫻井の西で、磐余池の西北邊である。小墾田といふ言葉は一般名詞で、固有名詞でないやうに思はれる。たとへば高市の小墾田といふのは、高市にひらかれた小墾田と、そのさきのものと區別するためのよび名でないかと思ふ。豐浦宮は、淨御原宮の西である。豐浦宮の頃の淨御原宮邊は、「萬葉集」の歌にあるやうにまだ水沼地が殆どだつたのである。

推古天皇の小墾田宮の御治世は二十五年程である。三十年二月二十二日に聖徳太子が斑鳩宮で薨じられた。四十九歳だつた。その後六年にて、推古天皇は崩御せられた。御齢七十五である。

磯城、磐余、巻向、泊瀬といふ今の櫻井市域の全般は、崇神天皇の御代から、推古天皇までの御代に、十二の帝京があつた。三輪山と鳥見山靈時《トミヤマレイジ》がその市域にある。わが國の上代史に於ける、崇神天皇、景行天皇、雄略天皇、欽明天皇の御事蹟を考へる時、國の初めの土地といふ稱へのふさふただ一つの古國である。古都といふことばよりも、國の根源の地といふべき土地である。しかも一番南の磐余池のほとりにあつた都から、北なる纏向宮まで、歩いて五十町（六粁）たらずの距離だつた。

大和の飛鳥、奈良は古都の地だが、大和の磯城島を中央にした巻向、三輪、磯城、泊瀬、磐余からなる櫻井市は、國の初めの土地である。

出雲國造神賀詞《カムヨゴト》

出雲の國造家の神賀詞の古言によれば、國譲りの時、大名持命《オホナモチノミコト》は、將來皇孫尊《ユクユクスメミマノミコト》が、大和へ都を移されることを慮られ、己と三人の御子の魂を、大和の四ケ所に鎭められた。その一つ大御和《オホミワ》の神奈備《カムナビ》には、御自身の和魂《ニギミタマ》を八咫《ヤタ》鏡にとりつけて、倭大物主櫛𤭖玉命《ヤマトノオホモノヌシクシミカタマ》と御名を稱へて鎭められる。最も重い扱ひである。同時に御子阿遅須伎高彦根《アヂスキタカヒコネ》命の御魂を、葛《カツ》木の鴨(カモ)の神奈備に、御子、事代主命(コトシロヌシ)の御魂を宇奈提(ウナテ)に鎮められる。宇奈提は大和平野の中心の平坦地ゆゑ、神奈備と云はない。都の守護の地形の上から大切の地ゆゑ、御子の中でも第一に重い事代主命をあてられたのである。そして賀夜奈流美《カヤナルミ》命の御魂を、飛鳥《アスカ》の神奈備に坐せて、この四方の御魂を以て、皇孫尊の御東征を待ち迎へ、やがては皇孫尊の近き守り神とされた。これは皇孫尊の御東征前の、遠い神々の御代に慮られたことだつた。賀夜奈流美命は、今の栢森《カヤノモリ》に坐す神で、こゝが古代からの飛鳥神奈備にて、この神は、他ならぬ下照《シタテル》姫命である。出雲の神々の中で、第一に美しい、天上にもならぶもののない程の女神だつた。

右は出雲國造家の傳へた、わが國の古傳の中でも、最も古い傳への一つである。こゝにあげた古傳を、大倭國の初めの土地を防衛する體形として、近代卑近の考へ方をする者があつても、神慮を犯すことなければ、後人の狂言綺語として、さからふ必要もないと思はれる。

磯城瑞籬宮と磯城島金刺宮

櫻井市の鳥見《トミ》山と三輪《ミワ》山とを結ぶ線上の、初瀬《ハセ》川の、南の岸に、二十九代欽明天皇磯城《シキ》島金刺宮《シマノカナサシ》があり、北の對岸に、十代崇神天皇の磯城瑞籬宮《シキノミツガキ》があつた。

このあたりでは、初瀬《ハセ》川は、三輪《ミワ》川ともよばれてゐる。近頃もさうよばれてゐたが、「萬葉集」にも泊瀬《ハツセ》川を三輪川といふとなへ方が殘つてゐる。金刺宮は、泊瀬《ハツセ》の長い谷合の地を流れてきた泊瀬川が、朝倉《アサクラ》と忍坂《オサカ》の山あひから國原《クニバラ》に出たところである。金刺宮の時代は凡そ千四百年の昔で、日本の國勢のさかんだつたころで、この都は極東の國際的大都だつたのである。それらのことから磯城島《シキシマ》といふことばが、日本國の總稱となるのである。「しきしまの大和《ヤマト》の國」といふのは、日本の國を意味することばとなつた。現在も、初瀬《ハセ》川の南側の外山《トビ》よりに、式島《シキシマ》といふ名の土地がのこつてゐる。「萬葉集」の歌に、

　　磯城島の日本《ヤマト》の國に人《ヒト》二人ありとし思はゞ何か嘆かむ

これは相聞《サウモン》の歌、戀を歌つた歌である。この「人二人」といふのは、「あなたと私」の二人として解釋することが出來る。又それとは別に、あなたといふ人は外にないたゞ一人の人と解釋することも出來る。近ごろはこの二通りのよみ方がある。後者の方は、あなたはたゞ一人きりの人だから、戀ひ慕つて、心が苦しいのですと訴へた歌として解釋するのである。いづれか一つの解釋に決めねば安心できないと思ふ人は、語釋の上で一つに決めてもよいが、二つのよみ方をあれこれ考へつゝ、自分の生涯のある時に、自身の身につまるおもひによつて、その一つにおちつくといふこともよいのである。我國の名歌といふのは、かういふ定め方のはてに、他人の作られた歌も、自身の心のものとして、しみじみ味へるやうになるものである。

磯城島金刺宮はわが國の上代史のうへでの重要な都だつた。この宮址の川向うの、今の金屋《カナヤ》の磯城の御縣《ミアガタ》神社の一帯と想定されてゐる磯城瑞籬宮は、崇神天皇の都址である。人皇第一代の神武天皇に匹敵する程の大きい事業を遊ばされ、日本國の大本を定められた天皇として、上古の人は、神武天皇に奉つたと同じ御稱へで、崇神天皇をも、御肇國天皇《ハツクニシラススメラミコト》と申上げた。

我國の傳統の思想では、天皇はその現身《ウツソミ》の御代は替つても、天皇とたゝへ奉れば、つねに一つと考へてきた。數があるのでなく、いつも御一人といふのが、天皇に對するわが國人の古い古い考へ方だつたのである。かういふ考へ方は、太古以來傳つてゐた。この考へ方は非常に象徴的だし、また思想の深いものがある。

三輪川をさしはさんで瑞籬宮や金刺宮のある景色は、かなたには雄略天皇の朝倉宮の泊瀬の谷がのぞまれ、谷あひの北は長谷の山、また南は忍坂の山、倉橋の山が、この都の東側に聳え、南には鳥見山、多武峯の山、そして三輪山の日おもての山麓が都の地である。その三輪山のふもとを廻つて、山裾の西側を北にのびてゆくのが、山ノ邊の道であつた。

瑞籬宮は國の初めの土地である。その風景の美しさは、國と民のふるさとといふ情緒に彩られる。こゝから拜する泊瀬川の谷あひを昇る日の出の姿が、「日出づる國《クニ》」のとなへのもとである。國といふことばと、土地といふことばとは、遠い太古には同じ意味だつたのである。

瑞籬宮、金刺宮を中心とした平野の風景の美しさは、この十年間に變化した。いづこも同じ今日の國土の姿である。しかし嘆くことも詮ない。金屋のはづれの泊瀬の川岸をゆきかへりする時、なほむかしの俤が、わが心のなつかしい思ひにふれるものがあつた。

茶臼山古墳

金刺宮と鳥見山を結ぶ線上に、櫻井市外山《トビ》の茶臼《チヤウス》山古墳がある。昔から非常に大事にされてきた大きい古墳だが、十數年前に發掘され、一段と驚きを加へた。この古墳は、近代の百餘年間に、他國者によつて、二度も盗掘されてゐた。それでも十數年前の最近の發掘の時は、なほ多くの貴重な出土品があり、一時代を劃する類の大古墳といはれた。こゝから出た玉杖は、まことに天下一品の美しい寶物だつた。玉製の杖の頭である。これを杖とした貴人《アデビト》を想像することが出來なかつた程であつた。高貴で、美しく、しかもまことに意匠斬新だつた。

籠國《コモリク》の　泊瀬《ハツセ》の山　青幡《アヲハタ》の　忍坂《オサカ》の山は走出《ハシリデ》の　よろしき山の　出立《イデタチ》の妙《クハ》しき山ぞ
愛《アタ》らしき山の　荒れまく惜しも

泊瀬《ハツセ》の山は、雄略天皇朝倉宮の黒崎の東に連る山である。「こもりく」は泊瀬の土地の枕詞、「青幡の」も枕詞であるが、山の形容そのものである。

自然の景観が荒れるといふ嘆きは、昔からのものだが、その程度が時代によつてちがふのである。今から二百年餘り以前、巻向山が採木で荒れたのを嘆いた文章があるが、程度がちがふといふことが、後世になる程の嘆きである。山を伐るのも破壞、古墳を掘るのも破壞、古墳の盗掘と學術的發掘のちがひは、昔の形を破壞するか、せぬか、出土品を私有のものにするか、せぬかといふ點で、出土物の一品でも私すれば、それは盗掘である。また原形を破壞せぬ發掘といふものはないのである。破壞に氣づかなかつたといふことは、學問が進歩した後にわかることである。極論すれば發掘はみな盗掘である。古國の民にとつては、まことに悲しい話である。櫻井市内に現在知られる古墳の數、五千といふことを、以前私は町内の郷土史家からきいた。

古墳はことさら破壞の發掘をせずとも、いつか思ひもかけぬきつかけで、その姿をあらはすものである。それが古墳の意志であるかのやうに現はれる。その時人は驚き、驚きの深さと生々しさから、人智では求め得ない多くのものを與へられ、學びとる。人の知恵で考へて、めつたに到り得ないやうな學びを、極めて自然な感動としてうけとることが出來た。求めるまへに向うから教へてくれる。あたかも祖先の靈の恩寵のやうに思はれた。さういふ運命のやうな機縁を待つてゐるといふことも、學者文人の心得である。昔は人の心つゝましく、殆どかうした態度であつた。學問は、徐々に發見され、眞理は徐々にわかり、人智は徐々に進むものである。學問の進みはさういふ溫健中庸、保守的なものがよいのである。正しい學問はさういふ徐々とした進みをするもの、さういふ學問だけが、百年ののちまで殘り、なほも生命を保つてゐるものである。かういふ學問を心掛けることから、世の平和が增大し、粗暴な學生は生れないのである。

鳥見山

茶臼山古墳は、鳥見山の北の麓に築かれた。茶臼山の上に立つと、外山《トビ》の内垣内《ウチガイトウ》は眼の下である。垣内とは、大和の村落の聚合した形式であつて、外山の内垣内は家々がよくと、のつて美しい村である。平地の垣内の形式としては、他に典型的なものがあるが、これは山あひの垣内である。

鳥見《トミ》山は登美、跡見とも書かれてゐる。皇祖神武天皇が、橿原宮で御即位ののち、この山中で天つ神を祀り、皇祖神の御教へに従つた由を奉告された。古くから、學者はこれが後世の大嘗祭の始めだと解してきた。この大嘗祭によつて、神武天皇の人皇御一代の御位は定まつたのである。

鳥見山がこの聖蹟に指定せられたのは、中古以來も山中の祭祀を傳へたことや、山上山中の數々の祭祀遺蹟の證があつたためである。大和平野の中での獨立の山としては、大和三山と鳥見山の他にはない。天つ神を祭る場所は獨立の山といふ習俗例はあつた。この山の北麓に、宗像神社がある。

茂岡《シゲヲカ》に神寂《サ》び立ちて榮《サカエ》たる千代松樹《チヨマツノキ》の年の知らなく

「萬葉集」の題辭によれば、この歌は紀朝臣鹿人《カヒト》が「跡見《トミ》の茂岡《シゲヲカ》の松樹」を歌つた歌であるが、五句を萬葉假名では「歳之不知久《トシノシラナク》」と誌してある。歌全體がめでたいが、字句がめでたいことばかりで出來た一首で、作らうとしては作れないやうな名歌である。神武天皇の聖蹟の山の茂岡にしげつてゐる千年の松を、尊いものとして歌つてゐるのは、神の木に對する古人の思ひを、あますところなく現はした珍重すべき歌である。わが太古の人の自然觀を象徴する尊い一首である。

この跡見の茂岡は、私の印象では、今の等彌《トミ》神社の方から少し登つた山鼻のやうに思はれる。大和平野を一望にする風景の眺望のよい丘である。等彌神社は、上社と下社に別れ、神域の荘嚴は、山ノ邊の道の大社に加へても、遜色ないものだが、延喜式内の神格が高くないのは、肇國大嘗縁りの神社のゆゑか。延喜式を見ると、皇室由緒の神社は概して神格うすく、外戚の祖神の神社に重くされた。同じ鳥見山の北麓に、高市皇子が勸請された宗像神社の方は、延喜式に於ても最も重い扱ひである。

壬申の亂の時、九州の宗像氏は、天武天皇に功績甚大だつた。胷形《ムナカタ》君徳善の女尼子娘《アマコノイラツメ》を妃として生れたのが高市皇子だつた。高市皇子の壬申の亂の時の偉功は、人麻呂の長歌にあますところなく歌はれてゐる。人麻呂の最大作品にて、また「萬葉集」中第一の大作である。

壬申の亂の後に、九州より勸請されて登美山《トミヤマ》に祭られた宗像神社は、平安遷都の後は京都御所へ勸請され、今もそのあとがのこつてゐる。登美山鎭座宗像神社は、そのまゝ、この地にあつて、平安の朝廷からは最高の祭祀をうけた大社として存續したが、吉野朝の時、南朝に忠勤した、社人玉井西阿父子のあひつぐ討死の後、正平晩年より廢滅に近い状態にあつたが、村民はひそかにその祭祀を傳へ、この史實は幕末の國學者鈴木重胤によつて明らかにされた。

大伴氏の跡見庄

天武天皇の八年秋、天皇は泊瀬に行幸されたが、その歸途、迹見驛家《トミノムマヤ》で、豫め群卿に敕して、各人の乗馬の他に率ゐてきた良馬の、競馬を天覽になつた。この迹見に大伴家の田《タド》庄《コロ》があつた。

射目《イメ》立ちて跡見《トミ》の岳邊のなでしこの花
ふさ手折り吾《アレ》はもちいなむ寧樂《ナラ》びとのため

紀鹿人が大伴氏の跡見庄に、大伴稻公《イナキミ》をたづねた時の旋頭歌《セドウカ》である。稻公は大伴旅人《タビト》の弟だつた。「射目立ちて」といふのは、「跡見」の枕詞である。

大伴坂上郎女《オホトモノサカノヘノイラツメ》にも跡見庄で作られた歌がある。

妹《イモ》が目を迹見の崎なる秋萩はこの月ごろは散りこすなゆめ
吉隱《ヨナバリ》の猪養《イカヒ》の山に伏す鹿の嬬《ツマ》よぶ聲を聞くがともしも

吉隱は、長谷の山の南側である。古は、長谷川の南側の山で、長谷に近い所を廣く吉隱と呼んでゐたのだらうか。坂上郎女が跡見庄から家に留守する女子《ムスメ》の大孃《オホイラツメ》に送つた歌がある。

朝髪の思ひ亂れてかくばかりな姉《ネ》が戀ふれぞ夢に見えける

この歌の意味は、自分がこのやうに戀ひしく思つてゐるので、あなたがわが夢にあらはれた、といふのである。な姉《ネ》といふのは、むかしはわが子にも敬稱のよび方をした。關西の古風の家では、今も行はれてゐる風である。

城ノ上の道

「萬葉集」十三巻の長歌に、「あさもよし城《キ》の上《ヘ》の道ゆつぬさはふ石村《イハレ》を見つゝ」といふ句があるが、これによつて考へると、高市皇子の城上宮《キノヘノミヤ》は、大伴家の跡見田庄の近くにあつたやうにも思へる。皇子は初め城上宮にいまして、香久山宮を造營されたのであらうか。あとさきは歌だけではわかりかねる。天武天皇、持統天皇の頃には、跡見の地は、金刺宮をふくみ、大神神社と宗像神社の神域の中間に位置してゐた。高市皇子が持統天皇の御時に皇太子だつたといふことは、舊時の學者の考證したところである。

城《キ》ノ上《ヘ》の道は、今の外山から、石村《イハレ》といはれる土地へ出る道だつたのである。石村《イハレ》、磐余とも書く土地は、鳥見の西、これは廣い土地のよび名だつた。

　泊瀬《ハツセ》川速見《トミ》の早瀬を掬《ムス》びあげてあかずや妹と問ひし君はも

川邊の瀧のやうな急流の水を掬びあげて、若い男と女が、愛の誓ひをする歌である。泊瀬川跡見の早瀬といふことばは、土着の者でないとわからぬ地理である。瑞籬宮、金刺宮といふ國の初めを思はせる都の、神聖な水の源の流れだつたのであらう。今の泊瀬川は、少し古い中昔には、ずつと南によつて流れてゐたやうである。今の長谷川と粟原川の中間位のところに、深い豐富な水脈が通り、今もその地下の流れにそつて流れてゐる小川がある。

跡見の早瀬と、佐野《サヌ》ノ渡りとにも、何か關係があるかもしれない。神《ミワ》ノ崎《サキ》、佐野ノ渡りといふのは、神ノ崎は、三輪山の崎である。

　苦しくも降り來る雨か神《ミワ》の崎狭野の渡りに家もあらなくに

山裾が川にせまつて、家村のたつ場所でなかつたのである。このあたりで、粟原川と泊瀬川は相寄つてきてゐる。しかし落合ふことなく、一つは三輪山の麓を流れ、一つは鳥見山の裾に近づき、この間に出來た平地に、金刺宮が營まれたのである。

忍坂《オサカ》

粟原川の上流にあつた粟原寺は廢墟である。土地の傳承にいふ「粟原《オ、バラ》流《ナガ》れ」はいつの世のことか全くわかつてゐない。紀州の加納諸平《モロヒラ》の考證では、粟原寺は額田王晩年の由緒の寺である。この粟原寺の創建の由來を誌した確實な證據の遺品があつて、それは近世になつて河内で拾はれた。この寺にあつたと思へる遺佛が、忍坂の石位寺に殘つてゐる。白鳳期風の非常に美しい三尊石佛で、美少年と思ふのも、美少女と見るのも、眺める人のその時の受けとり方である。ずつと以前から、私はこれぞ額田王の念持佛と云ひ定めて、その考へが樂しかつた。何十年か以前、一人の若い尼僧がこの庵寺に住んでゐたころは、この佛と談り合つてゐる姿が、まことになつかしく、多少のそこはかとない情味さへあつて、石佛そのものも、はるかに生々しいものがあつたことである。その頃は忍坂の區長が、扉をひらく鍵を司つてゐた。この石佛がまだ寺に入らぬ頃を知つてゐた老人も生きてゐた。忍坂《オサカ》のお宮は古い式内社である。舒明天皇の御陵は、頭の病ひがなほるといふ民間信仰が今もある。この信仰はいつ頃迄さかのぼるのか知らぬが、古からさう信じられてきた。この陵の左手の奥の窪地の田の中に、鏡女王の御墓がある。塚の上に松が數本あつて、あたりの風景も、好ましい感じである。小さいお墓であるのも親しい。なくなつた川端康成氏が、なくなられる年の正月の下旬、ここを訪れて、三尊石佛を拜んでよろこばれ、御陵と御墓に參られた。私も一緒したのであつた。この日は冬ながら汗ばむほどに暖い日であつた。知遇を蒙つて四十年、この日が最後の日となつた。

泊瀬朝倉宮

三輪の山崎の佐野《サヌ》ノ渡りで、金屋《カナヤ》から東への道は、初瀬川に沿つて朝倉宮址へゆく。泊瀬道である。櫻井から外山《トビ》を通つてきた道は二つに分れ、右は宇陀となり、左は泊瀬道と合ふ。このあたりから東が、朝倉宮の址である。地形は、朝倉宮のある谷間の平地を、兩側から低山の屛風を立て、入口を少し狹めてゐる。この低山を屛風にしたてた谷間の野原が、狹野《サヌ》である。むかしのわが國の人々は、神のつくらしたこの國をほめる時、「初國小さく作らせり」と云ひ、また「狹野《サヌ》の稚國《ワカクニ》なるかも」とた丶へたのは、若い父母が、わが稚子をいとほしみ愛らしく思ふやうに、國の初めをなつかしく思つたことばである。東洋の國々にまで響いてゐた雄略天皇の都は、この狹野の中の北の山麓にあつた。この山は、三輪山のつゞきで、東は泊瀬の山につらなる、黑崎山である。佐野ノ渡りも、朝倉宮址のあたりまで入ると、ここらはまだ以前の俤の風景である。「萬葉集」を編んだ大伴家持が、雄略天皇御製をこの集の卷初にか丶げたのは、深い思慮から出た意味ふかいことである。それは當時の一般の人々の思ひの現れにちがひないとも思ふ。これほどの大歌集をつくるのである。何を以て卷頭とするかは、撰者の志や見識、さらに祈念や思ひをこらした上での決斷である。それは時代に直面して、如何なる精神と志を確立するかといふ、文人の第一義の信實にもか丶る問題である。この集は初め敕撰歌集としてつくらうとされたといふ想像の說もある。いづれにしても、これが出來たのは、奈良の都の中頃にて、所謂文明開化のさなかで、舊來氏族政治に代つて新しい文明開化の學藝家が政府に集められ、文教の上では佛教の弘布に國の熱意をかたむけてゐた。その時「萬葉集」の撰者は、新しい制度國家をた丶へる歌をかかげず、佛をた丶へる歌ものせてゐない。この見識に、當時の文人の志を見なければならない。

朝倉宮に都せられた雄略天皇の御製は、「泊瀨朝倉宮御宇天皇代、天皇御製歌」と題された長歌である。この題辭を「泊瀬の朝倉の宮に、天《アメ》の下しろしめし丶、すめらみことのみよ、すめらみことの、みよみませるおほみうた」と、おほらかによむことは、近世の國學が決定した最終的な厳肅荘重なよみ方である。國學の起りのころから、萬葉調といふことが、歌道の上でとなへられ、これに倣ふ人が多くなつたが、萬葉調の眞義といふのは、この題辭のよみ方の悠久のしらべから始めて、大御歌のしらべにうつるときに、身はひきしまり、心のたかぶるやうにわきおこつてくる思ひにある。結句に「ける、かも」をつけるだけが萬葉調といつたものではないのである。

雄略天皇のその御製は、

籠《コ》もよ、美籠《ミコ》もち、ふ串《クシ》もよ、美《ミ》ふ串《クシ》もち、この岡に、菜摘《ナツ》ます兒、家告《イヘノ》らせ、名告《ノ》らさね、空見《ソラミ》つ、大和の國は、おしなべて、吾《ア》れこそ居れ、敷きなべて、吾れこそ座《マ》せ、吾をこそ、背《セ》とは告《ノ》らめ、家をも名をも

この菜摘ます兒は、敬語の扱ひである。春の若草を摘むのは、たゞの遊山でなく、くらしの上での大きい仕事の一つだつた。さういふ勞働は敬語でのべられるといふ例が「萬葉集」には多い。雄略と謚したほどに、猛き畏き大君の、やさしい御歌を「萬葉集」の巻頭にしてゐるのである。

天皇の御歌は、少女によびかけられるのに、その手にする籠と、草の根を掘りおこす串《クシ》を、美しいとしてほめられてゐる。それを持つた少女の美しさを、まづ持物からほめられるのである。「吾れこそ居れ」「吾れこそませ」といふお言葉も、權力に威張つてをられるのでなく、氣を樂にして、相手を安心させ、また納得させようとされてゐる心づかひがよくあらはれてゐる。かたがた心の暖まるやうなやさしい大御歌である。早春、暖かさうな

日表の黒崎山の風景を眺める人には、一層なつかしい氣分がするだらう。今が千五百年の昔に在るやうな、千五百年昔の今に自分がゐるやうな、さういふほのぼのとして、時間のない、永遠世界にゐるやうな、悠遠な情緒を味ふことは、歌の世界に生きることの出來る人に與へられた神々の恩寵である。今も春晝たけなはな朝倉の山腹の趣きは、風景がそのまゝこの歌にかよふのである。心を虚しくすれば、生きとして生けるもの、また情なきものさへみなこの永遠の世界を、わが心に藏してゐる、わが現身をそこに投入することも出來る。これが歌の世界である。歌が人と神とをつなぐ所以である。歌の徳用《サキハヒ》といふものがこゝにある。これらのことを、はつきりと教へられたのが、紀貫之である。

長谷寺

朝倉宮の黒崎から道を東に進むと出雲《イヅモ》に出る。野見宿禰《ノミノスクネ》ゆかりの土地で、初めて埴輪《ハニワ》をつくられたこの先祖にならつて、近昔まで出雲人形といふ素朴な泥繪人形を作つてゐた。野見宿禰を先祖とする菅原道眞は、泊瀬《ハツセ》の與喜山《ヨキヤマ》と緣故があるとして、この山に與喜天神が祭られてゐる。この出雲の次の村が泊瀬、今は櫻井市初瀬《ハセ》となつてゐる。現狀は長谷《ハセ》寺の門前町の形態である。出雲はまた武烈天皇の泊瀬列城《ナミキ》宮の地と傳承されてゐる。

長谷寺は元の長谷寺と、後の新しい長谷寺が一つになつたものである。元長谷寺といふのは天武天皇の御代、後の長谷寺はそれより四十年程して、聖武天皇の御代の建立となつてゐる。この新舊の二つが一體となつたのが、現在につゞく長谷寺である。所謂涌出の觀音は、後長谷寺の本尊だつた。長谷寺は建立時より今日迄、民間の信仰は一貫して旺んで、その點では我國有數の寺である。建立より天文五年六月の焼亡に到るまでに、九度の火災にあつた。そのつど再建されたのも、決して政治權力にたよつたものではなかつた。すべて一般民衆の信仰の力が、九度の焼亡にもかゝはらず、そのつどの再建をなしとげ、そのつど人々の信仰は飛躍したのである。

王朝時代の長谷觀音の信仰は、國の上下にわたつて、非常のものだつた。清少納言、紫式部などといふ人々のしるした文章を見ても、また多くの女性たちの長谷觀音に對する深い歸依の心は、ものくるほしいほどである。

「更級日記」の作者の菅原孝標女は、菅原氏の女だから、出雲や與喜山とのつながりを大事にしてゐたかも知れない。本尊である涌出の觀音は、今あるものは天文年中の建立だが、これの御とばりを開く拜觀の時は、まことにあやしい程に生々しい情感がわくものだつた。紫式部が、「佛の中の御佛」と嘆息したことは、王朝の女性の、この涌出の觀音を拜した時の感情を代表するものだが、この佛と云つた時の印象や觀念は、今日の美術觀賞の上の佛像と思つてはならない。本尊觀音の姿をつゝみかくしてゐる御とばりが、ゆるゆるとおりてゆき、つひに全身が開顯した時、王朝の女性たちのこの御佛に對した思ひも、昔の今の絶對感を以てうべなはれるのである。佛像を一つの美術品として、あるひは彫刻の一つとしてしか觀賞できない人には、この情感とこの世界は理解できない。

上《カミ》ノ郷

元長谷寺の地主神《ヂヌシノカミ》が瀧倉《タキノクラ》神社だつた。つい最近までは長谷の奥院と云ひ、長谷の寺に詣でても、こゝに詣でぬ時は片詣りだといつたものである。瀧倉神社の信仰が、飛鳥淨御原宮の御時の長谷寺建立の原因である。そして後長谷寺の方の原信仰は、現在は天神を祭る與喜山にて、この信仰圏にもとづいて建立されたものである。與喜山は天然記念物の國の指定をうけてゐるやうな、不思議な山だつた。

瀧ノ倉社の信仰が強大な時代が、大昔にあつたのである。長谷寺と瀧倉社の道の中ごろから、西の山地へ入つたところにある笠《カサ》荒神は、大和國原《クンナカ》の人々の信仰では、最も畏く怖ろしい神と思つてゐる。太古の時代はこゝは何かの神聖の場所だつたやうである。密集した無數の古墳群がみつかつてゐる。長谷川の上流は瀧倉社よりなほ奧の小夫《ヲブ》の方へ遡る。初瀬から小夫までの川筋は、近頃までも、行場といふ禊場がつゞいてゐたのである。大昔の信仰の遺蹟で、またその生活の遺蹟である。

小夫には、大伯皇女の泊瀬齋宮《ハツセノイツキノミヤ》のあとと傳承する場所があつた。むかしは泉を中にして茂つた木立だつたが、ここ數十年間に田地にきりとられ、それでも十數年以前に行つた時は木立と野井戸がみすぼらしい形で殘つてゐた。皇女が天武天皇の敕にて、伊勢の祭主として下られる時、まづ禊齋をされたといふ場所が、泊瀬齋宮にて、「日本書紀」に誌されてゐる。

この小夫からさらに山地の方へゆくと都祁《ツゲ》の地である。その小夫から少し北へ行つた所で拾はれた數片の押型繩文の破片は、現在大和出土品中最も古代のもので、歴史の年表の上では、八、九千年前のところにおかれてゐる。この瀧倉、笠、小夫といつた山上の地は、一括して上ノ郷とよばれ、國初の神聖の土地であり、これが山ノ邊の道などといふ時の「山」の意味でもあり、又その現地でもある。今でも畿內で「山」といふことばは、そこにあるかりそめ山をいふやうな輕い言葉ではない。發祥の地にして又終焉の地ともなる、生命の無限の終始を併せたやうな場所である。初瀨川の山あひは、磯城島の國人にとつて、日の出るところ、月の出るところと考へられた片方で、わがいのちの泊瀨《ハツセ》の土地、終りの土地といふ印象が、中ごろの物語にも出てくる。これは大倭びとよりの原信仰だつたのである。この原信仰は、生命の昂ぶる風景そのものだつたのである。さういふ民俗の抽象化されたものの一つに、南朝の傑僧文觀のつくつた深祕の說がある。

瀧倉社や與喜社の御神像は極めて異相の畏いものだときいてゐる。神祕のものだから、誰人にも見せはしないが、社の修理とか何かの機會に、百年の間に何人かは拜觀した。それを拜觀した老人の一人が、決して見るものでないと語つた話は、實感があつた。その思ひ出の所作が、かりそめのものではなかつた。

「萬葉集」の泊瀨

泊瀨の歌は、「萬葉集」に多い。

つぬさはふ磐余《イハレ》も過ぎず泊瀬山いつかも越えむ夜は更《フ》けにつゝ、

春日藏首老《カスガノクラビトオユ》の歌、「つぬさはふ」は磐余の枕詞である。老《オユ》は「續日本紀」に記事があつて、もとは僧辨紀といつたが、大寶元年に還俗して、姓を春日藏首、名を老と賜つたとある。「懷風藻」にはその詩が出てゐる。年五十一とある。夜更けに藤原宮あたりを通つた時の作であらう。あはれのある歌である。

なゆ竹のとを縁《ヨ》る皇子《ミコ》、紅顔《サニヅラ》ふ吾が大君は、隱國《コモリク》の泊瀬の山に、神寂《サ》びて齋《イツ》きいますと、玉梓《タマヅサ》の人ぞ言ひつる。妖言《オヨヅレ》か吾が聞きつる、狂言《タハゴト》か我が聞きつるも。天地《アメツチ》に悔《クヤ》しきことの、世の中の悔しき事は、天雲《アマグモ》の遠隔《ソクヘ》の極《キハミ》、天地の至れるまでに、杖策《ツツ》きも、衝《ツ》かずも、行きて夕占《ユフケ》問ひ、石占《ウラ》もちて、わが屋戸に、御諸《ミモロ》を立てて、枕邊に齋瓮《イハヒベ》を据ゑ、竹玉を、間なく貫《ヌ》きたり、木綿襷《ユフタスキ》、かひなに懸《カ》けて、天《アメ》なる左佐羅《ササラ》の小野《ヲヌ》の、齋《イハ》ひ菅《スゲ》、手に取り持ちて、ひさかたの天の川原に、出でたちて、潔身《ミソギ》てましを、高山の、巖の上に座《イマ》せつるかも。

石田《イハタ》王の薨ぜられた時、丹生《ニフ》王の御作といふ。石田王、丹生王、ともに傳未詳である。丹生王は、八巻に丹生女王とあり、同一の御方とみれば、女性かと思はれる。この丹生王の長歌は、すぐれた歌にて、丹生王はすぐれた歌人と拜される。この長歌には反歌がある。

逆言《オヨヅレ》の狂言《タハゴト》とかも高山の巖のうへに君が臥《コヤ》せる

石上布留《イソノカミフル》の山なる杉群の思ひ過ぐべき君にあらなくに

石上云々は、「思ひ過ぐ」の「過ぐ」といふ詞にかゝる序詞である。同じ時、山前王《ヤマクマノオホキミ》の哀傷の長歌がある。山前王は、天武天皇の皇子忍壁皇子の御子である。「懷風藻」に詩が出てゐる。

つぬさはふ磐余《イハレ》の道を、朝さらず、行きけむ人の、思ひつゝ、通ひけまくは、ほととぎす、鳴く五月には、菖蒲草《アヤメグサ》、花橘を玉《タマ》に貫《ヌ》き、かつらにせむと、九月《ナガツキ》の、時雨《シグレ》の時は、黄葉《モミヂバ》を、折りかざさむと、延《ハ》ふ葛《クズ》の、いや遠長く、萬世に、絶えじと思ひて、通ひけむ、君を明日よは、外《ヨソ》にかも見む

石田王は、磐余《イハレ》のあたりに住まはれ、薨去の後、泊瀬の山に葬られたやうである。またこの長歌の反歌は二首ある。

隱國《コモリク》の泊瀬少女《ハツセヲトメ》の手に纏《マ》ける玉は亂れてありといはずや

河風の寒き長谷を歎きつゝ君があるくに似る人も逢へや

この反歌については、この二首は、紀皇女が薨《カク》りました後に、山前王が石田王に代つて作られたといふ傳へもあると、「萬葉集」のこの歌の左註にしるされてゐる。もとの題辭に從へば、この泊瀬少女は、長歌の中に歌はれた石田王の戀人である。なほ紀皇女は天武天皇の皇女である。この皇女の御歌は、一首ある。

輕の池の浦廻《ウラミ》もとほる鴨すらも玉藻の上にひとり寝《ネ》なくに

輕池は、輕《カル》にあつた池だらうが、今は明らかでない。應神天皇十一年輕池を作るとある。輕は畝傍《ウネビ》町（今橿原市）のうちだつた。

土形娘子《ヒヂカタノヲトメ》が泊瀬山で火葬にされた時の、柿本人麻呂の歌がある。土形は氏《ウヂ》にて、應神天

皇御紀に、大山守皇子は、土形君、榛原君の始祖云々と見えてゐる。

隱國《コモリク》の泊瀬の山の山の際《マ》にいさよふ雲は妹《イモ》にかもあらむ

雲と歌はれたのは、火葬の煙である。上空の白い煙である。泊瀬川を歌つた作も少くない。

泊瀬川白木綿《シラユフ》に落ちたぎつ瀬を清《サヤ》けみと見に來し吾《アレ》を
泊瀬川流るゝ水脈《ミヲ》の瀬を速《ハヤ》み井提《ヰデ》越す波の音の清けく
隱國の泊瀬の山に照る月は滿《ミ》ち缺《カ》けしけり人の常無き
隱國の泊瀬の山は色づきぬ時雨の雨は降りにけらしも

右の一首は天平十一年秋、大伴坂上郎女の作である。

泊瀬風かく吹く夜半《ヨハ》をいつまでか衣片敷《コロモカタシ》き吾《ア》がひとり寢む

山の風、河風、一つである。泊瀬は長い谷つゞきの山峽に人里がつゞいてゐた。

泊瀬川速見《トミ》の早瀬《ハヤセ》を掬《ムス》びあげて飽《ア》かずや妹と問ひし君はも

泊瀬川の今の外山《トビ》から佐野の渡りのあたり、これが磯城瑞籬宮磯城島金刺宮の大切な水である。

泊瀬川夕渡り來て吾妹子《ワギモコ》が家の門《カナド》にし近づきにけり

「柿本人麻呂歌集」の歌である。

夕さらず河蝦《カハヅ》鳴くなる三輪川の清き瀬の音を聞かく良《ヨ》しも

泊瀬川が三輪山の麓を流れるあたりを、三輪川《ミワガハ》とよんだ。五十年以前は、子供も大人もそのあたりを三輪川とよんでゐたものである。

長谷《ハツセ》の齋槻《ユツキ》が下に吾が隠《カク》せる妻、あかねさし照れる月夜《ツクヨ》に、人見てむかも

泊瀬《ハツセ》の山峡は、長い谷だつた。

隱國の豐泊瀬道《トヨハツセヂ》は常滑《トコナメ》のかしこき道ぞなが心ゆめ

道の中途には、苔が生えて滑らかな石をふむ川底を通らねばならなかつたやうである。

隱國の泊瀬の國に、さよばひに吾が來れば、たな曇り雪は降り來ぬ、さ曇り雨は降り來ぬ、野《ヌ》つ鳥雉《キギシ》は響《トヨ》む、家つ鳥鷄《カケ》も鳴く、さ夜は明け、この夜は明けぬ、入りて吾が寢む、この戸開かせ。

「さよばひ」は、男が夜、女のもとへかよふ時に、戸の外からよぶのである。古は一つの地方を、クニと呼ぶのが普通だつた。泊瀬の國と朝倉の宮の間にあつた地域が、出雲の國《クニ》だつた。この長歌の反歌。

こもりくの泊瀬小《ヲ》國に妻しあれば石はふめどもなほぞ來にける

男はかなりの遠方から、泊瀬の隱し妻の許へ通つてゐたのである。雨や雪の日は、石をふんで、たどりついた時はもう夜が明けてゐるのである。

こもりくの泊瀬小國、よばひせすわが背《セ》の君よ。奥床に母は寢たり、外床《トドコ》には父は寢たり。起き立たば、母知りぬべし。出で行かば、父知りぬべし。ぬばたまの夜は明け行きぬ。こ、だくも思はぬごとく、しぬぶ夫《ツマ》かも。

反歌

川の瀬の石ふみ渡りぬばたまの黒馬《クロマ》の來夜《クルヨ》は常にあらぬかも

この長歌と反歌、あはせて佳作である。女は男の來るのがうれしいが、それにははゞかりもあるので、心を痛めるのである。さきの長歌とこの長歌と、男と女の相聞のやうに聞える。

國の初めの土地

雨降らば着なむと思《モ》へる、笠の山、人にな着しめ、濡れは濕《ヒ》づとも

笠の山は、泊瀬の奥、そのさきに瀧倉があり、瀧倉の神社が、長谷寺の根源であつた。笠荒神は、今なほ信仰厚い神社にて、笠の寺の縁起には、聖徳太子の御名をかゝげてゐる。この笠の一帯は、上古一般の人々の墓地だつた址がみいだされた。瀧倉のさらに北に、大伯皇女の泊瀬齋宮の小夫がある。

この小夫の近くの丘に立つと、三輪《ミワ》、穴師《アナシ》大兵主《ダイヒャウズ》社、石上《イソノカミ》、の大和《オホヤマト》といつた大きい古い神社の郷社の領が、一所に集るところがあつて、山を下つていつた先祖の遺蹟を眼のあたりにする思ひがある。傳記不詳の、「萬葉集」の大歌人、笠金村は、この笠の地とかゝはりある人といはれてゐる。笠の墓地は飛鳥、奈良のころかといふ。

「萬葉集」の歌に一番多く歌はれた土地は、奈良だが、その次は櫻井である。飛鳥はその次である。飛鳥の都から云へば、櫻井の金刺宮や磐余宮は一時代以前の古都である。崇神天皇磯城瑞籬宮、景行天皇巻向日代宮、や、降つた雄略天皇泊瀬朝倉宮、これらの太古の

日本國の成立を次々に劃した大切な都は、「萬葉集」の主要部分が編まれるころでは、すでに遠い時代となり、古都といふよりも、古國としての感慨は、國の初めの土地といふ、詩心の根源で、最も深い感動に美化されてゐたのである。

山ノ邊ノ道は、この國の初めの土地の北の幹線だつた。磐余の道は、一段と古い時代、まだ人と神々との間の遠くなかつた日の道だつた。しかもこの道は、國の初めの都の地から、南へのびて飛鳥新京開拓の道となる。國の初めの土地のとなへ、「磯城島《シキシマ》のやまとの國」は、そのまゝ、日本の國の稱へである。

「萬葉集」の主要部分は、飛鳥、藤原、奈良の三つの都で編まれてゐるが、國の初めの土地だつた今の櫻井市内の、古國の地の歌が、格別に多いのである。このことは「萬葉集」をよむ上で一つの大事な觀點である。

瑞籬宮と金刺宮は地つゞきにて、三輪《ミワ》明神大神神社を中にして、纏向宮がその北であつた。垂仁天皇景行天皇の纏向の二つの宮は隣り合つてゐる。日本武尊の旅立たれたのはこの日代宮《ヒシロ》である。雄略天皇の朝倉宮は、金刺宮の東につゞき、こゝを泊瀬朝倉ととなへたのは、泊瀬川が平野へ出るまでの山峽の地帶の長い谷間を、おしなべて泊瀬とよんだのである。

この磯城島金刺宮の泊瀬川を渡つた北が、海石榴市《ツバイチ》で、「萬葉集」の時代から榮えた市は、平安時代になつても、都から長谷觀音への參詣道として繁盛の地であつた。

記紀の歌の櫻井

「古事記」中巻の、神武天皇が、忍坂の大室《オホムロ》で八十建《ヤソタケル》を伐ち給うた時の大御歌。

忍坂《オサカ》の大室屋に、人多《サハ》に來《キ》入り居り、人多に入り居りとも、みつ〲し久米の子が、頭椎《クブツツイ》、石椎《イシツツイ》もち、撃ちてし止まむ。みつ〲し、久米の子等が、頭椎、石椎もち、今撃たば善し。

下巻に泊瀬の山と川の歌がある。

隱國の泊瀬の山の大峽《オホヲ》には、幡《ハタ》張り立て、さ小峽《ヲヲ》には、幡張り立て、大峽よし、なかさだめる、思ひ妻あはれ。槻《ツク》弓の、臥《コヤ》る伏《フセ》りも、梓弓、立てり立てりも、後も取り見る、思ひ妻あはれ。

隱國の泊瀬の川の、上つ瀬に、齋杙《イクヒ》を打ち、下つ瀬に、眞杙《マクヒ》を打ち、齋杙には鏡を掛け、眞杙には眞玉を掛け、眞玉なす吾《ア》が思《モ》ふ妹、鏡なす吾《ア》が思《モ》ふ妻《ツマ》、在りといはばこそよ、家にも行かめ、國をも偲《シヌ》ばめ。

雄略天皇の白檮原孃子《カシハラヲトメ》の物語は、天皇がある時、三輪川で、河の邊で衣を洗ふ少女を見られた。愛らしかつたので、その名を問はれると、引田部《ヒケタベ》ノ赤猪子《アカヰコ》と答へた。「汝《イマシ》嫁《トツ》がずてあれ、今召してむ」と曰《ノ》らせた。ところが天皇はそのことをふつと忘れて了はれたのである。しかし赤猪子は待つてゐた。既に八十歳《ヤソトセ》をへて了つた。今はすでに顏かたちも衰へたが、せめてお待ちしてゐたわが心を申上げたいと、澤山のおみやげをもつて宮へ參上した。天皇はすつかり忘れてをられたので、そなたは誰だつたかとおたづねになつた。赤猪子とのことを思ひ出され、八十歳をへるまで、お待ちしてゐたことの由を聞かれて、天皇は大いに驚かれ、そのいとほしさに耐へ難いと思召されたが、今さら宮に召すのも、老い人には却つて苦しいことだらうと推し慮られて、御歌を賜はつた。

御室《ミムロ》の　嚴白檮《イツガシ》が本《モト》、白檮が本、ゆゝしきかも　白檮原孃子《カシハラヲトメ》

天皇はさらに歌はれた。

引田《ヒケ》の　若栗栖《クルス》原、若くへに　率《ヰ》寝《ネ》てましもの　老いにけるかも

赤猪子はさめざめ泣いて、着てゐた丹摺《ニスリ》の袖を悉くぬらした。そして御歌に答へて歌つた。

御室に　築《ツ》くや玉垣《タマガキ》　築き餘し　誰にか依らむ　神の宮人

またつゞけて歌つた歌は、

日下江《クサカエ》の　入江の蓮《ハチス》　花蓮《ハナバチス》　身の盛《サカ》り人　羨《トモ》しきろかも

赤猪子が歸る時、澤山の贈物を賜はつた。

「日本書紀」にも雄略天皇の泊瀬山の御歌がある。

隱國の泊瀬の山は、出て立ちの　宜《ヨロ》しき山、走《ワシ》り出《デ》の　宜しき山の、隱國の泊瀬の山は、あやにうら麗《グハ》し、あやにうら麗《グハ》し。

山の聳ゆるのを、「出て立ち」と云ひ、麓の裾ひく姿を、「走り出」と形容されてゐる。山を神とも人とも、生けるものにうけとつてゐるのが、太古の表現である。格調高貴な作

である。

隠國の泊瀬の川ゆ流れ來る竹の、茂《イク》み竹、吉竹《ヨダケ》。本邊《モトベ》をは 琴に作り、末邊をは 笛に作り、吹き鳴《ナ》す 御諸《ミモロ》が上に、登り立ち、我が見せば、つぬさはふ磐余池の 水下《ミナシタ》ふ魚《ウヲ》も、上《ウヘ》に出《デ》て歎く。安見し、我が大君の、帶ばせる細紋《ササラ》の御帶《ミオビ》の 結《ムス》び垂《タ》れ 誰《タレ》やし人も 上《ウヘ》に出《デ》て歎く。

「日本書紀」に見えるこの歌は、安閑天皇が、まだ勾大兄皇子《マガリノオヒネ》だつた時、春日皇女と月の一夜に清談された時、皇子の歌はれた歌に、皇女の相和されたものである。この御歌には、泊瀬川、三輪山、磐余池が、歌ひこまれてゐる。

海石榴市

磯城島金刺宮址《シキシマカナサシノミヤ》から泊瀬川を北へ渡ると、海石榴市《ツバイチ》である。今は金屋《カナヤ》とよぶ部落で、海石榴市観音といふ小堂に、その名が僅かに殘つてゐる。上代から平安時代にも、榮えた往還で、市がたつた。

海石榴市の八《ヤ》十《ソ》の巷に立ちならし結びし紐を解かなく惜しも
神山《カムヤマ》の山下響《トヨ》み行く水の水脈の絶えずは後も吾が妻

紫は灰指すものぞ海石榴市の八十の巷《チマタ》にあひし兒や誰
たらちねの母が呼ぶ名を申さめど路ゆく人を誰と知りてか

いづれも「萬葉集」の歌である。八十の衢《チマタ》といふのは、方々から人の集つてくる道の多いことをいふ。「立平《タチナラ》し」といふのは、歌垣《ウタガキ》の擧動《フルマヒ》である。「少女《ヲトメ》らに壯士《ヲトコ》立ち添ひふみ平《ナラ》す」といふ歌が、「續日本紀」の歌垣の記事に出てゐる。海石榴市は繁華な所だつたので歌垣の場ともなつたのである。この歌の大意は、海石榴市の衢に立ちて、君と二人して結んだ紐を、それは、他の人には決して解すことをすまいと誓ひ固めたのに、男は心變りした、しかしその男とかはした誓のゆゑに、自分の紐を解くのは惜しいことである、云々。この歌の「衢に立ちならし」は、歌垣に立つた間をいふのである。

「後も吾が妻」といふのは、これから後も、いついつまでも吾が妻だ、との意味である。この神山は、三輪山である。飛鳥にさがすのは無理である。

「紫は灰指すものぞ」といふのは、海石榴《ツバキ》をいふための序で、紫色を染める時には、椿《ツバキ》の灰のあくをさして染めあげた。歌の意は、海石榴市の衢のゆきずりに見た少女を、どこの兒であらうかと、あとを慕ひ追ひゆくこゝろである。「大和物語」に「中ごろはよき人々、市にいきてなむ、色このむわざしける」とある。しかし「萬葉集」のこの歌は、さういふ思惑からわざ〳〵市衢に出向いたといふ意味はなく、ふと愛しい少女にあつて心にとまつたといふさまである。今東光上人は「灰指す」は「仄《ホノ》さす」の書寫の誤りだと斷じ、海石榴市の萬葉歌碑には「仄さす」と書かれてゐる。

「母がよぶ名を」の歌の意味は、人に問はれては、わが名を答へるべきだが、昔は女は母のもとに居るのが普通だつたので、母に呼ばれてゐる名で答へるべきだが、と云つて、しかしたゞ道で行きあつたばかりのあなたを誰と知つて名のるのですか、これは返しの歌である。「母の呼ぶ名」といつてゐるのが、如何にもをさなくて愛らしい。昔は未通女《ヲトメ》は、夫と定めた男でなくては名のりをせぬものであつた。「紫は灰指すものぞ」とこの歌は、問答歌となつてゐる。この贈答、序のいひまはしもみやびて面白く、二首ともにしらべのうるはしいところ、昔から名歌とされてゐる。

磯城御縣坐神社

海石榴市から、磯城御縣坐《シキノミアガタニイマス》神社の杜《モリ》にそつて大神《ミワ》神社へ出る細い山路を少し上つたところに、弘仁期の石佛がある。彌勒谷といふのが通稱である。石佛としての、我國での代表的な作品で、見事な雄渾な彫りである。明治維新前後、一時信仰が高まり、又五十年位前にも流行して參拜者がひきつゞき、そのころ御堂をつくり、まへに小屋を建てて祀つた。小屋は早くくづれ、御堂は今もある。その露坐の頃もありがたい像だつた。

磯城御縣《ミアガタ》坐神社には、神籬《ヒモロギ》がある。少し分散してゐるやうだが、この分散が却つて、わが國の石庭の成立への過程を示してゐる。朝倉の社にも、その他のこの附近の小さい神社では、神籬《ヒモロギ》、磐《イハ》くらの崩れて、石庭をつくる、その庭の原型とその變貌を、順次に見ることが出來る。京都あたりの石庭とは別系統のものである。この御縣坐神社の附近、その杜の西の地帯が、崇神天皇の磯城瑞籬宮址である。三輪山麓に沿つてゆくと、大神神社まではいくばくもない。この瑞籬あたりを起點として、北へ、三輪山巻向山の麓に沿つてゆくのが、四道将軍當時に拓かれた山ノ邊の道である。しかし山ノ邊の道といふ名稱は、「萬葉集」に見えない。城《キ》ノ上《ヘ》の道、豐《トヨ》泊瀬道《ヂ》、磐余の道の名は出てゐる。山ノ邊の道の名が出るのは、景行天皇山邊道上陵と崇神天皇山邊道勾岡上陵の、二つの御陵の稱へに見えるのである。

三輪山

大神《ミワ》神社の三輪山は、御山が御神體である。拜殿はあるが御神殿はない。出雲國造家の神賀詞の傳へを見ても、この神社は國中第一の神社である。我國の神道の上からも、豐富な信仰の歴史をもち、後世に及んで種々の神道の教説がこゝから現れた。しかし御山を神としてゐるといふ、素朴な信仰は、一切の自然と美の根源である。この山中には太古の神籬の址が多く殘つてゐる。太古の埋藏品は全山に亙つてゐると想像される。この神社は、日本の最古の大社の一つとして、國と民の根源の生命觀の現證として代々の國民に祀られてきた。かういふ自然觀念《カムナガラ》とは別に、色々に概念的に操作された神學説も澤山生れたが、本來の古神道の自然觀に於ては、この御山にたゞ向ふことが、鎭魂の徳用《サキハヒ》だつたのである。

　大神神社の祭祀根源については、記紀の國讓りの記述中には出てゐない。出雲國造家の傳承の神賀詞《カムヨゴト》が傳へたのである。この詞は「延喜式」にのせてゐる。

人皇の第一代神武天皇は、三輪の神の御女なる伊須氣余理比賣《イスケヨリヒメ》を皇后とせられた。こゝでも大神神社は、國の根源と創始を象徴する重い位置におかれてゐる。

大神神社は大和國の一の宮にて、日本最古の神社といはれるのは、神賀詞の傳承記錄によるる。それより古い傳承記錄がないからである。大倭朝廷の時代から、飛鳥、奈良、平安と移る間も、この神社と長谷觀音の信仰は不變一貫してゐた。朝廷の崇敬のみでなく、民間庶人の信仰の厚い社寺の雙璧だつた。ともに日本の國の初めの土地にあつて、人々の心の底に、風景として記憶されてゐたのである。珠城宮、日代宮、瑞籬宮、金刺宮、朝倉宮、わが上代史上の重要な都、日本國の建國進展に最も重要な役割をなした都は、みなこの三輪山の麓に、神山をかこむやうにして開かれた。三輪山につづく大和の青垣の東の山上は高原の臺地だつた。そしてそこは美し國だつた。

この三輪山から、北の卷向、東の泊瀨とつゞく山々の上に拓かれた臺地が、人の世になつた大倭朝廷の高天《タカマ》ノ原だつたのである。これが山といふ名の現地實體だつた。わが御祖はそこから麓に下りてきた。人が今世の現身の生命を終へると、その山に歸つて永劫の生命に還元する。これが太古の山の信仰にて、山ノ邊の道の山は、その山の麓の道だつたのである。山から降りるといふ史實は、穴師兵主神社にはつきりと記錄の上にのこしてゐる。

大神神社が民間の廣大な信仰をあつめたのは、近世では維新の少し以前からだつた。しかし熱つぽい信仰が、何倍にも擴張したのは、むしろ大東亞戰爭終戰後である。三輪の御神威は、有史この方今が盛りである。その信仰の形には、財物の利益を願ふよりも、多分に魂を太くするものを願ふ形の多いのは、やはり國中最古の大社のもたれる格の高さといふべきであらう。

三輪の若宮、大御輪寺の址は名所の舊蹟である。大神神社を北へ進むと、活日《イクヒ》社の小さい祠がある。崇神天皇の御代、大田田根子《オホタタネコ》を召して三輪の神社を祭らせられた時、活日《イクヒ》を酒人《サカヒト》とし、御酒をかもした。活日は神酒を天皇にさゝげて歌つた。

此の神酒《ミキ》は　わが神酒ならず、日本《ヤマト》成す大物主の、釀みし神酒。幾久《イクヒサ》、幾久。

このあと神の宮にて宴したが、宴の終りに官人宮人たちが歌つた。

味酒《ウマザケ》　三輪の殿の、朝門にも、出でて行かな、三輪の殿門《トノド》を。

天皇も歌ひ給ふ。

味酒　三輪の殿の、朝門にも、押し開かね、三輪の殿門を。

終夜《ヨモスガラ》豐明《トヨノアカリ》し給うたのである。豐明とは酒をのみ顔の赤らむ形容からの語で、宴のことである。活日は酒の神と祀られ、又日本《ヤマト》なす大物主《オホモノヌシ》、この國をつくらした三輪の大物主の神を、造酒の祖神と申すのは、この故事からである。これは「日本書紀」の記事である。「古事記」中卷神功皇后の當時の酒樂歌《サカホガヒウタ》も「この御酒は、吾が御酒ならず」と歌はれてゐる。

活日の社から北へ進むと、しづめの池があり、以前の子供はしゞみさんの池と呼んでゐたが、鎮女池の字をあててゐる。そのさきに狹井《サヰ》神社がある。國史では垂仁天皇の時に祭られたとある。古い神社である。三輪山の信仰では、この泉は重要なものだつたと思はれる。今は藥井戸となへてゐる。その太古は未だ知らず、傳へあつてこの方でも二千年をわきつゞけた山ノ井である。この狹井神社の鎭花《ハナシヅメ》祭は、奈良朝大寶年間からつゞいた祭りである。奈良市の率川坐大神御子《イサカハニイマスオホミワミコノ》神社の三枝《サイグサ》祭は、三輪山の笹ゆりで白酒黑酒の樽を飾つてする祭りである。率川坐神社は、三輪山の大神神社の末社である。

「萬葉集」の、額田王が近江國に下りたまへる時作る歌、

味酒《ウマザケ》 三輪の山、青丹よし奈良の山の山の際ゆ、い隱《カク》るまで、道の隈《クマ》い積るまでに、つばらかに、見つゝ行かむを。しばしばも見放《ミサ》かむ山を。情《コヽロ》なく雲の隱《カク》さふべしや

反歌

三輪山をしかも隱すか雲だにも情《コヽロ》あらなむ隱さふべしや

丹波大女娘《タニハノオホメヲトメ》の歌、「萬葉集」の歌である。

味酒を三輪の祝《ハフリ》がいはふ杉手觸《テフ》れし罪か君に逢ひがたき

「萬葉集」中の柿本人麻呂歌集に見える歌、

我が衣色に染めなむ味酒三諸《ミムロ》の山は黄葉《モミヂ》しにけり

檜原《ヒバラ》は特定地名でなく、あちこちにあつた林の相である。「萬葉集」のその歌をあげる。

三諸《ミモロ》つく三輪山見れば隱國の泊瀨の檜原思ほゆるかも

うま酒の三諸の山の石穗菅《イハホスゲ》ねもころ吾れは片思《カタモ》ひぞする

うま酒の三諸の山に立つ月の見が欲し君が馬の音ぞする

三諸の神の帶ばせる泊瀨川水脈し絶えずば吾れ忘れめや

古の人の植ゑけむ杉が枝に霞たなびく春は來ぬらし

長屋王にも三輪山の御歌一首、「萬葉集」にある。

味酒三輪の祝《イハヒ》の山照らす秋の黄葉の散らまく惜しも

長屋王は天平元年佛者の讒《ザン》にあつて死を賜つた。奈良朝時代史を通じての大事件にて、このことあつて時代相は大きく變化するのである。王の御歌を「三輪の祝《イハヒ》の山」と讀むのは、神を齋《イハヒ》まつつてゐる山といふ意味であると、本居宣長がのべてゐる。御山が御神體なのである。祝《ハフリ》とよめば神主神人のことで歌の意味が通らぬのである。長屋王は當時最も立派な御方で、その詩賦も殘つてゐる。

狹井河上聖蹟

狹井《サヰ》川は狹井神社から少し出たところを流れる川である。今は小川である。この名の由來は佐韋《サヰ》が多く咲いてゐたからと「古事記」にしるされてゐる。佐韋は今、笹百合といつてゐる山百合である。このあたりからみる三輪山は赤松も杉も繁茂し、遠望では温雅な御山の容姿が、猛く雄々しいものに感じられる。狹井の社を、大神の荒御魂《アラミタマ》を祭る社と唱へてきたことも思ひ起させる。

山ノ邊の道を僅かに左へ下つた臺地に、「神武天皇聖蹟狹井河上顯彰碑」が立つてゐる。大和盆地を一望にする風光絶佳の所である。神武天皇の狹井河上の物語は、「古事記」に出てゐる。

神武天皇は日向にいました時、阿比良比賣《アヒラヒメ》を妃とされ二方の皇子があつたが、橿原宮で即位された時、皇后を立てられた。橿原宮は建設に二年以上か丶つてゐるので、その頃に皇后を選ばれたのであらう。大久米命が、こ丶に神の御子なりと申す少女がをられますと、天皇に申上げた。その少女が神の御子といふ所以については、次のやうな物語があつた。三島湟咋《ミシマノミゾクヒ》の女、名は勢夜陀多良比賣《セヤダタラヒメ》は大へん美しい少女だつた。三輪の大物主の神が見そめられて、美人《ヲトメ》が厠に入つた時、丹塗矢《ニヌリ》となつて、その厠の溝より流れ下つて、少女の美富登《ミホト》をついた。少女は驚きあわて丶立ち走りし、その矢を床の邊におくと、忽ち麗しい青年となり、そこで結婚して生れた御子は、名は富登多多良伊須須岐比賣《ホトタタライススギヒメ》、別の御名を比《ヒ》賣《メ》多多良伊須氣余理比賣と申すのは、富登といふのが露骨だから後にかへられたのである。イススギといふのはあわてることで、あわてて立走りされたことから出た名である。このゆゑに比賣多多羅伊須氣余理比賣を神の御子と申すのである。

ある時三輪山の麓の高佐士野《タカサジヌ》で七媛女《ナヽヲトメ》が遊んでゐた。伊須氣余理比賣もその中にをられる。大久米命はそれを見て、歌を以て天皇に申上げた。

倭の　高佐士野を、七《ナヽ》行く媛女《ヲトメ》ども、誰をしまかむ。

この時伊須氣余理比賣は七媛女の先頭にをられたが、天皇はそのことを御存じで、御歌で答へられた。

かつがつも、最先《イヤサキ》立てる　愛《エ》をしまかむ。

この御歌の意味は、「まあ〳〵、先頭をゆく可愛い女子を、わが手に纏きたい」。昔は少女の手をわが手に纏くといふ表現をした。今頃では抱くといふ表現である。「子らが手を巻向山」といふ時、「子らが手を」は、「巻く」の枕詞のやうな用法である。宣長はマクは妻《ツマ》問《ドヒ》するを云ふと説いてゐる。大久米命が御心を少女に傳へ少女はこれをうべなひ申した。

この後、天皇は、狭井川の上《ベ》にあつた比賣の家にいでまして、一夜《ヒトヨ》御寝《ミネ》せられた。御卽位の時、比賣は皇后として宮内に入られた。その時天皇は御歌で歡びの心を現された。

葦《アシ》原の、醜《シケコ》き小屋《ヲヤ》に、菅疊《スガタヽミ》、彌清敷《イヤサカシ》きて、朕《ワ》が二人寝《ネ》し。

心ほのぼのとする、悠久感をたゞよはせた、よい歌である。日本の歌の全史を通じての名歌の一つである。葦の生い茂つてゐる原の、ごつごつした建て方の小屋で、菅疊を、幾枚も重ねて敷いて、一緒に寝ましたね、何とも清々しく敷いてあつたことか、といふ意味である。この比賣の別名は、媛蹈鞴五十鈴姫命《ヒメタタライスズヒメノミコト》と「日本書紀」にある。かうして天皇は三輪の大神の女子を皇后とされた。國史の紀年では二千六百三十三年の以前である。三輪山中の古代祭祀の埋藏品でたまたま發見されたものから推定すると、三輪山は數千年に遡る歴史がある。さらに三輪山の奥の山上高原地帯から發見されたる太古遺品は八、九千年以前のものである。この山上の高原は碁盤目にひらかれた美し國である。また橿原宮や鳥見山靈時の發掘品は大體四千年まで遡る。神武天皇の紀元二千六百三十三年は、このあたりでは、一番わかい年である。大和の歴史では一番稚い紀元である。

檜原社

狭井河を北へすゝむと、玄賓庵にあたる。平安朝初期の高僧玄賓が、名利をさけて三輪山中に隠棲した場所は、今の所より少し奥まつた谷だつたが、近世こゝに玄賓庵を建てて、この僧の高徳をしたつてゐるのである。世間を避け俗世を逃れるために僧侶になつた人が、さらに僧侶の間の浮世榮達のわづらはしさを、逃がれるために、玄賓は三輪の神山の自然の中へ隠遁したのである。この隠者の心が玄賓僧都の古今を通じて慕はれた所以である。この人を三輪流神道の起りに結びつける教學は、殆どがよくないが、自然《カムナガラ》とか神隨《オノヅカラ》といふことを悟つた自然の人といふ點を知ることは、自身の大事に結ばれる。世阿彌の書いた謠曲「三輪」は、國學古學の衰退した時代の通俗觀念に從つたものである。玄賓庵からまた北へゆくと、廣場の中に檜原社の古い標記のある、形の好ましい石の燈籠があつた。今の檜原神社は近時、立派な社殿ができた。「萬葉集」の檜原の名は、こゝだけに殘つてゐたのである。今は三輪の神社で末社として祭祀仕へ奉つてゐる。こゝは崇神天皇の御時の笠縫邑址と云はれてゐる。今の人の知らない以前から、こゝは何もない廣場として殘つてゐた。大和國原の眺めの美しさでは、狹井河上聖蹟碑の場所、纏向宮の上の大兵主神社の丘と、いづれ甲乙のない絶景の場所である。

近年櫻井市が、山ノ邊の道、磐余の道、泊瀬路といふ、日本の上古の三つの道の邊に、「萬葉集」の歌の百碑を建てることを計畫した。當代人文各界一流の名士に一人一首、その揮毫を依頼した。さきになくなられた川端康成氏はこの事業に非常な贊成で、その推進の勞さへとられた。「萬葉集」に限らず、記紀の歌も加へよと申され、自身は、日本武尊の國しのび歌の揮毫を申出された。最後となつたその年正月の下旬、私は川端氏と共に、忍坂の白鳳の三尊佛を拜し、欽明天皇御陵、鏡女王墓に詣でて、檜原社に參拜した。川端氏は、こゝの檜原神社下の二つ池の中堤に、わが碑を建て、その碑は、遠足の子供が腰かけて辨當をつかつても苦しくないやうな、低い横石にしてと申された。この歌碑の歌は、

倭《ヤマト》は　國《クニ》のまほろば、たゝなづく青垣《アヲカキ》　山隱《ヤマゴモ》れる　倭し美《ウルハ》し。

歌のことばのまゝなる風景の場所である。大和の國原の一望される高臺の池畔である。

笠縫邑

崇神天皇六年、國の初めこのかた、天皇と同殿共床にいました天照皇大神を、この年神託によつて、笠縫邑《カサヌヒノムラ》に遷し奉る。このことは高天原にて神の契りとして定められてゐたことだつた。この幽契のあつたことは、齋部廣成《イムベノヒロナリ》が「古語拾遺」に、家の傳へ事として誌してゐる。さうは申しても、まことに畏さ常ならぬ大事である。上下心に怖れ、愼みを重くして事は運ばれた。無事に行事悉く終了した時、奉仕の宮人たちは、終夜の宴を賜はつた。この時一同で歌つた歌が「古語拾遺」にしるされてゐる。

宮人《ミヤビト》の大夜《オホヨ》すがらにいさとほしゆきの宜《ヨロ》しも大夜すがらに

この歌は奈良の都の頃には、もうこの元歌を換へて歌はれてゐた。

宮人の大裝衣《オホヨソコロモ》　膝通《ヒザトホ》し　行《ユ》きの宜《ヨロ》しも大裝衣

平安朝の神樂歌ではまた少し變化した。

宮人の大裝衣、膝通し、膝通し、著《キ》の宜しもよ　大裝衣

笠縫邑御遷座の夜の宴の時、宮人の合唱した歌が奈良朝に入つたころ、變つて了つてゐたといふことは、齋部廣成の「古語拾遺」に誌されてゐる。廣成は八十を越えた老翁にて、この本の誌されたのは平安の初期平城天皇の敕命によつたものだつた。廣成は奈良の都の全時代をおのが一生の齡とした人である。

天照皇大神は、この後倭姫命《ヤマトヒメノミコト》が奉じられて、鎭まります場所を求めて、各地を巡幸され、つひに伊勢の五十鈴川上に鎭座せられる。これが伊勢の皇大神宮である。

いにしへにありけむ人も吾《ア》が如《ゴト》か三輪の檜原に插頭《カザシ》折りけむ

往く川の過ぎにし人の手折らねばうらぶれ立てり三輪の檜原は

二首とも「柿本人麻呂歌集」に出てゐるものである。人麻呂は、いにしへとか古の人といふことばに異常な感動をこめ、慟哭にまでそれを歌つた人だつた。

巻向

檜原神社を北へ出たところが巻向川である。巻向川は穴師《アナシ》の部落を流れる。穴師川ともいふ。以前は穴師の部落では水車で粉をひいてゐた。盛時はそんな水車が川筋に並んでゐた。それで車谷《クルマダニ》と呼んだ。明治の中頃には、この水車の動力の利用をいろいろと考へ、紡績や時計工場まで作らうとした。

この部落は美しい村である。大和路では、誰もが古い社寺を語るが、見事な美しい民家も見るべきである。しかしそれ以上に心して見て欲しいのは、村の美しさである。一つの村として、おのづからに出來上つたものの構成の美しさである。世界のどこに、かういふ美しい村をつくれる造園師がゐるだらうか。いづこの國に、これに劣らぬものの作れる都市計畫家や設計師がゐるだらうか。村は人々各々の思ひで、勝手につくりつゝ、見事に調和し、統一の品格がある。その上で美しいのだ。この原因は彼らのくらしの中に、その共通の原理があつたからだ。それは強制や干渉をしない。これが道徳だつたのである。

穴師川の水源の巻向山は三輪山のつゞきである。巻向の檜原は三輪の檜原につゞく。「萬葉集」の歌に、

鳴る神の音のみ聞きし巻向の檜原の山をけふ見つるかも
三諸のその山なみに兒らが手を巻向山はつぎのよろしも
兒らが手を巻向山は常あれど過ぎにし人に行き纏《マ》かめやも
巻向の檜原に立てる春霞おほにし思《モ》はばなづみ來めやも
巻向の檜原もいまだ雲居ねば小松が末《ウレ》ゆ沫雪流る

「萬葉集」に「柿本人麻呂歌集」の歌と註記されたものの中には、穴師の歌の傑作が數々ある。

痛足《アナシ》川川波立ちぬ巻向の由槻《ユツキ》が岳に雲居立つらし
足ひきの山川の瀬のなるなべに弓月《ユツキ》岳に雲立ち渡る
巻向の痛足《アナシ》の川ゆ往く水の絶ゆることなくまたかへり見む
ぬば玉の夜さり來れば巻向の川音高しも嵐かも疾き

巻向の山邊響《トヨ》みて往く水の水沫《ユ》のごとし世の人われは

これらの歌は人麻呂の傑出した歌である。この歌の中の弓月岳も巻向、穴師とつゞく山の一つである。どの歌も格調高く、また人生永劫の寂寥感のふかく心にひゞくものがある。いづれも「萬葉集」中最秀歌に數へられる。これらの歌をよんだ古の人が、人麻呂は穴師里で生れたと考へたのは、一種の絶對感をふくめてうべなひたい。五十年以前には、人麻呂の屋敷の址と稱した場所もあつたほどである。

あしひきの山かも高き巻向の岸の小松にみ雪降りけり

纏向《マキムク》の痛足《アナシ》の山に雲居つゝ雨は降れどもぬれつゝぞ來し

かぎろひの夕さり來れば獵人《サツヒト》の弓月《ユツキ》が岳に霞たなびく

穴師大兵主神社

穴師の山は、大兵主《ヒヤウズ》神社の神人の故地である。兵主神社が山上から、今の地に下りてこられた時代の經過はわかつてゐる。大兵主の神人たちは、巻向の宮にふかい關係があつたとおもはれる。大倭朝廷の磯城島宮磐余宮の頃は、巻向は先代の舊都だつたが、飛鳥淨御原へ都が移り、ついで奈良へと遷つたころは、穴師の山は、遠い祖先の聖地、穴師の山人に對しては、なつかしい故郷といふ感覺のうへに、一種の心遠い神祕感が生れても當然のことだつた。人麻呂はさういふ先代以前の神人の心を、今生に象徴する大歌人とも感じられるのである。

巻向の都は垂仁天皇の纏向珠城宮《マキムクノタマキ》と景行天皇の纏向日代宮《ヒシロ》の二つにて、日本武尊はこの都から、西と東へ旅立たれ、旅路に薨じられて、つひに都に歸還されることがなかつた。途上御病が重くなられた時、尊《ミコト》の歌はれた歌は、

倭《ヤマト》は國のまほろば、たゝなづく青垣、山隠《ゴモ》れる　倭し美し。

また、

命《イノチ》の　全《マタ》けむ人は　疊薦《タヽミゴモ》　平群《ヘグリ》の山の、　隠白檮《クマガシ》が葉を、　髻華《ウズ》に插《サ》せ、その子。

このあとに、

はしけやし　吾家《ワギヘ》の方よ　雲居《クモヰ》起《タ》ち來《ク》も。

と歌はれた。これは「片歌《カタ》」である。この時御病は急に危篤の状態となつた。こゝにて御歌を、

孃子《ヲトメ》の床の邊《ベ》に　吾《ア》が置きし　つるぎの大刀《タチ》　その大刀はや。

と歌ひ竟《ヲ》へるとともに、卽ち崩《カムアガ》りました。こゝで「吾家の方」と歌はれたのは、巻向の大兵主社からひらかれる斜面の廣野、大和平野が一望され、そのまゝ平野につゞく土地である。さて、三輪の狹井からこのあたりまでが、山ノ邊の道の名稱に最もふさはしい古の風景のある土地である。春は桃の花と菜の花の野の路だつた。

今の大兵主神社は、山ノ邊の道から少し奥まつた山に入つた、ところである。社殿の構へには蒼古幽遠の俤が濃い。名だたる古代の大社の風格に申すところがない。この神社の境内に、野見宿禰《ノミノスクネ》が當麻蹶速《タギマノクヱハヤ》と角力し、これに打勝つたといふ遺蹟が傳へら

れてゐる。垂仁天皇七年七月七日のことで、後の平安の朝廷で行はれた國事の一つだつた節會《セチヱ》相撲は、これを起原としてゐるのである。また國技たる相撲發祥の聖地たるを以て、去る昭和三十七年秋、大日本相撲協會理事長時津風を齋主として、幕内全力士全行司、一人も缺けるものなく參拜し、奉納の横綱土俵入は、力士柏戸と力士大鵬の兩人が仕へ奉つた。この行事は舊櫻井市と大三輪町が共同で主催し、近在より參集した人出は十萬を數へ、かつてない盛儀だつた。この事あつて間なく二つの市町は合併し、現在の櫻井市となつたのである。

箸墓

この大兵主神社を西へ下ると、上代よりの上《カミ》つ道《ミチ》へ出る。纏向の日代宮と珠城宮は、この上つ道へ出る道の途中にある。また上つ道へ出たところ、道の西にあるのが太田《オホタ》の部落で、つい最近、こゝより廣大な繩文遺蹟があらはれた。その發掘は一端にも至らぬのに、出土品は夥しい數となり、全貌は想像を絶してゐる。この數千點に及ぶ遺品を、川端氏も丁寧に見學された。今年四十七年一月下旬、櫻井市訪問の同じ時だつた。

この太田から、上つ道、中昔から上街道と呼ぶ道を南へ少しひきかへすと、箸中《ハシナカ》の倭迹《ヤマトト》迹《ド》日百襲姫《ヒモヽソヒメ》命墓がある。崇神天皇の大伯母《ミヲバ》にあたられる皇女だつた。「日本書紀」によると、皇女は大物主神の妻となり給うた。

しかるにその神、常に晝は見えず、夜のみ來ました。姫は神に、明け方まで居て下さい、うるはしいみ姿を觀たく思ふと申される。神は答へて、尤なことゆゑ、明方あなたの櫛笥《クシゲ》に入つてゐませう、しかし私の形を見て驚かぬやうにして下さい、さう申された。姫は不思議なことを仰言ると思ひつゝ、夜明けるのを待つて櫛笥を見ると、長さも太さも衣紐《シタヒモ》ほどの、美しい小蛇《コヲロチ》が入つてゐた。姫は驚いて、叫び啼《ナ》かれた。神は恥しいと思はれ、忽ち人の形になると、姫に向つて、あなたは言葉にそむいて私に恥をかゝせた、私もあなたに恥を見せる、さう曰ふと大空をふんで御諸山《ミムロ》に登られた。姫は仰ぎ見て悔いて急居《ツキウ》、箸にて陰《ホト》をつきおなくなりになつた。「急居《ツキウ》」といふのは古語で、「日本書紀」の原註によると、急に下に居ることを云うたやうである。世人は姫の墓を、箸墓とよんだ。またこの墓は、晝は人が作り、夜は神が作つた。石は大坂の山から運んだが、運ぶ人民が相踵《ツ》ぎに手渡《タゴシ》で運んだ。それで時の人が歌つた歌がある。

大坂に、繼ぎ登れる、石群を、手遞傳《タゴシ》に越さば　越しがてむかも

山ノ邊の道の北至

纏向の日代宮のことが「古事記」雄略天皇の條に見える。天皇が泊瀬の百枝槻《モモエツキ》の下で宴をされた時、伊勢國三重から來た釆女《ウネメ》が、盃に失敗のことをした。その時歌を即興に作つて許された話の、その歌の句である。

纏向の　日代《ヒシロ》の宮は、朝日の　日照《デ》る宮。夕日の　日陰る宮。竹の根の　根足《ネダ》る宮。
木の根の　根蔓《ネバ》ふ宮。眞木拆く、檜の御門。新嘗屋に　生ひてる　百足《モモタ》る　槻が枝は

下は略すが、この歌は室賀《ムロホギ》の歌のやうでもある。雄略天皇の御代に、遠世の纏向の日代宮をほめてゐるのである。しかしこの歌のため三重の采女は忽ち許される。またこの歌をうけて、皇后が歌はれ、天皇も御機嫌美しくなられて歌を作り歌はれた。かうして三重ノ采女は賞讃をうけたうへ、澤山の下賜品をいたゞいた。

日代宮からいくばくもないところに、景行天皇の御陵がある。これが山邊道上陵《へ》である。もとは磯城郡柳本町の大字澁谷《シブタニ》で、今は天理市域に入つてゐる。同地の少し北に崇神天皇陵がある。山邊道勾岡上陵《マガリノヲカノヘ》である。山ノ邊の道の稱はこの二つの陵の地名に殘つてゐるのである。ともに代表的な大古墳にて、美しい風景の古墳である。

山ノ邊の道の北端はどのあたりまで呼んだのか、定かでない。もとの磯城郡の北部、三輪と柳本間には前方後圓の巨大な古墳が、國鐵櫻井線の車窓から見えるだけで數十はあつた。國鐵櫻井線は古の上つ道、中昔の上街道に沿つてゐる。山ノ邊の道はもとの磯城郡柳本町の釜ノ口長岳寺の山門前を北へとすゝむ。長岳寺には石造佛が澤山ある。本尊は平安朝末期の優麗な佛像である。

倭大國魂《ヤマトノオホクニタマ》を祭つた大和神社《オホヤマト》は、初めこゝにあつた。大和神社はこゝより少し北の長柄《ナガラ》へ移り、上街道の西側に鎭座されてゐる。倭大國魂は、その稱への如く、倭一國の最も大きい魂だつた。大國魂の信仰は、土着のもので、ずゐ分有力なものだつた。今も鄕社としては範圍は廣い。この原信仰圈の押領を許されたのが僧空海である。空海はさうした形で、多くの原信仰圏を頂戴したのである。

倭大國魂の社の舊地の北に、萱生《カヨ》の衾田陵がある。こゝらから、山ノ邊の道は衾道《フスマヂ》となる。

「萬葉集」に人麻呂の歌がある。

衾路《フスマヂ》を引出《ヒキデ》の山に妹を置きて山路を行けば生けりともなし

人麻呂は妻を引手山に葬つたのである。この山は卷向山の北のつゞきと思はれてきた。山ノ邊の道は上街道とこのあたりで一つになる。山ノ邊の道は、衾路のあたりで曖昧となり、石上、在原寺址まではことさら入れるといふものである。延喜式祝詞の詞に御縣に坐す皇神《スメガミ》たちを數へた中で、志貴《シキ》、山邊《ヤマノベ》、曾布《ソフ》の三座を現地にあて、考へてゆくと、山ノ邊の道の北端も大體わかるやうである。在原寺址より南の、杣ノ内の近くで近年發見された塚穴《ツカアナ》古墳は、全くの驚きだつた。島《シマ》ノ庄の石舞臺に匹敵する規模である。この隣には古くから知られた西山古墳がある。これも大古墳である。勾岡をこゝの勾田《マガタ》といふ地名にこだはつて考へた一時期があつた。

このあたりは、丁度眞東に石上神宮があつて、當然物部氏の據點だつた。蘇我氏の島ノ庄、物部氏の塚穴、かう想定すると、これで往事の始末はとゝのつた。大伴氏の鳥屋《トリヤ》は、橿原宮の北に想定され、今のところ全くかくれたまゝで、何もわかつてゐないが、壬申前後の大伴氏は櫻井の跡見《トミ》を據點としてゐた。このあたりには未調査の古墳が無數にあり、何かのはずみに、どんな大きい發見が起るかも知れない。現に氣まゝに推定せよといへば、いくらでも出來る。しかし己のかりそめの思ひつきで、さういふことをするのは、全く學問的ではない。非學問的な思ひつきを說き、文藝の才や詩心のない場合、みな、曲學阿世に終つてゐる。

山ノ邊の道のはてを、石上神宮永久寺から北へ、弘仁寺をへて鹿野園へ出る道は、南朝の道だつた。しかし後醍醐天皇がこの道を驅せ、一途吉野へ入られたあとは、柳本以北の道は失はれた。つひに恢弘の時がなかつた。南朝の道は、大和の東の青垣の山の上の臺地へ移つた。こゝにはそのころ四通八達の道があつて、南朝の戰略を利した。その影響もあつて戰國以後も、優秀の文化を溫存したところだつた。泊瀨からその山上美國の高原を通つていつた道は、伊賀へ入つた。これが戰國の頃、近世の初めにも、連歌俳諧の一つの本街道だつた。大和の西の青垣、金剛葛城の連山中にも、南朝の道が多數入りこんであつた。この道も修驗行者とふかい緣があつた。南北朝の勢力を別つ線は、奈良の方から柳本までが北方武家方で、櫻井以南は南方宮方である。これははつきりしてゐる、不思議なほどである。

倉橋川

櫻井から多武峯《タムノミネ》への道は倉橋川に沿つてゆく。今は寺川《テラガハ》とよんでゐる。用明天皇の御紀には磐余の川とある。天武天皇の御紀には倉橋川である。この談山神社參道の石の鳥居を少し上つた上宮《ウヘノミヤ》は聖徳太子の舊蹟で、用明天皇の磐余池邊雙槻《イハレノイケノベノナミツキ》宮の上宮だつた。聖徳太子はこの上宮で生誕遊ばされ、こゝを御所とせられたので、上宮太子と申上げるのである。

雙槻宮から上宮への道の中間の丘にあるのが、櫻井の土舞臺《ツチブタイ》である。推古天皇二十年に、百濟の味摩之《ミマシ》といふ人が歸化し、伎樂儛《クレノウタマヒ》を傳へた。聖徳太子はこれを學ばせるために、研修所と樂器や面などを作る工房を併せまうけ、舞臺をつくられた。太古よりあつた神樂とは別の形の藝能の、本邦第一の發祥地であるとされる所以である。

太子が上宮から土舞臺や雙槻宮へ往還される時に渡られた倉橋川には石の橋がかけられた。參道から少し西へ入つた所である。

橋立の倉椅川《クラハシ》の石の橋はも壯子時《ヲザカリ》に吾が渡せりし石の橋はも

「萬葉集」の歌である。昔の人は、石を流れに投げ入れて、その上を踏んで川を渡つたといふやうな解釋もあるが、當時の土木技術からいへば、どんな大きい石橋があつても不思議でない。これはこの地方に無數にある古墳を見ればわかることである。

上宮の南の下《シモ》村の聖林寺には、天平の十一面觀音がある。わが國各時代を通じて無數にある佛像中のいくつと數へられる最優秀作の一つである。明治維新前は三輪明神の舊神宮寺だつた大御輪寺にあつて、三輪神道とも因緣厚い信仰上の佛像だつたが、明治初年の排佛毀釋の時、篤信の信徒が、この佛をまつる組合をつくり、その人々の由緣でこの寺にあづけられ、何十年前までは、信徒が寄合つて供養を獻じてゐた。その信徒の組合はこの近在の村々の人達だつた。

聖林寺の景観は、美しい寺の構へである。建物は近世のものゆゑ、古美術を骨董と見る今日一般の見方からは忘れられてゐるが、寺としての構へ、その位置、四邊の風景、さういふ綜合的な美觀では、類少ない。

こゝを少し上ると、倉橋の部落がある。十年まへまでは、この近在の美しい村の一つだつた。村といふものは、一人の造園家が計畫してつくつたものでなく、村人がめい〳〵に家をたててつくつたものだが、地形の利用や家と家とのより合ひ、あるべき場所に、小屋があり、柿の木があり、水車が廻つてゐるといつた構圖は、個人の藝術家のとてものことにも思ひ及ばない見事なものである。この綜合の美を自然の風景と一體化してつくつた人々は、近頃の美の創造などといつた觀念など、毛頭も考へてゐなかつた。近頃の創造教育は、創造力をふりおこすのでなく、その概念化に終つてゐる。

まだ十年まへには、山ノ邊の道も泊瀬道も、また磐余の道も多武峯への道も、その沿線は、さういふ美しい村々の連續だつた。最近十年に美しいものは多く失はれたのである。

倉橋の部落の中には、崇峻天皇の御陵がある。規模としては、大和國では小さい御陵だが、奥まつた感じの濃やかな趣に深いのは、悲劇の御生涯を思ふからであらうか。

多武峯

多武峯の談山神社は藤原鎌足を祭る。多武峯は現在では紅葉の名所である。櫻井驛から五十町、以前はこの道の紅葉は美しかつた。「秋山の木の葉を見ては、黄葉《モミツ》をば　取りてぞ忍ぶ、青きをば　おきてぞ歎く」と額田王のおことばを味ふと、大昔の女性の感傷には、今人の觀賞よりこまやかなものがある。

中昔の多武峯は、櫻の名所だつた。「萬葉集」には、梅花の歌は多いが、櫻の歌は少ない。山ノ邊の道にも、特別な櫻の名所はない。櫻は吉野山だけで十分だつたのであらうか。しかし近代の以前には、多武峯は櫻の名所だつたのである。吉野泊瀬の花の中宿《ナカヤド》ととなへられた頃もあつた。

談山神社の丹塗の社殿と紅葉と巨木の杉の木立といふ配合は、非常に美しい。山内には櫻樹も澤山あるが、紅葉の名所として喧傳されるのが當然と、その季節にはしみじみ思はれるのである。この多武峯の秋の祭に上る「百味《ヒャクミ》の御食《オンジキ》」は、秋祭の神饌として、特別に心をこめて精巧につくられたもので、今どきの藝術品以上である。我國にこんなものがあつたかと、誰でも驚くやうなものである。昔から村人が、月餘をかけてつくりあげるのである。食物に對する思ひや、仕事に對する心がまへとは、かういふものかと思はせる、心のこもつた神饌である。

來て見ればこゝも櫻の峯つゞき吉野初瀬の花の中宿《ナカヤド》

飛鳥井雅章の歌で喧傳されたのが、「花の中宿」である。

談山神社の參道の石の大鳥居は、享保九年建立の石造物だが、見事な作品である。

談山神社は、十三重塔婆を初めとして、彩色の建築は美麗である。もとは多數の刀劍を藏して、二棟の刀倉といはれたものだが、太閤の刀狩と、近頃は大東亞戰爭の時に、殆どが供出された。少なからぬ寶物の中で、大切なものに粟原寺の露盤がある。石造物では、參道に摩尼輪塔があり、後醍醐天皇御寄進といふ元德三年建立の石燈籠は、この形式最古のものともいふが、風格正しく美しいものである。又下乘石の文字は、尊圓法親王の御筆といひ、安倍文殊の下馬石とともに、雄渾な金石文の雙璧である。尊圓法親王は御家流の始祖といはれる御方である。また粟原寺は櫻井市粟原の廢寺で、多武峯からは東に當る山中である。

倉橋山

倉橋山は多武峯の東の山つゞきである。倉橋の部落からはま東に聳える。龍門岳を主峯とした、所謂龍門山塊の一峯である。多武峯もその中の一峯である。神武天皇聖蹟の鳥見山は獨立の山であつた。この倉橋山を、音羽山とよぶのは、音羽觀音が頂上近くにあるからである。倉橋山の山頂からは大阪の海も見える。

白雪はまだふる年の音羽山松きるおとぞかすみそめたる

土地の人の通り名の音羽山をよみこんだ伴林光平の和歌である。光平が天誅組の擧兵をきいたのは大坂で講義中だつた。その夜更に出發し、そのまま夜道の生駒山を越え、法隆寺に出て、さらに本隊のゐる五條まで一氣に驅せつづけた。同志との約を果すといふ信義からだつた。一擧が敗れて後に、光平は京都で斬られたが、年は五十二だつた。近世で第一の大歌人であつた。

「古事記」の仁徳天皇の條に、速總別王《ハヤブサワケ》が女鳥王《メトリ》を伴ひ、追手をうけて、倉椅山を越えて、宇陀の方へ逃がれてゆかれる時の歌がある。

梯立ての倉椅《クラハシ》山を嶮《サガ》しみと岩掻《カ》きかねて吾が手取らすも
梯立ての倉椅山は嶮しけど妹《イモ》と登れば嶮しくもあらず

「梯立《ハシダ》ての」は「倉」の枕詞である。「嶮しみと」といふのは、嶮岨だからといふ意味である。

「萬葉集」の、この山の歌に、

倉橋の山を高みか夜ごもりに出て來る月の光乏《トモ》しき

「夜ごもり」は夜更けのこと、この月は二十日以後の下弦の月であらう。「光乏しき」は、月影が細くなつて、しかもその輝きにあはれさを思はせる。「萬葉集」の歌を一様に観賞する時には、萬葉人の眺めた夜の大和の山河を知つておく必要がある。むかしの生活では、日中はさまざまのものが一杯で豊富だつたが、夜は殆ど無であつた。月のない闇の中では、特にさういふ感じだつた。しかし澤山のものが、晝と同じにねむつてゐることを知つてゐた。朝になるとみな起き出し、動き、働き、笑ひ、よろこび、またさけぶものもある。だからこの夜といふ闇の無の中にあつて、それらが各々に營みをし、支度をしてゐることを、昔の人は、なつかしく思つたり、怖れたり、畏んだりしたものである。

今では萬葉の歌枕を巡る人は、夕方まへにわが家や宿所に歸る人が殆どだが、もう少し努力して、夜の山河を見るとよいと思ふ。昔のくらしでは、祭りは夜から始つた。祭りのために夕ぐれから始まる禊の情景を考へないと、奈良以前の「萬葉集」の多くの歌の味ひも、よく解し得ないと思ふ。祭りに關聯した山河の眺めは特別印象的に残り、他人にも通ずるものがあつた。古の人はひとりで眺めた山河の情も歌つたが、それより多く、共同のくらしの感情をふくめた歌を、一緒になつて喜んだのである。今日さういふ歌をよんでみると、個人の感情を云ふ獨創のものより、共同の感動に發したものが、はるかに新しい。「人麻呂歌集」の歌などには、さういふ共同の感動から歌はれた歌が多く、作者一人だつたとしても、歌の思ひは同心協和したものだつた。

この倉橋山の歌は名歌の一つである。試みに夜の倉橋山を眺めるとよい。日中にはさほどにも見えないその山容が、大きく重々しくすわつてゐるのは、堂々の威容があつて、威嚴を感じさせる重量感がある。それは日中の倉橋山を見ただけでは、とても想像できない。

獵路の小野

「萬葉集」の三ノ巻に長皇子の御獵に従つた柿本人麻呂の長歌並に短歌二つが出てゐる。この御獵の場所だつた獵路《カリヂ》の小野《ヲヌ》は、多武峯の山を深く入つた、今の鹿路《ロクロ》のあたりと云はれてゐる。多武峯の山中である。南へ降りると龍門、吉野へ、さほど遠くはない。

安見《ヤスミ》し、吾大君《ワゴオホキミ》、高光《タカヒカ》る　わが日の皇子《ミコ》の、馬並《ナ》めて　み狩立たせる　わか薦《コモ》を　獵
路の小野《ヲヌ》に、猪鹿《シシ》こそは　い匐《ハ》ひ拜《ヲロガ》め、鶉こそ　い匍匐《ハ》ひもとほれ、鹿《シシ》じもの　いは

ひ拝み、鶉なす　いはひもとほり、恐《カシコ》みと　仕へ奉りて、久方の　天見るごとく　眞《マ》十鏡《ソカヾミ》　仰ぎて見れど　春草の　いや愛《メヅラ》しき　我が大君かも。

い匍《ハ》匐ひもとほれといふのは、むかし神を拝む時に匍匐の禮をした意味だらうといふ。鹿が伏すやうに、脚と腕を折り曲げて禮拝する形をいふのである。鹿や鶉も皇子を拝み仕へ奉り、従者一同は、鹿のごとく鶉のやうに、畏みお仕へしてゐるさまをのべる。調子の高さには人麻呂ならではの見事さがある。この長歌の反歌《カヘシ》は、

久方の天ゆく月を網に刺《サ》しわが大君は蓋《キヌガサ》にせり

御狩りに興じて、日暮れて山路を下りてくる時、丁度満月のころの月が、皇子の頭上に現はれたのである。多武峯から櫻井の町へ下つてくる道か、西して高市飛鳥へ出た道か、詩情と風景まことに絶佳である。そしてこのやうな壮大な詩句は、人麻呂以外の誰人にも作り得ないのである。まことにこの人こそ歌の聖にて、神の如しとたゝへられたのも當然と思はせる一首である。

この反歌を或本には次の如く出てゐると、「萬葉集」にしるされてゐる。

大君は神にしませば眞木の立つ荒山中に海をなすかも

この歌は、御獵の歌にふさはしくないやうで、山地の谷間をせきとめて、池をつくられた時のお祝ひの禱歌と思はれる。また次のやうな歌がある。

遠つ人獵路の池に住む鳥の立ちても居ても君をしぞ思ふ

衣手の高屋

舎人皇子の衣手《コロモデ》の高屋にあててゐる高家《タイヘ》は多武峯の西の山中である。

ぬば玉の夜霧ぞ立てる衣手《コロモデ》の高屋《タカヤ》のうへに棚びくまでに

次に何人かが舎人皇子に獻じた歌の中の一つに、

うち手折り多武の山霧しげみかも細川の瀬に波の騒げる

この歌から舎人皇子の御住の宮が想定される。この歌は島ノ庄の石舞臺などのある高市のあたりから山を眺め、そこにいます皇子にもの申してゐる樣子である。同じ時同じ人の歌がいま一つ、この歌につゞいて出てゐる。

冬ごもり春べを戀ひて植ゑし木の實になる時を片待つ吾ぞ

この二つを並べてよむと、深く忠勤の志をこめた諷歌の感がする。多武の山霧しげみ、細川の波の騒げる、には不穩を豫想させるものがある。片待つ吾ぞといふ訴へぶりも、なにごとかを感じさせる。舎人皇子は世俗界を意識の外において、靜かにこの高屋で、國史として「日本書紀」の編纂著述をしてをられたのである。今にして思へば、高屋、今の高家のあたりは、櫻井の町の北の眞上、高市飛鳥からは東の眞上の山中であるが、我國の文明と文化の上で、特に尊い史蹟といふべきである。

磐余の池

雙槻宮のあつた磐余の池は、どのあたりにあつたか、たゞ殘つてゐる地名で見當をつけてゐる。土着の好事家は、多少殘存する地形で推定を下す。この池は大津皇子《オホツノミコ》の御辭世の御歌に歌はれてゐる。

つぬさはふ磐余の池に鳴く鴨を今日のみ見てや雲隱りなむ

「つぬさはふ」は磐余の枕詞である。その語意はよくわからない。大津皇子の「賜死」は、持統天皇元年冬十月だつた。そのさき九月に御父天武天皇が崩御された。「日本書紀」には、皇子の謀叛が發覺したのだと書いてある。死を賜はつたのは皇子の譯語田宮《ヲサダノイヘ》に於てだつた。鄉土史家の說によると、譯語田は、幸玉宮のあつた櫻井市の戒重《カイヂユウ》だといふ。譯語田についてはもう少し北に離れた太田《オホタ》を當ててゐる人もあつたが、これは實地の地理をよく知らない遠方の學者が、地名の類似から考へたやうである。戒重の社の名には長田《オサダ》が殘つてゐる。

この戒重は、南朝の忠臣、玉井西阿が城を築いて、後醍醐天皇の崩御から後村上天皇御新政の當初の期間を、奮戰死闘、よく吉野朝廷の危機を守りぬいた。むかしから山ノ邊の道といつてゐるのは、櫻井の磯城島から澁谷の御陵のさきあたりまでが基幹だが、この道から、東と南の山地一帶が、最後まで南朝の勢力圈だつた。山ノ邊の道は南朝の道で、又吉野の朝廷を守つた最前線だつた。

大津皇子がなくなられる時の辭世の詩賦が「懐風藻」にのこつてゐる。

金の鳥は西舎に臨み
鼓の聲は短命を催す
泉路に賓主無し
此夕家を離れて向ふ

金の鳥といふのは太陽のことである。鼓聲は時を刻み告げる太鼓の音である。泉路は黄《ヨ》泉《ミ》の道である。「懐風藻」は奈良朝に出來た漢詩集である。「萬葉集」で見ると、皇子は譯語田宮を出て、磐余池の堤でなくなられた。「日本書紀」の記事には、この時妃の宮の山邊内親王が、髮をくだして徒足《スアシ》で走つてゆき殉死せられたとある。山邊内親王は天智天皇の皇女である。持統天皇も天智天皇の皇女である。また「日本書紀」には、大津皇子は特に文筆を愛され、詩賦といふものはこの皇子から興《オコ》つた、と誌してゐる。

「萬葉集」のことばで判斷すると、大津皇子は大事を計るまへ、伊勢に下つて、御姉の大伯皇女《オホクノヒメミコ》にあつてをられる。大伯皇女は天武天皇のおいひつけで、伊勢の皇大神宮の齋宮となつてをられた。大伯皇女が大津皇子をおくり出される時の別離歌が、「萬葉集」に見える。

わが背子《セコ》を大和へ遣《ヤ》るとさ夜更けて曉露《アカトキツユ》に吾が立ちぬれし
二人ゆけど行き過ぎがたき秋山をいかでか君がひとり越えなむ

これらのことなどあつて間もなく、皇子はなくなられたのである。

磐余池はずゐ分大きい池だつたやうである。磐余稚櫻宮を都とせられた履中天皇の御代に造られた。磐余といふのは、櫻井地方一帯の太古からの大名《オホナ》だつたやうで、神武天皇が西國から御東征され、大和の中つ國をしづめて、橿原の宮で即位された時、御名に、この磐余の土地をとつて、神倭磐余彦《カムヤマトイハレヒコ》尊ととなへられた。

安倍

今の安倍文殊院のあるあたりは、磐余池の北よりだつたと考へられてゐる。安倍文殊は、有名な文殊である。本尊は見事な佛像だが、善財童子の像といふは、ほゝゑましく愛らしくて、見た人になつかしい思ひをのこす。この文殊院の西の門前の下馬の石の彫りは堂々としたもので、比類ない。文化財などといふものにはなつてゐないと思ふが、櫻井の町には聖林寺や石位寺、或ひは金屋石佛といつた、國に二つない優れた國寶の彫刻物もあるが、この安倍の下馬石や、談山神社の石鳥居は、これらと異種ではないけれど、土俗の日本人の魂から生れた雄々しいわが民族の造形の現證である。

この民族の造型といふ意味では、二つともたくましく太々しい。そして權力のつくる記念物に共通した人間喪失の感がない。あるひは各地の土俗的なものにしば〳〵見られる一種のくらさや、卑屈感に接近する氣分のものも全くない。これは行儀作法のみやびに通ずるものである。又おほらかさは微笑に通じる。この氣品を失つた民藝ほど下等なものはないのである。

かういふ點では、安倍文殊の境内にある二つの古墳の西の方の古墳は、まことによくと、のつた石組で、その整頓のよさと、築造の精巧さ、これも類を見ない。組立てた石は磨いたやうに平板に加工され、石組の構成を直線で規律正しく示すために、大石には線を彫つて、直線を模様としてと、のへてゐる。これほど行儀の整然とたゞしくつくられた古墳は例を見ない。こゝの近くのカラト古墳では珍しい石棺が見られる。

我國の古墳の中で、第一級のものといふは、石組が堂々の品位をもつものを云ふのであつて、島ノ庄の石舞臺や塚穴古墳のやうに、巨石を大膽不敵につみあげたものである。かういふ造型力は、我國の獨自のものである。近時は一般に美的觀賞の見識が甚しく低下してゐる。魂の太い第一級のものと、手先の三流五流とを區別する批評が全く出來ないのである。民族の造型力や民族の創造力を念ずるものには、慨はしいこととなつた。

山田寺

「萬葉集」で歌はれてゐる磐余の道は、磯城島の金刺宮を起點として、櫻井から安倍に出て、磐余池を西にしつゝ、山田から、飛鳥高市の方へ出、そのまゝ、河内國に入つて難波の海へ出たものだつた。しかしその道の部分部分のことは、誰にもわからない。天武天皇の飛鳥淨御原宮が建設された時にはこの道が幹線となる。

今は櫻井市に入つてゐる山田《ヤマダ》の山田寺は、冤罪によつて自刃した蘇我山田石川麻呂と、その子の興志《コシ》の志をかなしまれて、天智天皇天武天皇と相ついで敕願のもとに造營された大寺だつた。御堂關白が參詣した當時は、まだ大和國中の大寺だつたのである。興福寺の火災で本尊が燒亡した時、衆徒が山田寺を侵し、その本尊などを奪つて奈良へ運んだ。今日興福寺のものとなつてゐる佛頭は、この山田寺にあつた本尊で、このことは記錄傳承で傳へられつゝ、まさかさやうな暴擧はあるまいと人も信じなかつたが、昭和初年に佛頭が發見され、その時の情況の判斷から、記錄傳承の正しさが、納得されたのは、まことに奇怪と不思議の入りまざつた話だつた。

　山田の石川麻呂は、大化改新の時の最有力者で大功第一の人だつたが、國史を通じて、これ程の人物は類稀である。またその子興志のさはやかな心情は、聖徳太子と山背大兄王の御父子の淸醇な心術にも劣らない。山田寺の址には多數の礎石が殘つてゐたが、この數十年間に過半が他所へ持出された。境内に貫名菘翁の書になる石川麻呂雪冤碑がある。菘翁は幕末の儒家で、詩歌書畫をよくした。この碑文態度は謹嚴にして、恭敬の意もつゝしみぶかく、まことに我國の近世金石文中の絶品である。

　當時皇太子の妃だつた石川麻呂の女、蘇我造娘《ソガノミヤツコヒメ》は傷心のすゑなくなられた。

　山川に鴛鴦《ヲシ》二つゐて偶好《タグヒヨ》く偶《タグ》へる妹を誰か率《ヰ》にけむ　其の一

　本毎《モトゴト》に花は咲けども何とかも愛《ウツク》し妹が復咲き出來《デコ》ぬ　其の二

　皇太子は悲しんでいつまでも哀泣された。野中川原史滿が、この二つの歌を進つた。皇太子は歎きのなかで、琴をとらせ、滿に歌はされた。よい歌よ、しかし何と悲しいことよと申され、滿には澤山の褒美を賜はつた。皇太子は後の天智天皇である。

山田寺を出て西へ向つて下つてゆくと、眼の下にひらけるのが飛鳥である。その平野の直線のさきが橿原宮である。ほゞ中間を流れる飛鳥川の東に、飛鳥淨御原宮があつた。

初國

この國は「初國《ハツクニ》小さく作らせり」、「狹野《サヌ》の稚國《ワカクニ》なるかも」。わが日本《ヒノモト》は、國稚《クニワカ》く、日本《ヤマト》丈夫《ヲグナ》は雄々しく、大和少女《ヤマトヲトメ》は眉目《ミメ》美しい。初國は肇國《ハツクニ》である。初國知らすすめらみことが、人皇御一代の天皇の御稱《オントナ》へだつたことは、わが御祖たちのこの上ない傳への、さらにその大本だつた。國と土地《ツチ》は、古語におそらく同じものだらうと、昔の人は云つてゐる。「天地の始め」が、「アメクニの始め」か「アメツチの始め」かと考へ、アメツチと定められた先賢の決意は、まことに有難い。國ツ神、國ツ社といへば、この場合の國《クニ》は、高天原、つゞめて天《アメ》に對する地《クニ》でないか、と申された。

狹野《サヌ》といふのは、小さい野、この小《サ》は、ただ小さい量を云ふのでない。いとしい、又美しい、といふたゝへことばだつた。それは愛らしいのである。野と自分が一つになつて了ふやうな、愛情にあふれた感動から發する聲である。自分と野原が一つで、自他のへだてがない。雙方からとけ合つて「野原」がそのまゝ自分なのだ。しかしさういふ野は、決してその廣大を人にほこるものではない。水平のひろさよりも、何か陽氣の久しさのやうな、はるばるとふかいゆたかさがある感じの野である。山國《グニ》をうねりくねつて流れ出てきた川が、次第に兩岸の野をひろくして、いつの程にか、ひらけた平野の中央に流れ出る。こんな出口の場所が大てい狹野だ。すでにそこはゆたかで、日の光りがひろ〳〵とかゞやき、光りの反射がめづらしい。明るくて美しい。

大和の古い大きい都だつた、崇神天皇の磯城瑞籬宮《シキノミツガキ》と欽明天皇の磯城島金刺宮《シキシマカナサシ》、この二つの都址は、今の櫻井市といふ地域のほゞ中央を流れてゐる初瀬川を挾んで、川の北と南にある。この南岸、三輪山と鳥見山の中間の地帶が式島《シキシマ》、敷島の大和の國の名の出どころである。敷島が日本國の總名となつたのは、金刺宮の榮えに原因してゐるのだ。

崇神天皇の御名を肇國知らすとたゝへたことも國の傳承である。この肇國は又初國である。この初《ハツ》は、天地の始めを思ふやうな感動に、詠嘆をともなつたことばである。朝開けの日の出を拜して、天地の始め、いのちの始めを思ふやうな感じは、今でも市中の人でも味へる。開闢が、今日とともに始まると思ふことは、宗教的教理的なこじつけでなく、稚なごゝろの無心さである。かういふ感動は、太陽を拜することを宗教とするやうなことと何のかゝはりもない。古神道は、のちの宗派神道とか神社神道と別個の、たゞ自然のものだつた。この自然の心の動きは、卽ち、美の根源だ。美しいといふことに一切がふくまれてゐる。

あはれ
あなおもしろ
あなたのし

あなさやけ　おけ

これですべてである。圓滿だ。これ以上の詩の美しさはない。「古語拾遺」が、この天岩《アメノイ》屋戸開《ハヤドヒラキ》の時の大衆唱和の詩句をかゝげ、この字句の下に註をつけた。あはれは天晴なり、云々などと書いてあるのを、阿波の池邊眞棒は、廣成卿が誌されたことを疑はなかつたが、神代の古義でなく後代の人爲として否定した。後代といつても奈良の都のまだ以前である。「あなさやけ」は「竹の葉の聲なり」と記され、「おけ」は「木の名なり、その葉を振る調なり」と記されてゐる。草木に聲と調を別つてゐるのは、これが奈良朝以前の釋義と思はれるから、まことに尊い傳へである。神代の古語の解でないとしても、奈良朝のころにあつた觀念として、私は珍重する。

日の出を拜する時、今も、われ〳〵にも、そのあとさきの瞬間の感じに、かういふ氣分がわくものである。祈ることも願ふことも考へてゐない。たゞ美しい、無だ、至高至上のこの美しさから、われにかへつた時のことば、すべての詩歌は、この四句につきる。云ひかへると生命の始めといふ感じである。天地の始めと感じることも出來る。開闢の進行を實感することも出來る。この「始め」はじつにいのちの永遠に卽してゐる。その永遠そのまゝである。だから自分も世界も一切が創造と生産の根源狀態だ。これが無の狀態だ。しかも觀念でなく風景をなしてゐる。天地の始め、ひとり身になりませる神云々といふ感じが極めて自然に入つてくる。太陽を拜して何かこの世の利得を願ふやうな心には、こんな美は現れない。太陽を拜んだ太古人の「天地の始め」の思ひは、今は多くの人が忘れたと思ふ。神道なんかといつてゐる人々も、こんなことを考へたり、感じたり、思つたりしてゐないやうである。創造とか生産とかいふものが、どういふ論理か、又認識か、さういふ形の考へ方は、近代の世界にはない。近代の認識論や論理學は、五千年の文明傳統の上で成立してゐるのでなく、せい／＼四百年の文化の中で、局地的に扱はれ、廣大な領域を放下して、しかも放下してゐることを知らない。だから近代世界には決して平和はこないのである。

子供は、朝の日出を拝まない時にも、あるひは年の元日でない日にも、ふと「ひま」を得た時には、いつでもこれから開始される天地開闢を感じる。自分ながらの智慧で想像するのでも、空想するのでもない。ひとりでにその中へ入つて、結合とか結婚といふ操作によらず、廣大無邊な「無」から、つぎ／＼に無限に何でもうみ出す。うむといふことばでは、後で混亂するかもしれぬので、「なる」とことわけて云つておかう。生産の仕事に従ふ始め、藝能に入つた始め、必ずこの天地の始めのゆたかな、たのしい、うれしい氣分で一杯だつた筈だ。これが、「初心」といふものである。だから初心は慾望の初めでない。野望の第一頁でもない。廣大無邊だつた「無」の状態だ。これが日本の古神道の教へである。「古事記」の教へである。宗派神道をとなへてゐるものの教へでない。これは宗教でも神學でもない。

天地開闢の状態の中へ、何ごともなく、何の考へもなく出入できた子供の時代は、明治から大正初期で終つたやうな氣がする。そのころの子供には、神話《ミュトス》と童話《メルヘン》が日常だつた。

しかしこの神話と童話とが、西と東では質的にちがつてゐた。東洋の三つの文明の歴史、日本と支那と印度とでも、質の差があるやうに思ふこともある。わが創造神話は、造形藝術にならない。勿論、當節の漫畫に出來ない。その方法がない。希臘神話はそのまゝ方今の漫畫にするにふさはしい。羅馬でも、北歐の神話でも、小兒漫畫のたのしさに即してゐるといへば云ひ得た。しかしわが國の子供らが開闢の始めを日常しきりに經驗してゐたころは、大正初期迄だつたと思ふ。そのころからアメリカ風の自由主義教育が導入され、これはこちらがすゝんで導入し、子供はいそがしくなり、ひまがなくなり、天地の始めの世界といふやうな、創造の境に出入することが出來ないやうになつた。幼兒の學童期以前、幼稚園に入るための受驗勉强をさせてゐる今日のやうな時代は勿論論外である。もう「初心」など言《コト》も事《コト》もなくなるだらう。怖ろしい世間となつた。これは役に立つ人間をつくる教育、本人の出世榮達を目的とする教育の結果、少年少女はもう創造のよろこびを忘れ、やがては滅亡に通ずる。今日の美術や音樂の教育は、今日のマスコミとか流行などといふ、實力階層の氣に入る所作をしてゐるだけで、創造と何の關係もない。大體昔からの例を見ても創造とは、時の權力者や流行やマスコミなどの氣に入るものではないし、わからぬものであるし、時には嫌はれるものだ。だからといつて、人のさかしらな考へから、彼ら既成人にわからぬものや、嫌はれるやうなものをこしらへることは、反抗といつても、創造性に發しないから、眞の反抗の强烈と無緣だ。これも創造と無關係である。創造とはもつと何でもないもの、無の如きものだが、若い人の猿智慧でつくれるやうなものでない。若い人の生命の組織に、太古の何ものかが、それは神かも佛かも知られぬ何さまかが、記憶のしるしをつけておいてくれたものが、人の智慧と關係なしに出てくるやうなものである。いのちあるものがこの世に出てきたり、何かの振舞をすることは、不思議の一語につきる。大洋を越えてくる小さい渡鳥、何千里を一飛びに旅して同じところに歸りつき、年毎に同じ水邊の魚をとつてゐる。六十年に一度その花が咲き、さらにその花を知つて現れる、六十年ぶりの蝶のやうな昆蟲がゐるさうだ。土中から出てくる草の芽、その力も時の記憶も、人の知り得ぬ祕密である。深い土中から土層を押しのけて地表に出る草の芽は、太いのも細いのも同じに土の表へ出てくる。怖ろしい力を可憐のものがもつてゐる。これらの生物の中で一番下等なやうな動物の魚が、川でうまれ海に出、太平洋の中央まで旅して又もとの故郷の川へ歸つてくる。彼らが生物體として體中にもつてゐるコンピューターは、月へ物體を運ぶコンピューターの何兆分の一の大きさもないやうに私は思ふ。六十年目に一度咲く、遠い國の花の祕密、その植物の記憶は、人間がこのごろつくつたコンピューターでもいつかつくれるだらう。しかし何のため人間は忙しくあくせくせねばならぬのだらうか。かうして金色の鯉をつくつても、半生をかけて池で金の鯉をつくつた人より、誰もうれしいと思はぬだらう。私は理屈をいふつもりではなかつた。「初國稚く、國小さく作らせり」この一句、私には日本の文學へのかなしみや切なさ、あるひはこの國に生れたよろこび、國のいのちの永劫のあはれ、さういふ一切の大事がこゝにふくまれてゐる思ひがする。私の日本のうたは、始めも終りも、みなこの一句のかなしさに集結する。歷史もこゝ、に盡きて且無盡である。「初國」といはれた「國」は、近代の何百年間の人の爭ひから考へられた「國家」の觀念でない、憲法でいふ「國」でもない。日本人のこゝろの初國は、文學的情緒の中の國である。文學の情緒でなければあらはし得ぬ。論理で區切り得ない。佛の國といふ時の、限られた國ですらない。

そら見つ大和の國といふ國も、國稚き初國の、それも狹野の稚國だつた。「萬葉集」の開卷が、この狹野の稚國の現地と思はれる、雄略天皇の敷きます國の風景から始つてゐることが、私にとつてこの上ない感動である。雄略天皇の都は、櫻井市黑崎の天王の森といつてゐる。今は松林の臺地、南に面した丘のなだれだから、初瀨川の狹野である。この狹野のひらけたところが、ゆたかな式島の地。この川の流れが、狹野から廣野へ出るところが、三輪の狹野の渡りで、地名が現存してゐる。こゝが定家卿の古歌にも出る、狹野の渡りといふ歌枕の本地である。

「萬葉集」卷頭御製は、私が子供の日におぼえたゆゑだらうか、今もそれを口吟むと現身はほのぼのと暖く、心は浮雲の如く自在に、そして何とも云ひやうのない快い漠々とした氣分になる。わが世に二つない感情である。すべてが夢の如く永遠で、生死や現身が、大氣に融けちつたやうな無窮感である。形容表現の方法も知らない。これが「萬葉集」の原因とも思ふ。萬葉調などといふものは、その考へ方とともに、こゝで別世界のものとなる。それを青春のかぐはしく暖い感情といつてもよいが、むしろ生命の原始、天地の始めにものすべて在る感じであつた。これは永遠の文學、俗說の無常の文學とは無關係である。無常に對立する永遠といふ觀念でなく、無常のないたゞ永遠のみの文學である。この詩歌の深層には、古神道の生命觀の深層が、そのまゝ定つてゐると思ふ。かういふ觀照を、私は本居宣長翁の文學論とひきあはせつ、組立てゐたのである。神の如き宣長翁のなされたことの上にも、後學のいささかつけ足しすることがあるやうにも考へたのである。

磐余道

一

わが櫻井町の各地は、國史の始めに於て、神武天皇中洲平定の古蹟として記事に現はれ、古老の傳承はまたその御遺蹟の現地を今に語り傳へてゐる。國土平定の後、人皇第一代の天皇の御名となつた磐余《イハレ》の稱の據りどころは、わが町を中心とする地域の大名《オホナ》であつた。しかしながら、わが國の歴史の精神と、又わが人倫道義の根柢をなす國がらの成立といふ點より見て、最も重大な事實は、鳥見山靈畤の遺蹟である。

「日本書紀」によれば、國土平定の成就を天祖に奉告せられた御親祭の場が、卽ち鳥見靈畤である。この鳥見山の靈畤跡を顯彰することは、既に早く、江戸に幕府のあつた頃の中期に始つてゐるが、幕末に鈴木重胤大人が、古の宗像神社の復興に盡力し、この時その事に從つて、自らに靈畤の顯彰も進展して一衆化するものがあつた。ついで明治の中葉以後には、鄕土有識者の多數がこの事業に當つた。けだし鳥見靈畤への關心とその顯彰は、わが鄕里に於ては、近世の我國の文藝復興、卽ち國學の勃興と古典の恢弘といふ事實と歩調を合せたものであり、その運動の重大な動因であつた。故に近來に於ける、わが鄕土の高次な文化とは、この靈畤顯彰の運動に他ならなかつた。わが町史に文化を思ふ人々は、必ずわが町の文化の中心として、この顯彰運動の歷史を、その有志を通じて回顧すべきである。若干器用な有閑人の、遊藝の如き模擬の手弄びは、人間の血肉の交ふ文化と稱し得ないからである。

明治時代には、學界に於て、久米邦武、吉田東伍兩博士が、櫻井の鳥見靈畤說を稱へたが、つひに紀元二千六百年の祭典に當つて、わが町の鳥見山が靈畤傳承地として國家の認定を得た。そのさき大正の始め、外山の玉井棨治郎翁の「宗像神社記」「玉井西阿傳」等の好著がなり、昭和に入つて、辻本好孝氏の廣く知られた名著「和州祭禮記」が出たことによつて、間接的に櫻井の鳥見靈畤說を強く深く根據づけるものがあつた。辻本氏の好著は、古代信仰とその祭禮の典型的な多くの遺蹟を、櫻井鳥見山を中心とする附近の宮座に於て發見した。特に辻本氏がその祭壇と供物に着眼したのは、ありがたいことであつた。

これらの大正、昭和時代の鄕土人の篤學の努力は、その論證が間接であり、傍證的であるが、却つて櫻井の鳥見靈畤說を不動にする多くの證を示したのである。しかしながらこれらの史實を實證とすることは、多少高度な讀史眼を必要とする。從つて靈畤決定時に、その學的根據として採用せられたものではない。故に二千六百年祭當時の決定史料の他に、玉井、辻本氏等の好著の如き、さらに有力な傍證が多く現れたといふ事實を、鄕土の人々は記憶すべきであり、これらの著述中に示された事例を、史論の傍證とするためには、若干巧緻な考證の方法論と、深奥な古典學的知識を必要とするといふことを、好學の若い人々は併せ記憶すべきであらう。

二

鳥見山靈畤が、わが國の歴史と國がらの上から考へ、さらにわが國の人倫道徳の根據としての、重大な遺蹟であるといふことを、こゝで云つておくことは無駄でない。それを忘れてゐる人より、まだ聞いてゐない人ばかりだからである。

鳥見山靈畤の由來については、「日本書紀」に極めて簡單に誌されてゐる。從つて舊來の多くの學者の一、二の人が、この祭典は卽位に附隨した後世の所謂大嘗祭でないかと考へたのは、卽位大嘗祭と併稱する後世の定めの淵源を求めてこれにあてたもので、この靈畤の成立とその意味に立入つて强調した人は、今までになかつたのである。

この大嘗祭といふのは、天皇卽位の後始めての年の新穀を以て神々を祭られる行事で、古來より大嘗祭が行はれて後に、皇位繼承の實が具備するとしたほどの大切な式典であるが、大嘗祭の本質そのものは、年々の新嘗祭と何ら變りない。その年の新穀をもつて、酒を作り、神々と共に天皇がこれをきこしめし、百官人民も饗を共にするのは大嘗、新嘗同一である。

しかし鳥見山の祭りが、神武天皇卽位後の大嘗祭であつたといふことは間違のない事實で、故にわが皇位と國體の事實からいつても、鳥見山靈畤の遺蹟は、尋常の歴史上の遺蹟と異る重大な史蹟である。即ち橿原宮での即位は、鳥見山の大嘗祭によつて名實を具備するのである。故に國史の傳統からいへば、橿原宮と鳥見山靈畤とは、兩者相よつて、一體不可分な重大な建國の史蹟である。わが古代の國家の法と理念を現すもの、即ち橿原宮の即位と鳥見山の大嘗祭にて、古代の制に於て、國の法と道義が一體なりし見地より、この兩者は一體不可分のものにして即ち輕重がない。

「日本書紀」を注意深くよんだ人は氣づいたところであらうが、紀元元年に橿原宮に即位せられ、鳥見山の祭りは紀元四年となつてゐる。尋常の考へで、勝利を感謝し、國土平定の神恩を謝す意味の祭りならば、戰勝の直後、少くとも即位直後に行はれるべきであらう。しかるにこゝに中三年もの年月をおかれたといふことは、そこにこの祭りの本質と意味のある所以にて、これによつて單なる國土平定や戰勝の奉告の祭りでないことがわかつたのである。

「書紀」に見えるこの時の敕語には、國土平定天下無事の今日、改めて天恩に謝し、大孝に從ふ由を奉告すると見えてゐる。この大孝に從ふといふことは、簡單に言へば、皇祖神の神敕を天皇が實踐されるといふ意味である。

その神敕とは何であつたかといふことは「書紀」のその場所には出てゐないが、他の古典の傳承から判斷することが出來る。しかるに一方何故三年の年月をおいて、始めて國土平定の奉告祭をせられたかといふ由來については、「古語拾遺」といふ本に子細が出てゐる。この本は平安時代の始め、平城天皇の敕命にて、舊族名家の古老有識の者が、家々の傳へや國での歷史についての傳承を申出た時、祭祀に關係深い名族齋部氏の廣成卿が奉つた著述で、我國の歷史を知る上で、「古事記」「日本書紀」に並ぶ大切な古典の一つであるが、この書の中に、この三年間に行はれたことの始終と子細が誌されてゐる。それを一言にいふと、國內に產業を拓き、その成果が漸く上つたので、その產物を進つて、鳥見山の祭りをすることとなつたといふ意味が書かれてゐる。

このことはわが國の歷史と國がらの精神を考へる上で非常に大切なことである。卽ち國土平定といふことは、單に異賊を討つてこれを支配統合する王道をいふのでなく、新地の自力開拓によつて得た產物を進るのが祭りであり、生民の根基となる產業が成就したことの奉告を了へるを意味したのである。この意味を形の上で、國家の法典として、神武天皇の教へ給うたのが、鳥見山靈畤の聖蹟であり、この精神が永遠に大嘗祭の根本の意味である。この意味から、卽位は大嘗祭によつて具備するといふ考へも成立するわけである。

この產業の中心となるのは勿論米作りである。この米作りは、天孫降臨の時の神敕に見え、又我國の古代の制度法曹を知る上で最も大切な古典であるところの「延喜式」の「祝詞」を見てもその意味が分明である。米作りは神々の業であり、人民はこの神業を助け、神々と共同で働く、そして出來た米をまづ神に奉つて共に食す、それが新嘗《ニヒナメ》である。神々は人から進るのをまつて、これを聞食《キコシメ》すのである。これが祭りの順序である。卽ち人の作つた米は、すべて神のものといふのではない、勿論人のものでもない。しかし强ひて今日の所有觀念にあてはめると、作つた人が先んじるやうに見られる。

日本の道徳の根本となるものは、この米作りを生命と生存のよりどころとして生きてきた人間の考へ方である。これは狩獵や牧畜を旨とした生活の人々のものの考へ方と、根本的に對立する。一般的にアジア人の愛と道徳と循環と永遠の思想は、この米作りに基づくものである。生活に基づいたこの二つの考へ方の、根本的な對立は、五千年に亙る人間歴史を貫いて、今もその狀態をよくしてゐない。しかしながら正しいものは一つである。

米作りの生活から生れる思想は、永遠を信じる思想である。天道に從ひ、この循環の中で生きてゐるといふ自覺に立つ。この觀念は永遠であつて、無常流轉でない。天より降る雨が米を育て、その水は再び天に還る。同時に、人が米に肥料を與へて育て、これを食つて、肥料としてかへす。この横と縱との循環の永遠を信じた。

我國のことばでとしといふのは米を意味し、米作りの永遠を信じることによつて、年《トシ》の永遠と、人間の生存の永遠、歴史の無窮を信じた。新嘗《ニヒナメ》の祭りはこの永遠の象徴であり、こゝに新嘗を中心とした信仰が生れた。わが國の民間の祭りは、この永遠の信を象り、淡々として實に深刻に永遠の生活を傳へてゐる。このやうな祭祀は、ヨーロッパ流の宗教の中にはない。我國の民の祭りに於て見られる永遠の姿は、觀念でなく、農民がわが體でなしてゐる生活そのものの姿である。わが古代人はこの生活の根源を、米作りにあると考へてゐた。ここに萬世一系とか天壤無窮といふことが、觀念としてでなく、生活として實踐され實感されてゐるのである。

これが米作りの生活が産み出す道徳や人倫の根本の思想であつて、我國はこの原理と道德を、神敕として戴き、建國の理想として行つてきた。しかもこの生活は、人力の節度に從ふ生活であるから、こゝには爭鬪や繩張り爭ひの野心が生れず、生活のしくみに於て殺生といふことと一切無緣であつた。生活そのもののしくみと成立ちに於て、平和といふものの根據となる生活の原型は、この米作り生活をおいて他にないのである。

わが鳥見山靈畤でかつて行はれた事實の精神は、この建國の道義の理想を示すものである。この理想は今日の世界に於て眞の平和を思ふ人々に、十分の自信を以て示し得る思想である。卽ち鳥見山靈畤に象られ殘されたわが建國の理念は、今日の世界に示すにふさはしい理想である。これが神武天皇の肇國の大精神であつたといふ事實を深く考へ、わが鄕土の人々は、今日に於てこそ、最も深い自負と誇りを以て、これが遺蹟の精神の顯彰に從ふべきである。この遺蹟の神聖崇高な精神上の意味を深く自覺し、これをどこにもある史蹟記念物と等しなみに混同すべからざる所以を、悟らねばならない。鳥見山靈畤の精神は今も生きてゐるのである。けだし生かさねばならないものであり、生かすことによつて、人道の完成となる類の至上理想である。

三

人皇第一代神武天皇はわが町の古い地名なる磐余《イハレ》を以て御名とせられたが、わが國を「敷島の大和國」と呼ぶならはしは、崇神天皇の前後の都が、磯城の地にあつた事實に始り、欽明天皇の磯城島《シキシマ》金刺宮が決定した。その磯城島の名どころは、櫻井町のうちにある。

崇神天皇の御代に、わが國の國家形成は、その第一期を完成したのである。日本といふ國の成立の道徳的根據を示す遺蹟として鳥見山靈畤をあげた次に、日本の第一期の國土經營が達成された大倭朝廷の中心が、櫻井町の北の一帯にあつた事實を現地に臨んで回顧しよう。

鳥見山の北から西に亙る、古の磐余の地の片山依りは我國有數の古墳地帯であつて、その規模の宏大と地形の秀麗さに於て比類ないものである。近時發掘せられ、古墳時代史に、一時代を加へた茶臼山古墳に劣らぬ大古墳が、この一帯になほ多數に相接して連鎖してゐるのである。この鳥見山西麓に於ては、縄文彌生混合遺蹟が、近時發見せられ、兩時代にわたる、數千年の聚落生活を證したのである。今日大和に於ける縄文時代の最古のものとしては、八、九千年を遡る太古の遺物を出土してゐる。地は山邊郡都祁《ツゲ》の山間である。

こゝで問題としたいことは、今日のわが古代學が縄文式と彌生式を分ち、さらにこれを二つの民族の所産としてゐる見解に對する疑問である。それは二つの民族といふより、二つの様式だつた。二つのギルトを考へる以前に、民族によつて考へることは、橿原を中心にして出土する兩式に於ては難しい。縄文式土器の特色とされる露骨でグロテスクなものは、橿原中心の縄文式遺物には見ない。さすがに都のものだとの感銘さへうける品高い縄文式土器は、それ一つを手にするなら、縄文式といふ判定をなし難い優雅なものが多い。思ふにグロテスクな特徴は、分化した末端の土俗でなからうか。尤もこの問題は立入つて言へないから、早急に斷定的に云ふのでない。

國土平定國土經營が行はれるについて、どの程度の爭闘が先住民との間にあつたかといふ事實についても、これが史實の檢出と斷定に困難な點が多い。しかし坂上田村麿將軍の東征開拓以後、アイヌ人と內地人との間に爭闘が殆どなかつたといふこと、さらにそれ以前の國家形成時の歴史に於てさへ、兩三度の征旅の記事を見るのみなる事實と共に、これらは、先住民を前提に認め、日本人の平和な融和性を示すものか、或ひは全然異つた前提を意味するものか、なほ裁斷に十分なる史料を認定し得ない感が多い。

四

崇神天皇頃の國土經營の都城となつた三輪、櫻井の一帶は、大化改新前後の時代に於ても、依然として重要な帝城の地域であつた。聖德太子と櫻井町上宮《ウヘノミヤ》との關係は、太子の御名を上宮太子と申上げる一點によつても十分に了知せられるが、今も土舞臺や歌見田の地名と傳承が、太子ゆかりの傳說として傳へられてゐる。この太子の生誕地としては、上宮に並ぶ以上の有力の土地はないにもかゝはらず、今日の鄕土の人の史的無感覺さと想像力の貧困さは、徒らに太子生誕地を他所に奪はれて疑ひもせず恥ぢもしない。それは櫻井町民の有志が專ら肇國の史蹟に關心し、推古時代の史蹟などを第二義視したからであらうか。

磐余池邊雙槻宮《ナミツキ》と相對して考へる時、その上宮の位置は極めて分明である。この地より出土した鴟尾破片は、かゝる種類のものとしての絕品にて、往時の上宮の壯觀を想起させるに足るものである。用明天皇の皇居なりし雙槻の宮は長門《ナガト》の西と考へられ、磐余稚櫻宮は現在の谷の附近に推定される。崇神天皇の磯城瑞籬宮、欽明天皇の磯城島金刺宮は、いづれも櫻井の北、東の地にあり、一つは國土經營上劃期の都城にて、他は對外大陸政策上劃期の時代の都であつた。いづれも國史上重大の時に當つた帝都である。

忍坂の舒明天皇陵の近くには藤原鎌足公の大夫人なりし鏡女王墓が殘つてゐる。しかも忍坂の奥、粟原の粟原寺が、中臣氏に關係深い寺なりしことは、粟原寺露盤銘に明證あるところ、その銘文によつて、萬葉集中第一の女流歌人額田王が、晩年中臣金（金は壬申の時近江朝廷の右大臣にて、亂後斬られた）の孫大島の妻となり、この寺を完成した事實が、古くは幕末の國學者加納諸平大人、近くは歌人尾山篤二郎氏の精密の考證によつて論斷せられた。この額田王は鏡女王の御妹である。

こゝで、余の附言したいことは、今日櫻井來迎寺の末寺となつてゐる忍坂の石位寺にある三尊石佛が、額田王の念持佛であつたと推定されることである。この三尊石佛は、わが國美術史上の絶品にて、白鳳の様式を最も端正生新に殘した稀有の佳品であるが、その環境と造佛様式よりみても、粟原遺品たるに間違ひなく、且つこれが萬葉集第一の女流歌人の念持佛だつたといふ想像の辨證は、余の別に試みたところである。從つてこの得がたい我國美術史上の傑作を、萬葉集中第一の女流詩人額田王とのゆかりによつてさらに珍重し、これを風雅な旅人の吹聽されることを望んで止まないのである。

なほこの舒明天皇陵は、民間信仰をもつめづらしい御陵であつて、まだ近い頃余らの少年時代にも、頭の患ひを祈願する風習が殘つてゐた。近世最大の歌人の一人にして、且つ天誅組の志士として知られた國學者伴林光平大人が、頭の病をこゝに祈つたといふことはめづらしい話の一つである。十年餘も以前のことだが、なくなつた折口信夫博士から、この御陵の民間信仰がまだ殘つてゐるかどうかと尋ねられたことがあつた。大阪芝居の役者の傳記の中に、狂氣を患つて御陵に詣でる條があると申されてゐた。今度そのことを思ひ出しながら、役者の名を失念したので、櫻井在住の栢木喜一氏に問合せると、それは我童の病氣を弟が願かけしたことだらうといふことだつた。十一代目の仁左衞門の話である。我童の姉も發狂して井戸に入つて死んだやうな悲慘なことがあつた。これでみると、舒明天皇陵の民間信仰は、大阪の色町や芝居もののあたりでは、近ごろまで殘つてゐたのである。―

欽明天皇、聖德太子から天武天皇、持統天皇にかけての時代は、わが國家中興の一大劃期であつた。壬申の亂に、天武天皇が、吉野國栖の民を率ゐて近江に進まれ、近江京は瓦解して都は再び大和へ歸つた。卽ちこの飛鳥淨御原宮時代の櫻井は、跡見《トミ》の驛としてやはり人の多く住む要衝であつた。卽ちその時代、鳥見山の北麓に宗像神社三座を勸請せられたが、九州の大豪族なりし宗像氏と深い關係あるこの神社の勸請は、壬申の亂に當り、この九州の大豪族が天武天皇に忠勤多かつた事實を象るものであらう。よつて當社は延喜式内の名神大社とされた。この同じ御代に今の飛鳥雷丘の地に建立せられたのが、氣吹雷《ケブクイカツチ》 響雷《トドロクイカヅチ》 吉野大國栖御魂神社二座で、壬申の亂に於ける勳功によつて、吉野國栖の族の祖神を祭られたと知られ、やはり名神大社であつた。この神社はいつの程にか廢滅し、近世富岡鐵齋翁がその復興に盡力したがつひにならなかつた。そしてこの大社の由緒も、鐵齋翁の熱心の由來も今は知る人がない。

往年相並んだ宗像神社は中世に於ても社運隆盛にて、位階上進し、吉野朝に到り、この社の信仰勢力が、大楠公沒落後の數年間、吉野朝第一線の防禦線に任じた事實は、鄕土の英雄玉井西阿公の傳記として明らかである。實に西阿公奮戰の興國初年の戒重城（開住城）は、全國の注視裡に賊軍の心膽を寒からしめ、往年の千早城の守りに彷彿たるものがあつたが、後援つゞかず、大勢の挽回ならず、つひに落城して英雄は倒れ、こゝに宗像神社も韜晦の時代に入つたのである。かくて幕末鈴木重胤大人が訪れ、舊家の傳承をさぐつて古の宗像神社を復興するまでは、表は春日社と稱へ、ないないかくし名で、宗像神社の實を現はしてきたのである。

粟原川の谷と中臣氏とのゆかりはさきにのべたが、寺川の谷は、多武峯によつて、最も深い因緣の地である。櫻井町大字淺古領にあるその社の一ノ鳥居は、近世の創建ながら、その巨大な重々しい石組は、古代人さながらの心を、土俗のものとして示し、美的見地から言つても國内有數の建造物である。巨石を運んで組みあげ、土中に深く据ゑつけるといふことは、豪宕な藝術の極致にて、古代人のもつた廣大無邊の魂と精神を端的に示すものであるが、わが談山の一ノ鳥居はさういふ古代の人の心の傳統のたしかな殘存を、近い時代の土俗の人々の間で示したものとして、わが國の土俗の精神と魂の歴史をいひ、又その美觀を說く上で、最も重んずべく、又高く評價すべき作品である。この一ノ鳥居の建立は享保年間にて、江戸時代の中頃である。

なほ今日郷土地誌で龍門山塊と呼ばれる、龍門山を中心とした山麓を包圍する低山地帯の、土俗生活の中に傳る信仰の淵源は、極めて遠い古風にて、且つ特異を殘し、その形式によつて原始の民族信仰の察せられるものがあり、好學好事の人を得るなら、わが古代研究の適切な課題となるものである。

五

欽明天皇が任那日本府同復の遺詔あつて、磯城島金刺宮に崩じられて後、推古時代より近江飛鳥時代に亙る國家の大變動期に於ける櫻井附近の形勢の大略は以上の如くであつたが、これを「萬葉集」によつてみると、この地に大伴氏の跡見庄《トミノタドコロ》のあつたことが、大伴坂上郎女の天平時代の作と推定される、三首あまりの作とその題辭によつて知られる。大伴坂上郎女は大伴安麿卿の女にて萬葉集中有數の大歌人である。安麿卿は壬申の亂の天武天皇の功臣にて、その功によつて跡見庄を得たかどうかは想像の域を出るものでないが、宗像氏の祖神を跡見山の北麓の東に祭り、大伴氏の跡見庄は、アゲ山に面する北麓の西と推定せられる。

「萬葉集」には、この跡見庄、石村《イハレ》の山、磐余の池、磐余の道として櫻井のあたりの歌が出てゐる。この磐余道は、飛鳥京を拓いた道だつたのである。卽ち鳥見山靈畤以來の國の史蹟として、この磐余の道の古を回顧することは、飛鳥路巡りに先行すべき古心啓發の方法である。
磐余道といふことばはすでに萬葉集にも見えた上代の往還である。神武天皇が宇陀より磯城の地に進まれ、忍坂の大室屋の故事のあと、皇軍の進路は磐余の道の開拓となるのである。

この磐余の道を歌つた歌の一つは、山前王《ヤマクマノオホキミ》の作にて、石田王が薨ぜられて初瀬に葬したのを悼まれた長歌であるが、石田王がこの磐余の道を日毎に歩かれた由が歌はれてゐる。石田王はその傳記未詳だが、山前王は「續日本紀《ショクニホンギ》」に、文武天皇慶雲二年無位山前王に従四位下を授くとあり、次に元正天皇養老七年十二月従四位下のまゝで卒と見えてゐる。「懐風藻」にも詩一首を殘されてゐるが、慶雲二年は紀元千三百六十五年（西暦七〇五）で、養老七年は千三百八十年に當る。何かの理由あつて位階も上られなかつたのであらうか。この王の御子の茅原王は天平寶字五年に流罪になつてゐる。

「萬葉集」の三巻の春日老《カスガノオユ》の歌に「つぬさはふ石村《イハレ》も過ぎず泊瀬やまいつかも越えむ夜は更けにつゝ」といふのがあり、萬葉歌として典型的なものだが、哀愁濃やかな名歌とされてゐる。この春日老は、大寶、和銅頃の人である。この石村は石村の山かと思ふ。石村の池は櫻井の西につゞき、石村の村は安倍村邊、今の櫻井市の內だつたと思はれる。

春日老より少し時代の新しい天平の頃の人紀鹿人《カヒト》の歌に「茂岡《シゲヲカ》に神寂《サ》び立ちて榮《サカエ》たる千《チ》代松樹《ヨマツノキ》の年の知らなく」といふ一首があり、「跡見茂岡の松樹の歌」といふ題があるが、鹿人は大伴家と親しく跡見庄もたづねてゐる。この歌は上代の人の美観の根源本態を知る上で大切な作で、その一首の大様にして迫らず、崇高な畏怖の感をふくむ點、實に集中の名歌の一つである。しかるにこの茂岡とはいづこをさすかといふに、恐らく今の等彌神社の北、アゲ山に相對する一帶の崎でないかといふことが、歌柄の觀賞と古の磐余道の復原によつて考へられる。

二百年以前まであつたといふ磐余の老松の話が、中村元治郎氏の「皇祖靈畤鳥見山多武峯史蹟めぐり」に「矢弭の松と注連掛の歌」と題して語られてをり、「和州祭禮記」にも同じ内容が、等彌神社の綱掛神事として記述されてゐる。これらに述べられてゐる、今の等彌神社を少し上つたところにあつた、一本松或ひは磐余の松と稱した老松は、この茂岡の遺蹟を象徴したものかもしれない。この松の記事はいづれも「辻市三郎手記」によるものである。今日等彌神社に所藏する出土の古代の土偶の由緒記にも、この土偶がその老松の根元より出たことをいつてゐる。この土偶は奇異の形態をなし、その造型は古代の感覺のものである。

六

奈良遷都以後の櫻井の地は「萬葉集」の若干の歌に現れてゐるが、平安遷都後は、京洛の貴族婦女子の信仰は專ら初瀬に移つたので、磐余の道は往時の繁榮を失つたかと考へられる。しかし宗像神社の崇敬は衰へず、且つ鎌足公談山廟所の實力は、室町時代以前に於て强力な地盤を櫻井を中心にして築き、すでにこゝを市場化して商業的自由都市化してゐたと考へられる。

それを證する一つは、かの興國初年に於ける戒重城の威力であり、玉井西阿公奮戰の事蹟である。南北朝の戰亂の過ぎたのちの近世の初瀬に於て、櫻井の地はすでに有力な人口の密集地として町家を形成したといはれてゐるが、その淵源ははるかに遠かつたのである。かつ戒重城が平城であつたといふことは、その背景の人口と産業を示唆するものであらう。今日の我國の大凡の習俗も、交通路も、村落定住の形式も、概ね近世の室町時代に始まるものといはれてゐるが、それらは時としては戰後復興を因とするか、ないしは尋常に求められる記録に見える淵源であつて、復興再編成の政治計畫の反映と見るべきものも多い。生民の實は、はるかに根深い國史に立脚し、南北戰國の亂によつて崩れず、故に中世の史料空疎の時代こそ、産業と人口の定着の時代だつたといふ傍證は、今では夥しく見出されるのである。

余はこゝに櫻井町の史蹟のうち最も古く、且つ遺跡の根柢をなす意義高いものを語つた。そして今も生きてゐる民族の理想と國史の精神を回顧せんとしたのである。それはわが國の歴史の見地から見ても、みな最も有力にして重大なる、他所に見られぬ史蹟であり、これを顧みて、わが郷土の年若い人々が、わが國家の形成とわが町の關係に思ひをいたし、往年に於けるわが町の重さを深く考へ、己の志を高め心を太くすることを冀ふからである。

（附記）櫻井の町の近來の文化を言ふ上で一事つけ加へておきたいことは、「南朝義烈史」の發刊である。これは明治三十三年一月五日に發行せられた書物であるが、所謂「後南朝」史蹟を顯彰した點で、注目すべき著作の一つである。主たる史料として川上村に傳る傳承と記錄を以てし、その原典批判には缺點が多いが、明治に入つて後の「後南朝史」研究の上ではまづ第一に特筆すべき著作である。東京人橋詰照江と土佐人武田護文兩氏の共著にて、發行者は櫻井町の吉岡卓爾氏、發行所は同町珠水館とある。吉岡氏が川上村の文書を仲介提供したものと思はれる。

近年數十年間に亙る靈時顯彰の經過や、辻本氏の「磯城」發行を支援した町の有識者のもつた文化は、すでに今は過ぎ去つた歷史となつた。これらの文化上の事蹟は、米作と棉作の移行や、平地（くんなか）の豪家の山林經營や、或ひは機械製材の創始者などの列傳に劣らずわが町にとつて大切なる事蹟であり、何百年かの後にも、わが國の歷史の無窮の自覺とその信念の下で、大切な人間の事業として回顧されるだらう。さうしたことがらこそまことの文化の事業の一つ一つだつたからである。

なほ大正四年に發行せられた「櫻井地方風俗誌」は、櫻井、城島、安倍、多武峯の四ケ町村の民俗誌にて、當時の組合學校地域に基くものだが、大正改元を期して、文明開化の時代に舊俗と傳承を記錄として保存すべく、縣教育會の示唆によつて、縣下を地域に別つて、小學校教員が分擔著述編輯した風俗誌の一册であるが、これの刊行されたものは全縣下にも數ケ所にすぎず、櫻井他三町村がこれを刊行してゐる事實は、往年の櫻井地方の文化の高さと教育の品性のすがしさを示すものにて、その造本は上質の美濃版和紙を用ひた袋綴にて、長年月の保存を慮つた細心の用意も今日より見て心憎いばかりである。編纂又精緻にして風格あり、往年のわが初等教育界の人々の教養の高さと餘裕と責任感の深さを示すに足るものにて、國家隆盛期の大様な人心を反映し、その文化をうつしてゐる點も頼もしい。　昭和二十九年春識

（追記）その一。櫻井町の磐余山口神社は延喜式祝詞「祈年祭」に出る六つの山口社の一つであるが、去年拜殿が落成し、今年にかけて大いに神域の擴大が計畫されてゐる。この祈年祭の祝詞は、わが國本の基礎を云ふものにて、わが國の道德と憲法の一體根源を現すもの、單なる宗派神道的、あるひは教團宗教的な常識を以て、これを輕視してはならない。そこには國のなり立つ所以と、生民の生きゆく所以を極めて合理的な思想として說き、萬代不易の清醇無爭鬪の生活のあり方を教へてゐる。この祝詞の修辭整合は、恐らく淨見原宮時代に成立したものと考へられ（その原型は太古に始るであらうが）、よつてこゝの山口社は飛鳥を始めとし、つゞいて磐余、忍坂、泊瀬《ハセ》、耳成、畝傍とあげてあるが、このうち磐余忍坂の二社はわが町内にあり、この始めよりの順で、飛鳥奈良の兩都建設にことに深い關係あつた木材切出しに關する神と見られる。現在の櫻井町が國內有數の木材の町となつたのは、近年數十年來の現象だが、磐余山口社の存在は、木材町として深い關係あるものとして、近時これが神域擴大が計畫せられてゐるのである。卽ち櫻井町の木材業者の一致になるものだが、以前の町長にて久しく縣會議員をつとめた岩井庄三郎翁の主唱の實

つたものである。しかるに岩井翁は舊年來、神域擴大を見ずして他界せられた。この翁は近時わが町に於ける文化上の功獻者の一人であつた。

その二。欽明天皇金刺宮の地は、現在初瀬川の地形より見て極めて狭い感がする。これについて玉井榮次郎翁は、古は初瀬川が今よりはるか南方を流れ、粟原川に近接し、時に一つとなつたものでないかといふ推定をしてゐる。それについて余の思ひ起したことは昭和初年、初瀬川が氾濫した時、その本流が今の櫻井鳥見山と三輪山の殆ど中間の田畑の中を流れたことである。是を一見して、余はこれ卽ち原來の川相かと思つたことである。余はふかくこれを奇とし寫眞に殘したのであるが、今はない。卽ちこのことを思ひ起しつゝ、今も思ふに、玉井翁の初瀬川河相の變移より推定された金刺宮、磯城島の概觀は卓說といふべきを悟つた。わが國名となつた「磯城島」の地名として今日殘るものは、この地（櫻井町慈恩寺）にたゞ一ケ所「式島」といふ五段歩たらずの土地のみにて、こゝに肇國史蹟「磯城邑」の標識がある。これは紀元二千六百年の紀念事業の一つとして建てられたものである。これがまた欽明天皇の金刺宮遺址の證をなす。欽明天皇の朝は、わが國史に於て、殊に外務多端、國交多事の重大時局であり、この宮に於て發せられた遺詔こそ、聖德太子、大化改新、壬申の類とつゞく時代の至上敕命として、時局一切の遠因とも發端ともなつたのである。まことにこの遺詔こそ上代史の最も重大な鍵であつた。

その三。雄略天皇の朝倉宮の遺址としては、舊來岩坂をあて來つた說もあるが、岩坂の谷の對岸、三輪初瀬の山つゞきの中間、黒崎の山麓に「天《テン》ノ森」と稱する一帯の高臺地あり、往年の帝宮の規模としてこの方を有力視するものもある。天の森は、段をなす廣い臺地にて、初瀨への往還の上に黑崎垣内あり、その上につゞく東北にわたる一帶である。こゝの地形、萬葉集冒頭の聖帝の都としてふさはしく感じられる。しかし旣記岩坂もすてがたい古代の由緒と情緖を殘す地にて、現在もなほ數ケの精巧な小古墳あり、相當廣い山峽段々畑の間にある山家の配置美しく、村里富裕の感が見える。又古來より有名な泉は今に及んでつきない。いづれも今櫻井町內となつてゐる。

町內の舊都は、此他に、神功皇后、履中天皇の皇居なりし磐余若櫻宮、欽明天皇の磯城島金剌宮、崇俊天皇の悲劇の都倉橋宮、用明天皇の磐余池邊雙槻宮とあり、これらはみな舊地推定せられるが、磐余甕栗宮（淸寧天皇）磐余玉穗宮（繼體天皇）については、未だ鄕土の好古家の斷定の說を聞かない。

その四。崇神天皇の時の笠縫邑の遺址は、今日大和國內に數ケ所を數へ、確定のものがない。しかるに笠縫邑は皇大神宮の發端にして、國と神道の上に重大な遺跡であり、のみならず「古語拾遺」に傳はる大夜すがらの歌によつて、文學史上最古の遺蹟の一つである。この笠縫邑の遺址として、前記玉井翁は、櫻井町外山領の上、下笠殿の地をあて、ゐる。こゝはかの茶臼山古墳に相對す。余のひそかに思ふに、今の粟原川は、太古に於て笠殿の地の北をゆき、この一帶は鳥見山の崎なりし如く、いづれにしても笠殿は笠縫邑址として一つの傳承地とすべきである。同じ時に倭大國魂を祭られたのが、卷向山のつゞき弓月嶺の北の崎であつたのと對應し、この地の地形古代の觀念にふさはしい。今の田畑のさまを見て、笠殿説を輕んじてはならない。

その五。大化改新に關係深い蘇我石川麻呂の山田寺遺址は、疑ふ餘地がない。その出生地も終焉地も、この山田である。大化改新發端の地は談山山中にて、わが少年時代の傳承では、國家有事の時に起るといふ、談山の御破烈山の破烈のひゞきを聞く特定の地が、談山より直線の北、わが町内の栗殿の一ケ所にあつた。

その六。「日本書紀」編撰の頃の舍人親王の御住居地も、萬葉集その他によつて、現在町内の高家《タイヘ》と推定される。おそらくこゝに於て皇子はかの「書紀」の筆をとられたのであらう。これは上宮《ウヘノミヤ》の聖德太子御誕生地と共に、わが文化史上の二大遺蹟とされるべきものである。

（結語）この本文は以前「櫻井町史」のために述べたものにて、今こゝに轉載するに當り追記六篇を草した。鳥見靈畤、笠縫邑、磯城島金刺宮、舍人親王書紀御撰地、聖德太子御生誕地、額田王御終焉事情、いづれもわが國の政治上、信仰上、文化上、最も重大な史蹟であり、すべてわが町内にその遺址をもつ。本稿はこれらについて世人未見聞の鄕土先學の説とその傳承に並べ私見をしるしとゞめるものである。　昭和三十年二月記

土舞臺

一

奈良縣櫻井市櫻井町の南郊、國鐵櫻井驛の南西數町のところに、「土舞臺《ツチブタイ》」とよぶ丘がある。南西は安倍山につづき、松の粗林のある、ながめのよい丘陵で、現今は櫻井市の兒童公園となつてゐる。西に葛城山、二上山が遠くのぞまれ、目のまへは北と西にひらけた大和の國原、そのなかに大和の三山、また平野の北西は生駒の山なみ、南は丘陵に包まれた飛鳥の地、すべて大和國原の山河が一眺せられる。東から北にかけて鳥見山、倉橋山、初瀨、三輪の山々が見える。奈良の山々も見える。

推古天皇の御代に、時の攝政聖徳太子が始めて國立の演劇研究所と國立の劇場を設けられた場所と傳へられてきたのが、この大和櫻井村の「土舞臺」である。今も「土舞臺」といふ字《アザナ》が、土地臺帳に出てゐる。その地面積は七段步ほどとのことであるが、太子が創建された研究所及び、その演舞場は今日の人の尋常に考へるところよりはるかに廣大なものだつたと思ふ。これは太子の御事蹟全般から想像されるところである。その「土舞臺」は現存の地名の地域の何倍かの廣大な野外劇場だつたであらう。

二

「日本書紀」の巻第二十二、卽ち「推古天皇御紀」二十年の條に百濟《クダラ》の人で味摩之《ミマシ》といふものが歸化したことが誌されてゐる。この味摩之は呉《クレ》で「伎樂儛《クレノウタマヒ》」を學んだ。この由を申上げたので、聖德太子がこれを御覽になり、「則ち櫻井にはべらせ、少年《ワラハベ》を集めて伎樂儛《クレノウタマヒ》を習はしむ」とある。この記事にはつゞいて、その伎樂儛を傳へた部族のことがしるされてゐる。

この記事は、太子が我國に始めての國立の演劇研究所をつくられたことを明らかにしてゐるのである。當時呉《クレ》といつたのは、大凡に支那大陸から、さらに西域につゞく西の國々だつたやうである。當時の支那は「隋」といつた時代である。

「聖德太子傳曆」には、この研究所の所在を櫻井村に置かれたとしるしてゐる。櫻井村は現今の櫻井市の中心である。ここで、太子は當時の貴族たちに命じて、その子弟壯士《ワラハベワカモノ》をつのられ、更に天下に令して、一般の者にもこの歌舞を習はせられた。現在も諸寺に殘る伎樂儛や、民間に殘つてゐる演劇はみなここから始つたのである。また太子はこの伎樂儛を以て、三寶《ホトケ》を供養せよと仰せられた。以上のやうなことが「傳曆」に書かれてゐる。この記述を見ると、「傳曆」の出來た後の世まで聖德太子のつくられた演劇研究所の規模の大きさを云ひ傳へたものがあつたことがわかり、それがこの記事のもととなつたことが知られる。また太子が新しく外國から入つてきた伎樂に異常な關心をもたれ、その意義を了解せられたこともよくわかるのである。

我國には神代から神樂といふものがあつたが、そのもつ意味や役能と異る「演劇」をこの新來の歌舞にみとめられたわけである。そこで太子はただちに國立の研究所をつくつて、この傳習を命ぜられた。そのために貴族の子弟を選拔して教へるだけでなく、天下に令して一般人民の中からこれを學ぶものを募集せられ、その流布をはかられた。そしてこの蕃樂（外國の演劇音樂）を習傳する人民は、これに專念することが出來るやうに、課役（税金の類の勞力）を免ぜられたと、これも「傳曆」にしるされてゐる。この時また演劇に必要な道具類、面や樂器などを制作する工房も併置されてゐる。太子が、この新しい藝能に示された御熱意とともに、つねに何事をなすに當つても、卽座に雄大な構想から始められた、その御精神の果敢さと偉大さをあらはした一例である。我國の文明と藝術の始祖として、そのすべてに重大な影響を殘された太子の數々の御事業の中の一つとして、この國立の演劇研究所創設のことは、殆ど知られてゐないのである。しかし日本の歷史に於て、文明と藝術が、大切なものであり、民族の誇りとすべきものであることを知る人々は、太子の政治の一端であつた、この國立演劇研究所「土舞臺」の建設を忘れてはならない。文化と藝術に悠遠な傳統を保持し、その誇りをもつ日本の國に生れた教養ある人々は、太子のこの藝能史上の御業績を十分に了解し、太子が伎樂《クレノウタ》と舞《マヒ》を御覽になつて、たちどころに、國立劇場と國立演劇研究所と稱すべきものを併せてつくられた慮《オモンパカ》りを、國の文明と文化の歴史の點から深く感銘し、その研究所の規模の廣大さを知つて、文明の創始者の魂の太さを痛感すべきである。

世界の文明史に於て、千三百年以前に國立の演劇研究所がつくられた事實と、それが代々にうけつがれ、さらに各地に傳習されつつ、しかも大本の形では、皇室、奈良春日大社、大阪四天王寺などにその直系一系のものが傳り、千三百年を今に一貫してゐる歴史的事實に、さらにふかく驚嘆すべきである。

聖德太子の土舞臺御遺蹟は、日本の藝術の歴史に於て、我國の藝能發祥の大なる史蹟であると共に、藝術に對するわが民族の比類ない感受性や、天分の優秀さとその自負と相續を、嚴として今の目前に象徵する聖地である。この意味からも、國の文化を云ひ、民族の藝術の歴史を語るものが、心に銘じおくべき土地である。その地の雄大な眺望の風景は、國の文明の歴史を語り、民族の美の心をあらはし、またその繼承に、千三百年連綿とつゞいてきた、國と民族の萬邦無比の不變のものを實證してゐるのである。この美しい遠世の丘は、すぎさつた民族の過去にあつた文明の廢墟や遺蹟でなく、昔より今に、一つの民族の國民が、絕ゆることなくつゞいて、傳へてきたものの淵源發祥の址を示して、國民の美と藝術に對する心情と、國の歴史のこころと事實を敎へる現物である。

三

わが近世封建時代に於ては、藝能は海外の例に較べても、異常な發達をとげたが、これを學術的に究明するといふことは、その時代には少かつた。儒教をもつぱらとした時代の學問の對象とならなかつたのである。近世に入つてからは、文明の歴史の研究は、學術の世界で重い比重をもつやうになり、藝能は民族の文化として、歴史の學術の主たる對象の一つとなつた。聖徳太子御遺蹟「土舞臺」の意味が、國の歴史の上で大きく輝く史蹟の一つなることは、今日に於ては、すでに誰人にも了解されるであらう。わが國が世界に向つて、文化を重んずる國なることを云ふ時に、その原始に於て、比類なく高く文化を解した民族であり、しかもその傳統を千數百年にわたつて絶やすことなくつたへた眞實を實證する記念物が、太子御遺蹟なるこの「土舞臺」である。

私は、日本の國と民族が、今日いだいてゐる願望に立つて、この太子の土舞臺を顯彰することは、文明の國文化の國民なる日本の大切な任務の一つと考へるのである。

「日本書紀」を註釋した「通釋」や「通解」などの代表的著述は、土舞臺の所在を大和國十市郡櫻井村にあててゐる。しかしこの御事蹟を以て、太子の文明觀上の御精神の偉大さにふれることは、それらの學者の生れた時代のゆゑに、なほ不十分であつた。私らは單にわが國演劇史上第一の遺蹟として、この「土舞臺」を考へるのみではない。太子の御精神と御事業は申すまでもなきことながら、さらにこれを日本の國の文明の歴史、藝術に對するわが民族の思ひといふ觀點から、この遺蹟の意味とその顯彰を思はねばならない。私は聖徳太子「土舞臺」御遺蹟の顯彰を國中の有識人に訴へたい。

四

聖徳太子は、第三十一代用明天皇の皇子で、第三十三代推古天皇の攝政をせられた。推古天皇は欽明天皇の皇女で、用明天皇の御妹である。用明天皇の御所は、磐余《イハレ》の池の邊の、二本の大きい槻の木のあるところにあつたので、磐余池邊雙槻宮《イハレノイケノベノナミツキノミヤ》と申上げた。今の櫻井の谷《タニ》と長門《ナガト》の間あたりである。ここから少し南、上宮《ウヘノミヤ》と今もいつてゐるところに、聖徳太子の御所があつた。上宮は舊町村制の始めから櫻井町の大字上宮だつた。推古天皇がをはり田の宮へ移られた頃は、太子は斑鳩宮《イカルガノミヤ》にをられた。日歸りで、斑鳩を往來せられた、と傳へてゐる。しかしもともとの太子御誕生の御所は、この櫻井の上宮《ウヘノミヤ》にあつた。この上宮から出土した見事な鴟尾が、以前には橿原神宮内の大和歴史館に展陳されてゐた。

聖徳太子の御名を「上宮太子」と古來よりとなへてきたのは、この上宮《ウヘノミヤ》御所によつてである。用明天皇の磐余宮の地から見て、上の宮に當るといふことが、この名のよりどころとされてゐる。太子が飛鳥あたりに御生誕せられたと云ふのは、「日本書紀」の傳承に反するもので、さらに何の根據もない俗説である。

百濟人味摩之《クダラビトミマシ》が「伎樂儛《クレノウタマヒ》」を傳へたころは、太子はこの上宮にいまして、時に斑鳩にいでますこともあつたやうで、斑鳩にゆかれた時に限つては、そのよしを「書紀」にしるされてゐる。これらの點から見ても、御晩年以前の大凡は上宮《ウヘノミヤ》にいましたと推定されるのである。しかし本居宣長先生は、上宮《ウヘノミヤ》の名の由來は、磐余宮の上にあつた、といふ意味にもとれるが、以前からここが神聖な土地だつたので出た名でなからうかと想像されてゐる。

この考へ方は過去の多くの學者が尊重したものである。現地土民の間では、古くからにぎ、いやひの尊の上宮《ウヘノミヤ》だつたといふ傳承が語られてゐる。

第二十九代欽明天皇の皇子に櫻井皇子といふ御方があつて、これは櫻井の土地にかかりある御名と思はれる。近代の畫聖で大學者だつた富岡鐵齋先生は、櫻井の上山《アゲヤマ》を櫻井皇子の御墓と云つてをられる。櫻井皇子は欽明天皇の皇子で、推古天皇の御弟であらせられた。この皇子の御女の吉備姫王は茅渟王（舒明天皇の御弟）の妃となられ、第三十五代皇極天皇、第三十六代孝德天皇の御二方の御母だつた。鐵齋先生が、上山《アゲヤマ》を櫻井皇子の御墓にあてられたのは、この事實を考へるといはれありげである。上山古墳はこの地方でも大きい古墳の一つである。必ず有力の人の墳墓である。

櫻井の「土舞臺」と、上宮《ウヘノミヤ》とは地つゞきの隣合ひ數町の近さである。太子は上宮の御所に近い櫻井に味摩之をはべらせられたのである。土舞臺は大和國原の景觀の佳い丘の上であつた。今この丘の下に櫻井市の小學校がある。

五

聖德太子御遺蹟「土舞臺」に相對する東の山は、式內等彌《トミ》神社の鎭座する、肇國聖蹟鳥見山である。ここを建國第一の御聖蹟といふのは、神武天皇卽位大嘗祭がここで行はれたからである。神武天皇四年の鳥見山の祭りを以て、後世の大嘗祭にあてたのは、舊來の學者の見識である。わが皇位繼承の實は、大嘗祭をとり行はせられることによつて確立するといふことは、中世以來特に明確にされた國家の憲法である。けだしそのよるところは、わが建國の精神に立脚するのである。

我國の天皇の御先祖なる皇孫尊《スメミマノミコト》が、高天原《タカマノハラ》からこの葦原《アシハラ》の瑞穂《ミツホ》の國へ天降《アマクダ》られる時、高天原の神々からうけたまはつた神敕の根柢は、この國土でのくらしを定められたことである。その時、皇孫尊は高天原のおや神たちから、高天原の稻の種《タネ》をたまはり、地上の土地を拓いてこの種をふやしてくらしとせよ、さうすれば天上の神々の國と同じくらしと風儀の國が地上にも出來る、と教へられた。

これは神々のくらしをこの國土の上に約束され、その方法を教へられたのである。これが我國の始りであり、我々の民族はこの神話につとつて、建國の精神を明らかにしてきたのである。この御先祖の神々の教へられたくらし、卽ち水田に米をうゑる農業を、生活の基本としてゆくなら、子孫は天地とともに窮まりなくつゞき、人はふえ、國中は泰平であるといふのが、高天原の神々の教へであり、われわれの祖先の信じ來つた神國根本の原理である。だから今に及んでも、天皇陛下は、年毎の稻を御自らつくられ、御親《ミツカ》ら新嘗《ニヒナメ》を遊ばされる。新嘗といふのは、その年につくつた米をとつて、これを神に上《タテマツ》り、神と共に飲食の宴をひらくことである。これは高天原でおつしやつた約束をこのやうに守りましたといふ意味を神に對して奉告するもので、これが國中の町や村々の、どこでもおこなつてゐる秋の祭りの本義である。

ここで考へるべきことは、この米をつくる農業は、牧畜の生活より平和なものだといふことである。第一に米を主食とする時は、食物の上で殺生をせずにくらすことがほぼ可能である。またその農といふ生活には激しい榮枯盛衰がなく、ほぼ一定の形で、永遠に、一筋につゞくと考へることが出來る。これが萬世一系とか、天壤無窮（あめつちとともにきはまりなし）といふ思想の根柢である。

　神武天皇建國の時には、國土開拓の困難が非常であつたので、即位後三年目に、土地もひらかれ、人もおちつき、産業が定まつた。そこで鳥見山で、國土をひらいて收穫した産物を、天上の神々に上り、天降《アモ》りの時の神々との御約束をこの通りに果しましたといふ奉告をされ、土地から生産した米を酒にかもして、君民あはせて神々と共に饗宴したのである。この意味を「日本書紀」は「申大孝」としるしてゐる。これは「みおやのみ教へにしたがつたことを申述べた」と、昔から訓讀してきたのである。これが相嘗《アヒナメ》の「祭り」である。かうして神話の約束を實行したのが建國の意味である。建國の大嘗祭執行の場所だから、國史上特別に神聖な土地なのである。またこの神話が、日本の建國の精神をあらはしてゐる點から、鳥見山こそ、わが建國精神を示す、肇國第一の聖地といはれるわけである。

　聖德太子の「土舞臺」に示されたものは、文明の精神である。別の意味で日本の國と民族の使命と本質を顯現した尊い大切な史蹟である。一言に云ふなら、日本が元來「文明國家」であつたといふことの眞意義を示す、歴史の上の證據である。「土舞臺」を顯彰することによつて、太子のもたれた文明國家の理想と精神に少しでも近づき、昨今の人がかりそめに考へてゐる「文化國家」の眞の意味を、太子の御心にしたがつて知るやうにしたいといふのが、私の年來の念願である。故に櫻井の二つの神聖な遺蹟である鳥見山と土舞臺は、我國と民族の大理想と大悲願をあらはしたものといふべきで、かかる見解のもとに、その顯彰を考へたいのである。

六

現在の櫻井市にある多くの史蹟を數へると、第一に崇神天皇の磯城瑞籬宮《シキノミヅガキノミヤ》である。この御代に古代の大倭朝廷は安定し、古代日本國家が充實したのである。この都の北が、三輪《ミワ》、巻向《マキムク》、とつゞいて、巻向は、垂仁天皇、景行天皇の都の地で、この時代にわが國家はさらに飛躍してゐる。巻向には大兵主《ダイヒャウズ》神社が鎮座されてゐる。この神社が巻向の都の強大な背景であつた。周知のやうにこの神社が國技相撲發祥の地である。三輪はかくれもない大神神社の神威と信仰の旺んな土地、この一帶は申すまでもなく、すべて「萬葉集」の歌枕で、山ノ邊ノ道といはれるあたりである。崇神天皇の瑞籬宮《ミヅガキノミヤ》の南、櫻井よりのところに、欽明天皇磯城島金刺宮《シキシマノカナサシノミヤ》があつた。わが史上に初めて出現した國際的規範の帝都だつたと考へられる。卽ちこの宮の地の名によつて「しきしま」といふのが「しきしまの大和の國」ととなへられ、「しきしま」は日本國の總名とさへなつた。佛教が渡來してきた由緒ふかい都である。

この宮址に式島《シキシマ》といふ土地名は今も殘つてゐる。初瀨川に沿つた外山《トビ》のあたりで「萬葉集」の「跡見《トミ》の速瀬」は、この式島宮に重大な關係のある契りの水の遺蹟である。この初瀬川をさかのぼつてゆくと「萬葉集」開卷第一に見える、雄略天皇の朝倉宮《アサクラノミヤ》の址があり、その奥の長谷寺の山の上には瀧倉《タキノクラ》、小夫《ヲブ》といつた古い土地がある。このあたりは大和でも最も古い土地と、以前の人々は聞きつたへてきたが、近年この附近から押型縄文土器が出土した。人工品として現在最古の出土品で、年代はほぼ八千年以前と推定され、土民の傳承に信あることを證した。

この櫻井市内の、巻向《マキムク》、三輪《ミワ》、式島《シキシマ》、長谷《ハセ》、鳥見山《トミヤマ》、磐余《イハレ》、安倍《アベ》一帶は、建國當初より大化改新をへて飛鳥京に至る、古代日本國家の形成された故地である。この櫻井に隣接する橿原、飛鳥の二つを合せたのが、ほぼ古代日本、卽ち奈良奠都以前の日本國の原型である。

この史蹟としての意味は、古都といふ奈良のもつ意味とは、歴史の精神に於て異り、史蹟保全の意味に於ける比重に於ては、比較を絶したものがある。奈良の俗化を云々する聲は、縣外にも高く、その運動のゆき方には、しばしば政治の卑俗に奉仕するものもあつた。私のこころから願ふところは、日本國家の母胎としての、櫻井市を中心とする一帶の顯彰である。ここは、日本國の生れた地域である。日本國は遠い久しい年月の昔にここに始つたのである。従つてこの地には文字傳來以前の巨大な民族文明の遺蹟が多い。櫻井市内で現在發見の古墳の數は大凡五千といはれ、やがて一萬との推定さへある。推古奈良時代に亙る傑作の遺品も少くない。中世以降の遺品に於ても、長谷、多武峯を中心として保存され、地域全體があたかも散在する美術館であり、歴史博物館である。またその風光の美しさは、歴史的感情に彩られて、萬人の感銘するところである。

この地域の農村には、今も國の古いしきたりをただしく守るところが多い。宮座の傳承も處々にのこり、村落やその家々の美しさは、美的見地から見ても、比類ない國內の最高である。それらは長い歳月を支へたくらしの質實さと、そのためのゆたかさに原因するものであらう。この地域一帶の現狀を努めて保全することは、世界で最も古い文明を持續した國としての日本が、世界の心ある人々に對して負ふべき今日の義務である。ここを近畿圈に於ける、學術と文化の中心として保全することは、日本國が人類の文明の歴史に對する最も高尚なる精神上の任務である。今日の世界の文明國に於て、すでに、おのが國のもとの形を、千數百年の久しきにわたり、一系の血族によつて守り傳へた國はなく、文明の母胎の地を守り傳へた國もない。このやうに、偉大な先祖の多くの文明の遺物を保存するもとつ國、國のはじめの土地を守り傳へてゐる民族はいづこにもないのである。

七

老いづきてくにのはじめの址にたちしづかにかうべを垂れにかけるかも

しづかに死にゆきにける老母《オイハハ》の面《オモ》わにか似つやまとの秋ぞら（二首、三浦義一作）

千三百年以前のわれらの祖先が、その何倍かの年月をかけて拓いた古國、この日本の根《ネ》子《コ》となつた古國が、今のわれらの住む土地である。その心をひらくこの歌は、作者が金刺宮址に立たれ鳥見山を拝して詠んだもので、こゝに日本人の一番すなほな思ひがある。あたりまへの日本人のいだく、悲しいまでになつかしい思ひである。大和の空の色は、いつもそのままみおやの面輪のにほひである。この日本の根源の古國を大切に保全する日本人としての務めのために、まづその顯彰を始めたいと思ふこころを、この二つの歌はあまさず歌ひ、かつ嘆いてゐるのである。

昭和三十九年十月十日

山ノ邊ノ道の濫觴

山ノ邊ノ道の名は、崇神天皇、景行天皇の二帝陵に残された。二帝の時代、卽ち所謂歷史時代に入つた大倭朝廷の交通幹線であつた。今の磯城瑞籬宮址から石上あたりまで、別に確證はないが、大誤もない。

瑞籬宮（崇神天皇）時代といへば、はや歷史の時代といふ印象が瞭然としてくる。常識上の「國家」といふ形が殆ど整ひ、從つて「歷史」の對象として明白になつたやうに感じられる。大東亞戰爭前からの國史や考古學の部門での鄕土的努力の結果は、所謂歷史以前を非常に明るくした點が多かつた。今日の大和の歷史學上の興味は「歷史」以前の時代である。いはば瑞籬宮以前の時代の究明である。具體的にいふなら、瑞籬宮あたりから「歷史」の對象と考へたことに對する、觀念上の反省、思想上の反省、遺品による再檢討が起らねばならない。この宮のみかど崇神天皇を、その時代の人々が御肇國天皇と申上げたと傳へてゐる。これは、皇祖天皇と同じよび名である。さうおとなへ申上げたについては、十分な意味がなければならない。信ずべき傳承と思ふ。つまりこの御名の原因としては、大倭朝廷に、以前の考へ方と異つた原理上の變革が行はれたのである。あるひは起つたのである。

今の世の中にさへ常識で信じ難いことがある。しかしさういふことが現に存在するといふことは、今度の戰爭で、アジア各地の奥地邊土へ赴いた人々なら、必ず一つ二つ經驗した筈である。未だに古い時代から近代へうつつてゐないやうな土地には、近代の常識で信じ難いことがある。歴史研究で古代を考へる時、さういふ驚異に對する正直な感情と、新鮮な驚きの感情を失つてはならない。一例をいふと、雄略天皇のころである。仕丁として宮中に召されてゐた東國出身の青年たちが、自分らの國へ歸れば野鳥などつみ上げると塚に餘る程もゐると語り合つた。當時大和では野鳥が少くなつてゐたのだらう、鳥を失へば罪をうるやうな状態だつたのである。天皇がこれを耳にせられ、早速敕命で東國へ歸される。しかし東へ歸つてみると塚につむ程の鳥はもうゐなかつた。この話には一つも嘘はないと思ふ。アメリカ開拓史の中に、ある種の鳥の大群と人間との久しい間の爭ひが出てくる。それは想像を絶した話であつた。その郵便鳩といふ鳥は絶滅したのである。古代の傳承や記述は、疑ふまへにそのままに、その記述を信じるのが、一應謙虚、合理といふものである。瑞籬宮の崇神天皇の御事蹟の中で、弓弭調といふことばが出てくる。これが御肇國とたたへられたといふ事實の大きい理由の一つと考へられる。さういふ名の租稅を、男に課したといふのは、かの四道將軍の派遣とも關係がある。しかしこの方の關係といふのは、四道將軍が諸國を平定し、租稅を徵したといふやうな史書のよみ方からいふのではない。今のことばでいふなら、暮しの異る土地の人々との交渉が、どういふ關係で結ばれたかといふ點である。ここで今の人の考へで「國」とか「歴史」とかいふものが、瑞籬宮に結びつくのは何故かといふことが、解明されるのだ。この「弓弭調」が「國」とか「歴史的」といつてゐる今の人の觀念をとく鍵なのである。

大倭朝廷は、もともとすばらしい農法と種子をもつてゐたのである。天孫降臨の時の天照皇大神の三大神敕といはれ、その一つに齋穗の神敕を數へられてゐるのは、この事實を示すのである。つまり神敕によつて、高天原から稻の種子をもつてこられたといふ事實である。これが、この米作りが、萬世一系、天壤無窮の信仰につながる――その根據である。

つまり歴史時代以前の大倭朝廷の外征といふものは、種子と農業技術の移出といふことが重大な使命だつた。これは大和における神武御東征路を、神話時代に巡幸された丹生津姫の天野の告門《ノリト》に照らし合せても、ただちにわかることである。さういふ意味で四道將軍の例にしても、普通に考へてゐるやうに、武裝した軍勢が大勢で出かけていつたといふやうな華々しいものでない。このあとの日本武尊の東征の場合を思ひ合せてもよくわかることだつた。西征から歸られた皇子は、休養の暇もなく、又も東征の命をうけられる。この時皇子は、西國より歸つていくばくもないのに、さらに東に赴けといはれる天皇の御心持ちを推察しかねると申され、これは自分を憎まれるせゐでないかと考へたりされる。それで門出の時に、當時伊勢の祭主をしてをられた御叔母の倭姫命を訪れ、嘆かれるおことばの中で、軍勢も賜らずして東國へゆけと父天皇がおつしやるのは、死ねと申されるやうなものだと訴へてをられる。この「軍勢も賜らずして」といふ一言は意味ふかい。この時、倭姫命から賜つてゆかれた天のむらくもの剣が、皇子によつて草なぎの剣となつたといふことは、なかなか象徴的な表現である。わが古代の神名は、神の徳用《サキハヒ》や作用《ハタラキ》をいふのが一般である。いづれにしても剣を鎌にかへる、人を斬る剣を草を薙ぐ鎌にかへてゆくのが、古い古い大倭朝廷の征だつたのである。火をはなち草を薙ぐといふのは、農事を意味する。近世封建時代において、武道十八般などといふ時、鎌を第一位の天としたのはかういふ由緒にもとづくことだつた。

　弓弭調といふことについても、かういふことも考へた上で、生活様式の異る部族間の交渉の面から見たい。第一代のはつくにしらすすめらみことだつた神武天皇の場合、その鳥見大祭では、弓弭調に該當するものがない。「日本書紀」には神武天皇が橿原宮で即位され、三年目に鳥見山で天神を祭つて「大孝を申す」とある。この「中大孝」といふ詞は、古から「みおやの教へにしたがひし由を申しのべられた」とよんできた。

　齋部廣成が平城天皇の敕命によつて、大同の年に奉つた、その家の古傳を誌した「古語拾遺」によると、神武天皇の卽位から鳥見山の祭りまでの三年間に、諸國へ種子をもちゆき、農事をなし、その産物がととのつたので、始めて祭りをしたのだと誌されてゐる。この形が、わが神道にいふ祭りといふことの原型である。このことは、今の皇大神宮の祭祀をみてもわかる。我國で最も重要な古典である「延喜式」の中の「祝詞式」も、これ以外のことをいつてゐない。つまり高天原からもち降つた稲の實をまき、米を作つて生活と祭を行ふことが、神敕を奉行したことで、それを完全に行ふのが「大孝を申ぶ」所以であり、それが「祭り」といふものである。今日でもわが皇位繼承の實は、大嘗祭の執行によつて定まるとなつてゐる。大嘗は踐祚の後、初めてとれた米を以て新嘗を行ふ、古代の「申大孝」のくりかへしである。わが古神道は農に則する生活の道であり、掠奪物や犧牲によつて神を祭る宗教でないのである。この古代の制から見ていへることは、弓弭調といふものに、古い時代の國の俤の變化をよみとるといふことである。明らかに、古い時代の制は、この山ノ邊ノ道の起點の都から變化しだしたのである。これを近代の史家は、「國家」の形成、「歷史時代」の曙光期とよぶのである。

この弓弭調に對應し、かういふ觀點をさらに明白にする事實は、任那の朝貢が始つたのも瑞籬宮時代といふ傳へである。弓弭調と任那朝貢の二つの傳へは、瑞籬宮の大きい時代變化を示すのである。これ以前の時代が、神話時代につづく亞神話時代、もしくば歷史の無い時代といふなら、瑞籬宮時代以後は租稅と外交（領土人民の經營）の二項目によつて、明らかに「歷史」の時代に入る。この變化については古典の記述上から考へるだけでなく、人心、道德、道といふものから考へるべきことを含んでゐる。ただ神武天皇より瑞籬宮までの時代と、神武天皇以前、たとへば丹生津姬命の巡幸のあつた時代とも異つてゐるが、この變化は神話時代、半神話時代、といふほどに近似のもので、瑞籬宮で起つたのは、歷史時代へのうつりである。

大倭朝廷を中心とした大和の生活には、變化はないが、他族との接觸樣式が、大變化を起すのである。人民領土といふ考へ方とその對策の發生、租税をもつて支配するといふ形が起つた時、「國」といふものが形ととのつたとなし、「歴史時代」に入つたとなす、これが今の世の考へ方である。だから瑞籬宮時代のまへのわが大倭朝廷では、くらしがそのまま道徳であり、對他關係は、種子を與へ農法を教へるといふ形をふみ出さない悠久期間をもつてゐた。この時代が神道の時代であり、神ながらの道のある時代といはれるのである。

ここで瑞籬宮の新事實としてもう一つ見落してならぬことは、この時代に「同殿共床」の制がすてられたことである。以上の經過をいへば、この事實はうべなはれると思ふ。同殿共床といふのは、悠久の古代に於て、神と天皇が、殿を同じくし、床を共にしてゐられたことをいふのである。もう少しくどくいへば、神と天皇にけぢめがなかつた。物の面では、神物官物の別がなかつた。今これを分かたうといふのである。今伊勢に坐す八咫鏡を、宮中から笠縫邑に移し(皇大神宮の濫觴)、大倭國魂を長岡の地へおうつしした(大和神社の濫觴)、これがそのあらはれである。かうしたことからわかつたことが一つある。これは國體といふ上で極めて重大なことだが、記録制度の上で判然としてきたことは、わが天皇は財産をもたれない制度の上の存在だつたといふことである。この制度はずつと後になつて平安中期の院政の一つの原因となる。天皇は無財産だが、上皇はさうでない。また皇后には私財があつた。皇子にもそれは許される。古代よりのわが傳統では、天皇と申すのは、さういふ私の財産を超越した存在、ひいては私を超えた公といふ形であつた。天皇と、皇后や皇子とは、このわが國體觀からいへば、かういふ點でも嚴密な一線が畫されるわけである。つまり、皇后、皇子は、天皇の列でなく、臣の列である。瑞籬宮で官物と神物を分かつたといふことから、かういふ制度上の事情もよみとれるのである。

またこの瑞籬宮の時に、今の大神神社の祭祀者をさがし求めた話が國史に出てゐる。大神神社の濫觴は、「延喜式」の「出雲國造神賀詞」がその根據である。大穴持命が國譲りの時に、のちの神武東征を幽契せられて、己の和魂を八咫鏡にとりつけて、倭ノ大物主櫛𤭖玉命と御名を稱《タタ》へて、大御和《オホミワ》の神奈備に鎮座せしめられた。これが大神神社の創始である。それ以前に三輪山地帯にどんな古代信仰があつたかといふことを想像すると、話はずつと活氣を帯びるが、それはあくまでも想像である。出雲國造の傳承は、數千數百年の傳へであり、成文化されて千年を越ゆるものである。

この櫛𤭖玉といふことばが意味ふかいのである。倭ノ大物主と上につく。この三輪に早く定住した出雲ノ神の一族から、皇祖天皇の皇后が出てをられるが、外戚家のその後は、早くも二代目から磯城縣主の系統に變つてゐる。三輪の一族の祭祀もその間に中絶し、瑞籬宮の朝に、神託によつて大田田根子命を神主としたといふ傳承となつてゐる。「倭ノ大物主、櫛𤭖玉」の前景、あるひは前史を考へることは、想像の世界のものである。考古學的遺物・遺址にしても、想像を除外して成立しない。遺品の現物性に幻惑され、現證の認識の限界をあやまつてはならない。遺物の現證と現在は明白であるが、それに語らせた歴史はあくまで想像のもの、詩想のものである。しかし私はさういふ人間の詩想を排斥するものではない。むしろある種の詩想を史學研究の最大要素の一つとして尊重するのである。

山ノ邊ノ道の古代前史を考へるまへに、この「山」は何であつただらうか。今見る三輪、巻向といふ連山の常識でよいであらうか。さうであらうかもしれぬ。もつと特定の山であつたかもしれない。山ノ邊ノ道に沿つてゆく途中には三つの谷がある。第一は狹井の谷である。ここは神武皇后の出身地であり、狹井神社の所在地であるから、恐らく往古三輪族の發祥の根據地だつたと考へられる。狹井の御井が、彼らの聖なる生命の泉として最も神聖な水だつたのである。「萬葉集」にあるミムロの神杉とつづく聖なる泉は、やはり狹井の御井であらう。

次にある谷が穴師大兵主である。この神を蠻神と考へるのは文字にかかづらつたあどけない想像にすぎない。ツハモノヌシなどとよばはせた明治神祇官の政治癖と權力癖が學究力の衰退となり、前代の國學の成果をよみとれなかつた因となり、ひいてとんでもない誤りの重なりは神祇官瓦解の源である。

その次は長岡の大和神社の故地である。大和神社の大倭國魂は、大和國の一番大きい魂といふ意味である。これが大國主に結びつくのは、古代國家の常習の形の附會である。大兵主の方は今のところ不可解である。

かういふ山ノ邊ノ道の麓の散策はともかくとして、一度山へ上ることが必要ではないかと私は考へた。笠、瀧倉、小夫、都祁、さういふ地をたどつてゆくと、いづこもみなそれぞれに由緒を語る聖なる地形である。地形が神聖であり、自身で由緒を語るのである。無數に語られてきた附會は、ある程度原作者を見出して、もとにかへすことも出來た。ただ瀧倉が、長谷寺の根因になつたといふことは疑ひ得ない。近年小夫に近い都祁の土地から、押型文縄文土器の破片が出た。大體八、九千年前のものと推定されてゐる。今日の大和出土考古學の年表に入れるとすれば、そこへもつてゆかねばおちつかないのである。これが、現在大和發見の最古の生産遺品である。然るにその發見より二十年も以前に、「高天原」の現地をこのあたりに考へた鄉土史家があつた。高天原の現地を云々する形で論をすすめたのは、鄉土史家らしい稚い態度であるが、さういふことを別として、山ノ邊ノ道の太古史を、笠、小夫あたりにのぼらせたのは、鋭かつた。普通の歴史家といふ人々はこれを默殺するか、一笑に附した。明治晩年から大正、昭和にかけて、歴史學は衰退してゐた。想像力と詩人性を失つたものは歴史家でないのである。しかし高天原説の鄉土史家は、想像力と詩人性をそなへたといふより、一種の狂信性の側の人であつた。ただその眼はあやしく光る眼だつた。しかしあやしさは別として、光りの方はあくまで光りである。

都祁と山ノ邊ノ道の間のどこかの山中に聖地があつた。そこが學問的に開發されるなら、瑞籬朝に始る歴史時代の以前の時代は、今考へる以上に延長されるかもしれない。延長されねばならないかもしれない。近ごろの風俗として、わが古代史をつとめて短縮する觀念を先だててゐる。申すまでもなく、時局に便乘せんとする曲學阿世の輩のなすところである。しかし橿原宮址發掘の、あの比類なく高雅な古代の縄文土器は、尋常の縄文時代の幾代以前のものだつたか、想像もつかない。かりにかこつけて四千年前といふ推定にしても、古すぎるとはいへない。この發見は、縄文文化の中へ、あるひは、後へ、彌生式の民族が入つていつたといふ俗説を一擧に打破した。その時代時代の造形力、民族固有の造形力の證は、さういふごまかしを許さぬほどあきらかなものなのである。

この造型物に現れた民族の造形力に比すべきものは、文藝の中にも見出すことが出來る。その適例が、たまたま瑞籬宮の時、皇大神宮を笠縫邑にうつし奉つた夜、宮人が徹夜で酒宴して歌つた歌といふ形で傳つたものにも見られる。この歌は、さきにいつた廣成卿が同じ書物にとどめてをられたもので、瑞籬朝より幾百年かをへた天平ころの替歌――無意識に自然に替つたものを、原型とともに記錄されてゐる。しかしこの歌は、また幾世をへて、再々變化し、建武の天皇御撰の本に、一番新しい變化の形をのこしてゐる。さういふ變化の比較考察によつて、文藝の世界での民族の造形力の原質の判斷ができるのである。また文藝の造形力の變化によつて、文藝の年代が一應考へられるわけである。文藝に現れた造形力といふものから考へると、われわれの文藝の歴史は、「萬葉集」以前とその以後と、いづれが長い年月かといふことも簡單には判斷できない。今日普通に考へてゐる千三百年、千三百年前の史家の推定した二千六百年より、はるかに古い時代があり、はるかに古い時代の歌の端が、たとへば「古事記」上卷の出雲びとあたりの新作の長歌の中に入りこんでゐると、私などは以前から考へてきた。その上卷には四つ五つに分かたれる系統の異つた部族の文藝が含まれてゐるが、これを以て一擧に、四つの異種の民族の文藝と斷定することは、ある時代には功をあせる時局便乘者の斷定であり、ある時には利にいそぐ曲學阿世子の判斷である。四つあるといふことから、直ちに四つの異民族のものとはどうしてもいへない。そんないひ方は學問的でない。勿論科學的でない。我々の國學以來の考證學の合理精神と學問上の道義觀が、さういふ場當りを許さない。かりにさういふ造型分類とその解釋の方法をとるとすれば、今日の日本文學など、千の異民族をもつてせねば説明できないことになる。まづはさういふ說き方をして、ありもせぬ民族を架空に作り出してはならない。ついでにいふなら、大兵主が、三輪や櫃原の人々と異る、他民族か歸化人だつたといふどんな根據も理由も、歷史の學問方法からは見出せない。さらにさうしたことをいつてみても歷史學上の何の意味もない。ただいへることは、大兵主が强力な部族をなし、東の山から下つてきた傳承と證明を傳へてゐるといふことである。それはその限りで何の噓も僞りも策もないことである。

今いふ山ノ邊ノ道は、勝地大和の中でも、春はことにうるはしい道である。三輪から狹井の址、玄賓庵、檜原社の前をへて、丘を上り下りする、穴師、卷向あたりの桃の花蔭の赤埴の畑道は、色も眺めも大和第一と私は自分では信じ、人にすすめて同意を得ることが多い。しかもこの道が、わが國の「歷史時代」の曙光に照らされた道であつたといふ民族の歷史の意味を、その春陽桃花の下を步きつつ、詠嘆をこめて思ひ出すことであつた。それは山ノ邊ノ道を舞臺とし、道邊の諸々を歌枕とした、「萬葉集」の數々のうたを思ふよりも、はるかに身につまるものであつた。

磯城瑞籬宮（崇神天皇）、纏向珠城宮（垂仁天皇）、纏向日代宮（景行天皇）は山ノ邊ノ道の都址である。いづれも偉大にして畏き天皇であつた。これが大倭朝廷の大本の出來上つた時代なのだ。「日本書紀」の年代では約二千年前といふ。これより磯城島金刺宮までに、幾百年の年月があつたか。大略書紀年代より六百餘年を削除した明治の史學によつても、瑞籬宮を千五百年の線へひきおろすことは不可能である。山ノ邊ノ道にあつた都は、この欽明天皇の金刺宮と次の敏達天皇の譯語田幸玉宮である。譯語田宮、今の太田にあてゐる。櫻井市戒重とも云つてゐる。この後は都は磐余に移り飛鳥に移る。

磯城島金刺宮は皇紀千二百年七月十四日に奠められた。ここは今日の金屋の東南川向うに推定されてゐる。今の櫻井市の外山領か慈恩寺領となるか、それは判然としないが、いづれにしても山ノ邊ノ道の起點の地であつた。櫻井から金屋に渡つてゆく初瀬川のあたりの四圍の景色は、比類ない。溫暖の好季には、山河の色彩、一日のうちにも千變萬化し、棟方志功畫伯など忘れ難い風光といつて、再度三度眺めに訪れてゐる。またその金屋の石佛は、畫伯にいはせると、大和中の佛像をふくめて日本の最高品の一つといふのである。勿論弘仁以外の時代のものでない。他の時代には出來ない。

欽明天皇がこの金刺宮に都せられたのは、三十二年ほどの間であつた。しかもこの時代は、わが國の政治が、變轉常なき朝鮮問題にあけくれした異常に長い期間だつた。その間三韓に對する政策は完全に一貫してゐたわけではない。又それに對應して諸豪族間に於ける勢力の伸張衰退が起り、ともかく異常な困難の時代だつた。しかしながら國の民の活氣横溢した時代だつた。金刺宮は複雜な國際情勢下の帝都だつたのである。かういふ樣相を具した帝都は、それ以前のわが國の歷史に見なかつた。欽明天皇は御在位三十二年で崩御せられた。その崩御の年の四月十五日、皇太子（敏達天皇）に、新羅を伐ち任那を建てることを遺詔せられた。この日崩御せらる。寶算六十二歳。國事多端の際に、いくらかは御早逝の氣味であつた。この遺詔が、これから百年間の日本の國策の根幹となり、内爭の名分となる。この遺詔を中心にして政局は動いたのである。國内政局に動亂が頻發する間にも、欽明天皇遺詔は、最後最大の錦旗であり、究極の大義名分だつたのである。

任那が初めて朝貢したのは、はるかに遠い御世、この金刺宮より西數町と去らぬ瑞籬宮であつたといはれる。これが瑞籬宮時代が新しい國家形態を示したといはれることの一要素であるが、その新しさは大倭國が、國家の形態をととのへ、歴史の光りに照らされるやうになつたといふ事實である。それを古い神々より傳へてきた道義とか、人倫の思想の上から見て、善か惡かの判斷をすることは自ら別事である。つまり、弓弭調とか朝貢とか、同殿共床の廢止といふことが、「國家」を形成する原因だといふまでのことである。この朝に神領神戸を定めらる、これが神社の承統の因となつたと、舊來史家は誌してゐるが、私の見るところでは、古道を去り、「國家」の形をととのへた時代といふ意味からも、「神道」が實質的に衰退する因である。私の古神道とは、國のくらしぶりであり、そのくらしより生れる道義文明である。しかしいづれにしても、瑞籬宮で始つたものが金刺宮で觀念上の始末をつけることとなつたのは、山ノ邊ノ道の歴史を懷古する時、興味ふかいことであつた。この期間として「書紀」は六、七百年を數へてゐる。

欽明天皇の金刺宮の遺詔が、上代日本歴史の大きい鍵であつた。この遺詔がどういふ經過と理由で發せられたかといふことが、上古史をひもとく一つの鍵である。さらに、この遺詔のうけた扱ひぶりが、これ以後の日本史をよみほぐしてゆく大きい鍵となる。蘇我氏の勃興と滅亡、物部氏の衰退、聖徳太子攝政、大伴氏の興亡、みな遺詔を中心にして動いた時局の産物である。しかし欽明天皇、敏達天皇ののち、都は櫻井をへて飛鳥にうつり、山ノ邊ノ道は國史の幹線から沒しさる。あくまで威力を誇つた物部の石上の兵庫も、時代の變化によつて、すでにそのころでは博物館的存在と化し去つてゐたのである。

欽明天皇の遺詔は、さすがの聖徳太子によつても解決され得なかつた。それは聖徳太子の當面された難問の中心のものだつたのである。しかも遺詔に反對することは、當時の如何なる强力な勢力にも不可能であつた。それをなすものは滅亡を意味した。外面をつくつた名目上の征新羅將軍の設定では、依然反對勢力に攻擊の大義名分を與へるにすぎない。かくて太子すらこの遺詔の靈異力に對し何のなすすべもなかつた。欽明天皇の金刺宮の遺詔はすでに强大な魔力だつたのである。從つて大化改新、近江朝の成立、壬申の亂、奈良奠都とつづく時代は、この遺詔を中心に、誰かがそれを錦旗として、諸豪族間に權力爭鬪をくりかへした時代である。この錦旗のまへには、いかなる强力の權力者もつひにうち倒れる。物部、大伴と、神武東征以來の名族さへ、この遺詔の魔力のまへにあへなく崩壞していつたのである。その紛糾は平安遷都までつづいた。この間二百年、しかし遺詔はつひに完遂されず、忘れられたといふやうな形でうやむやにして消滅した。光仁天皇を御父とし、高野新笠を御母とした、桓武天皇の平安京の建設がその始末だつた。その先、光仁天皇皇后井上内親王の血統（天武天皇、聖武天皇の皇統）を廢滅し、天智天皇皇統によつて兩統交立に終止符を與へた。聖武皇統を繼統する工作が、金剌宮遺詔に對する最後の處置だつたとも見られるのである。

私は好古の趣味から、瑞籬宮と金剌宮の不思議な因緣を考へてみたのである。しかし歷史は鏡であつた。金剌宮遺詔は對外國策の根本でもあつたが、むしろ新舊貴族爭鬪の錦旗となつたのである。遺詔をあくまで守り、一歩も退かぬといふことは、權力と政治の責を帶した執政者としては、國際情勢に對應しゆく外交の見地として不可能に近いものである。聖德太子が遠方から來た神々の力をかりてしてもなしとげ得なかつた絕對權力の樹立は、まして別人の企てうるところでなかつた。戰國亂世の始末は、爭鬪の困憊自滅にまつより他ない。聖德太子、中大兄、天武天皇といふ、再三再四の國改めの原因は金剌宮の遺詔に發したのである。

都が櫻井（磐余）をへて飛鳥地帶へ移つてからは、山ノ邊ノ道はその名さへ忘れられた。つばいちが繁榮し、街路樹といふものが植ゑられてゐたといふことは、「萬葉集」にみえてゐる。

今日の山ノ邊ノ道は、大和の國中でも、一番ものしづかで、人情も平常なやうにうけとる。奈良から櫻井へ通る鐵道の沿線が、大和國原では一番溫雅なやうだ。その沿線、櫻井から丹波市までの間の車窓から見てゐると、好ましい形をした、はつきり大古墳とわかるものが三十數箇あつた。しかしこの線路に沿ひ、山べにかかつて列つてゐる村落と、平地にたちつづく村は、どの一つをとつても、最もすぐれた總合藝術品でないものはない。大和に殘る數千年來の遺物は、その時代時代のわが民族の最高藝術ならぬものはないが、この村々の總合藝術としての美しさ立派さは、天平や推古白鳳の一流作品に何ら劣らぬのである。今日の世界に、かういふ家を建て、集めて村を作り、村々を配し、田園を造型出來るやうな、優秀な造園藝術家、都市設計者、大總合藝術家が、一人でもゐるであらうか。大和で美的に最もすぐれた人工は、村落垣内の構成である。それを作つた人たちは、傳統に生きてゐる施主と、ただ傳統を大らかに守つた大工工人たちである。またその根柢は村人の交互の協力である。美しい構成のために何の約束もしなかつた彼らのしたことは、ただ協力と親和と、先祖への感謝と、子孫への思ひである。ためになることをしておく、もつたいないことをしない、といふ仕事の二つの原理が構造の基本を尊重し、自らにつまらぬ末梢の裝飾を排除した。今でも普通の工人たちは、仕事をするよろこびと、仕事といふことが何かといふことを知つてゐる。あたりまへのことをするだけだといふ傳統に生きてゐる。それが仕事と仕事をする者の兩者の心と良心にかよふのだ。仕事をするといふことを知らず、ただ金まうけをするといふことだけを知つてゐる、近ごろの都會の工人たちの全然もたない氣質、手をぬくといふことを知らない、手をぬけば仕事にならないといふ仕事ぶりが、まだ平常であるやうな狀態が、このあたりの新建の百姓納屋を見ても十分わかるのである。昨年あたりにも私がしきりに實見したところだつた。又かういふ事實が、奈良、飛鳥などが、急速に惡くなり、きたなくなつてゆくのに對し、對蹠的に山ノ邊ノ道な

ど へ、心ある人の好感が集つてゆく大きい原因と私はうけとつてゐる。單に歌枕や古代美術、自然美だけの問題でない。目に見えない、しかし後で申し分なくわかるやうな原因なのだ。さういふ無意識の判斷が傳統であり、民族的といふものである。
私は戰後十年位の間、山ノ邊ノ道に親んできた。その四季朝夕の變化も、深夜の山相水姿さへ一應に知つてゐて、人に劣らぬ方ではあるが、その十年餘りの間に春に經驗した三つの異事があつた。一つは狹井の聖蹟紀念碑のあたりで、幾千萬の黑あげはが一時に草を埋めて生れるのを見たことがあつた。ある早春のことであつた。碑の周圍から一帶にかけての地面が忽ちまつ黑になり、微動してきらきらと光りゆれた。うす曇り日だつたのである。よく見るとまだ生れたばかりで、ぬれたやうな羽根をふるはせてゐる黑あげは蝶のむれだつた。羽はまだ伸びきつてゐない、まだ飛べないのだ。一面の枯草の中に綠が半ばほど交つた野の姿だつた。その次は磯城の御縣神社の近くの一坪ほどの水溜に、折重なるやうに充滿して泥鰌の沸くのを見たことだつた。その三つめは、私らが子供のころにしづめの池といふ名できゝおぼえた池に、まつ黑なおたまじやくしが生れ、池一杯にひろがりつつ、やがて縱列をつくつて池の水際を旋回し始めたのを見たことである。そのころは穴師の丘に白たんぽぽが群生してゐた。今はどうだらうか。かういふ異常な自然現象は、いづれも豐かさ、豐富といふ、大らかな印象を與へてくれたものだつた。　昭和三十四年春

（附記）山ノ邊ノ道の濫觴といふ題は少し仰々しい。殆ど書きたりてゐない。それには少

くとも都祁《ツゲ》、小夫《ヲオフ》あたりを中心とした信仰圏の問題を、もう少し丁寧にふれねばならぬ。長谷の原因となつた瀧倉や、大兵主の發祥地として、笠のことを云はねばならぬ。特にこの大兵主が重い問題である。天武天皇の大伯皇女の初瀬齋宮の地は今の小夫だらうといふ說に小生は信をおいてゐる。さういふわけで本篇は、山ノ邊ノ道の濫觴記の序にもなりかねるが、もと〱「大三輪町史刊行によせて」と題して、全町史に寄稿したものゆゑ、止むを得ないことでもあつた。

京あない／奈良てびき

京あない

たまさか旅に出て、京に歸つてくると、驛前の趣が、何か古風に、しかしなつかしく感じられる。東京、大阪、名古屋、博多などの町並にくらべて、京の驛前は、まことにひなびた感じである。それは大正の俤だらうか、何代にもわたつて京に住みついた商家の若主人といつた人々がそのやうに感じる。京の町が戦後の整備と粧がへに遲々としてゐたのは、戦災を受けず、從つて反撥力の據りどころがないま、に、かへつて世の中の流れにたちおくれたといふ者もゐた。豫めそのやうに豫言した者も少くなかつた。御池通りの悠々とした整備工事には、さすがに私も驚いてゐた。濛々と砂埃をたててゐた御池の通りを前に、十年近く私は京の生活にあけくれしてゐたのである。近所隣とのつきあひもない、如何さまにも他所者《よそ》といふ感じの交はり方であつた。戦後の私の生活は、今の山莊を營むまへの、十年ほどの間もほとんどを京を流寓してゐたのである。

さういふ流離といふに近い生活の見聞から云つてさへ、京都の遲々としたあ、め、り、か、化は、單にその財力の微弱さとか、氣持の消極性によるものとのみは思へなかつた。近代化といふ名によるあめりか化は京都では無言のうちに何ものかによつて抑へられた。その抑止のはたらきをするのは思想でなく生活であつた。しかし御池通りの東よりに二つの、世に知られた名の奇妙にけばけばしい建物がたち、ロダンのアダムが、市廳舍の前庭からそれを眺めてゐるあはれにうらぶれた姿は、京都の一部の輕佻浮華な流行の氣風の反映をまざまざ見せつけるもののやうな感じだつた。こゝには二つの姿がある。

しかしこの氣風は、一概に排斥できないものかもしれない。京都の氣質は質實な保守だけではない。この傳統は、流行を餌食として持續したものも多くあつた。京の町家の生活では、隣近所の無言の干渉がつきまとつた。その生活の修身科は、決して社會科ですまされなかつた。しかしその修身は道德そのものでも、その高さの自覺されたものでもない。社會科ですまされるものを、實行しないといふことから起る混亂を、道德や精神で解決しようとするてぃの生活理性の貧困さは、さすがに傳統の京都の市民生活の中にはなかつた。祇園などでは、まづ建物の雰圍氣の維持のために、組合が强制もするが、親身な互助も行つてゐる。それは祇園の生命のあるところを、あくまで功利的にも知つてゐるからである。

その生活の修身は、他所ものに、如何にも他所ものとして、差別蔑視されてゐるやうな感じを與へた。必ずしもさういふ意圖があるわけではなかつた。むしろ卑下からくるやうな、ひがみごころに反省すべきところがある。京人の生活には、その端々にも、市民の文化や藝術や藝能を、わがものとしてもりたててきた、自負と誇りがにじみ出る。それは前近代的な連帶觀が、この千年の古都のくらしの修身となつてゐるからである。內は內、流行は外に出すもの、我が家の客は我が流でもてなすことを、公明の儀軌の如く感じてゐたことも、千年のみやこのくらしのこともなげな誇りだつた。ことばと實がうらはらだといふやうな批評は間違つてゐた。大近松が三百年以前に考へてゐた、虚實皮膜の間といふことばは、京の生活では、あまりにもなりはひの實相をなしてゐる。先斗町が京のいろ街に優位してゐたころは、この里にくらして三代といふことが、そこの妓たる資格とされた。それは文化とか文明といふ點で、どういふ意味があるか。理由といふことより、文化といふ上での意味の方はわかると思ふ。他所ものの觀念で理解できぬもののあり方が、まざ〳〵とわかる。その一番大切なものが。しかしその先斗町が近ごろのみじめな凋落はどういふ理由であらうか。それに齒をくひしばつて耐へることが出來るかどうか、といふことが直面の問題である。それはあちこちの京都に現れた現象の一つの型に他ならない。

苔寺や圓通寺を發見したのも、それを流行させたのも、京都人である。さうして一番さきに見むかなくなつたのも京都人である。しかしまだ發見できるものが無盡藏にあるのも京都である。ロダンのアダムを、道ばたのさらしものにしたのも京都である。誤解されたくないことは、私はさらしものにしたことを非難したり憎んだりしてゐるのではない。その近代の作品が、京都の包藏する代々の文明の中で、どんな意味をもつかを、まざ〳〵と示す方法を知つてゐた人々を私はむしろ推賞したい位である。文明や文化、傳統や風雅を持續するといふことは、絶大の親身のあらはれがなくてはかなはないが、目的のある親身の一面は、意外の冷酷さをも伴つてゐる。さういふのが混同し、昇華した時に、都風の優雅の外粧となるのである。その一重の下に、何かのはづみでちらりとのぞく冷たさといふ感じは、單純な素朴さを信條とする所謂教養人の反抗を招くに十分である。それの場合、さういふ反撥は何ものをも生み出さず、何ものをも守らなかつたといふことである。一番京都らしいところはどこだらうか、こゝろみに京の古い土着の人々にきいてみるがよい。西陣のあたり、六角堂の附近、さういふ答の根柢は、なつかしい市民生活のあり方からくる。上七軒のはかない家の二階の雨戸を開いた時の、眼のまへの雪の比叡は、まことに拜むべき山であつた。あまりにも美しい、王城の鎭めといふことばをかつて疑つたことが申訣ないと思つたほどに美しい重々しい山である。見るところが大事である。むしろ氣分はその次である。しかし名所の寺は、林泉環境建物と揃つても、院主のそぐはぬところはいやしい。千古の名寶も、あづかる人間の卑しさに容易に左右される。それは善惡はともかくとして、生きてゐる人間の力を示す事實である。

私は戰後の全期間の大方を京の巷に流離しつゝ、體のなかにしみついた京都といふことを考へた時、筆をとつてものをかく身として、生國の大和を語りつゞけてきた氣持にくらべ、京を語ることは、ためらひがちであつた。それは流離しつゝ、放埒に亙らなかつたゆゑであらうか。若き日の蕩子の友たちの多くを失つた寂寥のせゐであつただらうか。私はものごころついて以來、生國の大和に暮すよりも、京に於て年久しい筈である。しかも京の風情を語らうとして筆をとる時、その以前に於て、寂寥とした不安を味ふゆゑに、筆をおくのが例であつた。しかし私は京への愛情のゆゑに、今生のつひの棲家を京に選んだのであらうか。私はかうした問ひの出し方を思ひつくまでに多年を要したのである。しかし、さういふ、愛情と呼べば呼びうるにちがひないものだが、そのやうな観念のものに何の意味があらうか。愛とはさういふ我意観念のものであらうか。この世を正に律してゆくものは、ことばで呼ばれる限りでは、愛情以上のものでなければならない。それは何であらうか。たゞ何でもないものである。遠い昔に本居宣長の敎へた自然《おのづから》のみちとはかうしたものに他ならない。京で青春の學生生活を振舞つた後年に、宣長が天啓のやうに自得した思想は、近ごろのわが國の國文學者も思想家も文學者も、一度も身に沁みては思ひ出さなかつたやうである。松坂の町家の子は京の生活を享樂しつゝ、たま〳〵契冲阿闍梨の百人一首改観抄を購つたことが、この神の如き人の出現の因となつたのである。京都文化の精髄は、かくて宣長の思想と人柄に開花したのである。

古い商家の建物のたくましい構造、よくふき込まれた柱や長押、整頓された調度の美しさ、さういふくらしぶりこそ京の傳統と思はれる。それらはつゝましさと見られても、紊れた浪費に對して潔癖な態度を示す。その傳統は、文化を維持して、千年の都を守つた意志と勤勉の表象とさへ見られたものである、しかし近頃の一つの傾向は、さうした生活のつくり出したものを、財物視し骨董視する。生活をしなかつた人々の立場からの觀賞にさらされてゐるのである。さうして京の大家のくらし方も漸次變化しつゝある。近代化といふ考へ方は、元も子も一つにして失はせるやうな傾向に向つてゐる。建物を昔のやうに拭き込むことに直接の意味はなく、つや出し藥で代用できるかもしれぬ。その美といふことにふれることをしない限り、似たことかもしれぬ。私の申したいのは、その直接の意味ではないのである。木の中に入つてゐるうちのつやをひき出すか、そとだけにつやをつけるかの違ひである。

早くなつた水谷川忠麿は、しんばうは自分らの得意だとうそぶいた。千年間じつと辛抱してきたものだから、と述懐した。水谷川忠麿は人も知る近衛文麿公の末弟、戦後春日大社に奉仕した人であるが、典型的な風流の人、當代の教養人であつた。戰後春系統をひくやうな教養人は、今の帝都にかけらも殘つてゐないと思ふ。京上方の風流人は、もと〳〵江戸の通人と肌あひがちがつてゐた。今の京都にまだそれは殘つてゐる。少くとも、今なほ土着生活を多分に殘してゐる京都では、さういふ風流の生活が分散して殘存してゐる。多少くづれた形で、市井のくらしの中にとけ入つてゐる。文藝や藝能や手技や藝術が、ますこみのまゝに存在するといふ形の代りに、市井のくらしの中に入つて支へられてゐるのである。

近代都市といふ點からいへば、京都は全くの前代のものとなりつゝある。名古屋が丁度その中間狀態にあるといはれたのは、つい數年前である。今では名古屋も大方近代都市化して了つたやうに見える。それは街の外觀のことのみでない、くらしの形である。田舍の町がさうであるやうに、京都では今でも古い名家の序列が、幅をきかせてゐるのである。さういふ序列に對し、他所からきた新興の成金たちは、必ず一目をおくといふ形も、今なほ顯著である。市民生活には何の影響もない、弊害もない、さういふ形で、京のくらしの一つの面は運營されてゐる。まことの文化である。さういふ運營も、またその一つの面も、近代都市ではなくなつてゐるものである。それを文化といへば、傳統の文化の一相といふべきものと難じられるかもしれぬ。社寺やその祭禮、諸種の藝能、それに若干の產業もまざつて、さういふくらしの一つの面の形成のよりどころとなる。全市民を縱橫に結んで、全市的な文化の會のつくれる狀態もこの大都會にはなほ殘つてゐるのである。近代以前の狀態とかりに呼んだところである。

さういふ町であるから、京のしんぼるはといふ時、ためらひなく河井寛次郎先生と井上八千代師匠とあげるやうなことが出來るといふことも、京都の現代のあり方を端的に示してゐる。いづれも京都の現代の最高であると共に、國際的にも一級の藝術だからである。國際的に一級といふやうな考へ方は、千年の都人の見識に立脚する評價規準である。人氣や流行を評價することと、藝術を評價することとは自から別であるから、人氣の作家をその人氣で評價することに何の反撥も感じないが、自らの文藝は、埋もれた古人や巷の遊藝の中に見定めるといふ見識に於ては一歩もゆづらぬ。外觀としては、たゞしづかに、言擧げせず、鄭重な謙虛さの限りをつくすところに、自他の大家らしい滿足感と安心感を味つてゐる。

ものの評價規準に於ても、今でも他所より濃厚に人間的なものがある。權力や財力、それにますこみ的人氣におろそかで、しば〱それらに對して無關心である。この人たちは、政治や政黨や流行品物を口にせぬことを、高尙と考へてゐるのではないかと疑はれる。たしかにそれは高尚と私は思ふ。しかしさういふ人々は、くらしと傳統の判斷として、高尚云々の反省などない。それは意外に冷然と排外的に見えるのである。彼らはえらばつてゐるのでなく、すなほなのである。京のくらしの中で守られる傳統も、育くまれる藝能も、保護される文物も、かうした外觀を示す人の手になるのである。先年焼けた智積院の補修工事や、三十三間堂の、工事仕事を見ると、今でもこんなまともな優れた工人がゐるかと泪が出るほどうれしい。しかしそれらは名ある大工棟梁に限らない、市井の住宅に出入する傳統職人に、みなその風儀を見る。古寺を作つた大工も尊いが、今の目のまへの工人のありがたさを、私は忘れたくない。それは京の町では今も忘れられてゐないのである。

一ころ昔のあたりまへの職人なら誰もが持たねばならなかつた技術を、今も殘してゐるといふ理由で、人間國寶などといふ、いさゝか人權を無視するかの如き呼び名で、文化財保持者として指定されてゐる時代である。この人間國寶は、もつとくらしの中までおし廣めるのがよいと思ふ。例へばといへば、こちらが無心でも、何か下心ありさうゆゑ、その例はあげない。私の家で、美作の人形仙から送られてきた楢樫の材で書棚を作つたことがあつた。作つた大工は、材の乾燥が不十分だと氣のすゝまぬさまだつたが、案の條、板戸としてはり並べたところでは尺幅に五分も縮んで了つた。しかし組合せの構造では、一分のくるひもなかつたので、その戸をほどいてはりこむ時、ずゐ分考へて丁寧に組んだのだねといふと、その大工は、特に丁寧に考へて作つたやうなことはない、あたりまへのやり方でしたばかりだと、素氣なく答へた。材の日裏日表や、そり方ねぢれ方など見きはめるのは、あたりまへのこと以上の何ものでもないといふのが、さうした一代以前に修業した大工の思想で、一定の限度のものを簡單に作る方法など知らないと云つた。京の近在の田舍を歩いてゐると、今造つてゐる家々のどれを見ても、重厚な品格を失はず、すべてが美しい。それはそれを建てる大工たちが傳統のま丶に作り、それ以下のことを知らないからである。傳統といふのは、さういふものであつた。しかしこれはたのもしい日本の姿の一つである。大工、左官、瓦師までは、今も京都では職人である。自稱の藝術家よりいくらかもありがたい仕事をする。職人は仕事をしたのである。しかし近代の細工師である、例へば電氣工事をする人間となると、過半までもが、仕事をするといふ考へ方を知らず、金儲けをするといふことしか知らない。仕事をするといふことを知つてゐる職人の思想は、道徳の根柢をなすが、仕事を知らず金儲けだけをしてゐる人の考へ方は、人間を殺伐にする。空から降つてくる死の灰は、すでに人の心の中からも降つてゐるのである。空の死の灰を防ぐ方法もない、人の心にふる死の灰は、いくらか防ぐ方法として手近いことのやうにおもへる。しかしかういふ職人の世界に於ても、京都の傳統文化は危機に臨んでゐる。同じことは藝者といふ藝術家の狀態に於て、京を表象する手仕事的產業の全般に於て、さらには古文化財を守る社寺の經營者たちに於て、一樣に云へることである。

洛南の有福な大社が、別名儀で參拜者のために有料の駐車場を作つてゐるのを見て、私は歎きを味つた。無論理由はあらう、それは聞かなくてもわかつてゐる。しかしそんなことは何の理窟にもならぬ。まだしも嵯峨御所や御室の寺の方が、やり方に高尚さのあるのは、傳統の品格のゆゑであらうか。かういふ點で、栂尾の高山寺を、今では多少心ある人なら、京の第一の寺と語る。景觀も、建物も、雰圍氣も申し分ない。再建開祖の明恵上人は、わが佛教史上第一の淸らかな上人だつたのである。學德に於て國內のみならず國外にもひゞき渡つた上人は、わが見た夢の記を克明にしるしつゞけた稀有の詩人だつた。承久の時、官軍將兵を寺內にかくまつたといふ理由で、六波羅にひき立てられ、北條泰時の面前に出た時、上人はおだやかに泰時に道の畏こさをときさとされた。しかもそのことばは、直ちに肺腑をさす激しいものであつたので、泰時はつひに泣いて上人の膝下に救ひを求めたといふ。高山寺の文庫は、陽明文庫と並んで、正倉院につぐ世界的寶庫である。陽明文庫は嵯峨の入口宇多野にある、近衞家傳來の名寶書籍類の收藏庫であるが、近衞家の豫樂院は、近世の京都文化の强力な柱の一つとして、心ある人なら、今の京都の傳統文物の中にまづ見なければならない對象の一つである。さうして豫樂院の俤は、生きてゐる京都文化の中で、後水尾院と豐太閤につぐ大きい存在である。高山寺の文庫も、近衞家と關係があつたのである。

高山寺の登り口にある鐵齋の石彫の寺標も見るべきものである。その坂を上つた廣場の石疊と燈籠の配置がまことによい。周圍の林相の立體性と調和して、この極端に平盤な造園は成功してゐるのである。敷石に天然石を使用せず、せめんとであるのが有難い。せめんとを最高に生かした見本である。高山寺にはいくらもよい石垣や道がある。開山堂の寶篋印塔など、石造物としてすばらしい作品である。石水院の建物は、後鳥羽上皇の學問所を上人に賜つたものであるが、その構造上の重厚さは、十分に京都文化の本質を察知すべきものである。何となれば、王朝文物をそのまゝに傳へる建物に、王朝初期の醍醐寺と院政末期の石水院に於て、本幹を共通して、重厚剛健、天平の建物に勝るものがある程であるが、今日の氣分的な王朝文化觀は、弘仁木彫の最高の世界を輕視してゐる嫌ひがある。

明恵上人は茶をこゝに初めて植ゑられたのである。茶畑は漸次嵯峨宇多野の方へ下つてゆき、つひに今の宇治に適地を定めた。しかし嵯峨といふ地にも茶園は殘つてゐる。その由緒正しい茶は北野白梅町の一軒の茶肆で製せられてゐるのである。現在の高山寺の茶園はわが國の茶をいふ上で、最も神聖な名所である。

洛南の平等院は、王朝文化の最大の華である。昭和改元の直後のころ、私はたま〳〵奈良の飛鳥園で、同窓の後輩米田君にあつた時、彼は特に二つの寫眞を示した。一つは日野法界寺のつり天蓋の飛天圖、もう一つはこの平等院の鳳凰であつた。いづれも誰も知らなかつたものを寫眞といふ機械の眼がうつし出した傑作だつた。體にろーぷを卷きつけて平等院の屋根をはひ上つて寫したと云つた。私はこの二枚の寫眞を珍重し、それから十年もの歳月をへた。私は和泉式部私抄といふ本を出す時、この飛天圖を、和泉式部その人の幻影として卷頭に飾つた。そして鳳凰の方は、日本浪曼派創刊號の表紙にかゝげたのである。平等院の鳳凰は、數年前の修理の時、屋上から降されたので、現物の偉大な怪物性を見た人も少くないだらう。しかしいつもその遠望の寫眞で見てゐた人は、その優美纖細な空間の影像を、優雅な王朝文化の象徵と感じてゐたのである。現物は雄渾にして剛健、むしろ怪異に近い、原始動物の露骨な生命實體を現はすやうな作品であつた。その望拜の優雅といふことに間違ひはないが、實體の爬蟲類に通じる原始生命性は根柢の眞實である。私はこの一葉の寫眞が、私の考へ構想してきた王朝文化論を、何よりも的確に語るものと信じた。私はさういふ意圖から、また主張を表明するため、これを日本浪曼派創刊號の表紙に選んだのである。

平等院の示すものは、雄大にして優雅な王朝盛時の饗宴の文化の遺物である。萬葉集に見えるさろん性にも、豊太閤の祭典にも、この饗宴の文化の色合は見られない。しかし王朝の饗宴の主宰者だつた御堂關白の俤も、京の巷ではもはや見られない。世界のどこにも見られない榮華であらうか。僅に平等院の春の夕に、その幻想がかもされる。しかもこの幻想も、悲劇の老武將の執心にみだされた。花咲かば、源三位は京びとになつかしい武人である。饗宴の文化の最大にして最後のもの、その平等院の兩翼廻廊の、人に對する極端な強制は、美に於ける人間のいたましささへ表象する感がする。豊太閤の聚樂第にゆくと、案内の番僧が、逃亡のためのしくみを面白をかしく數へたてる。庭にも書院にも床の間にも、風呂にも、英雄は逃げ道をばかり考へて、風流の催をしてゐたのである。聚樂と、丈山の詩仙堂、よい對蹠である。詩人でなければ出來ないくらしぶりと、その住家を、當代唯一の詩人は、丈山その人の文業はよく知らないがとの前提で讃へられた。住家とくらしぶりは、文人墨客の、文藝上の一事業であると共に、見識のあらはれである。東洋に於ては、文人の最後の事業である。それを彼らは隱棲とか、隱遁といふ名で呼んだのみである。

王侯にのみ許されたおごりをなすか、乞食と陋巷に交るか、それが代々の京都文化の最後的結論である。こゝに於て文化文明の東と西は、相合はぬ絶對のものをもつと思はれる。しかしそれは戰ふものでなく、ふれあはず互に謙虛であつてよいのではないか。しかし謙虛の論理は東洋獨自のものである。

少し以前の滿月の日、たま〳〵來訪された義章上人を送つて、夜十時過ぎに高山寺に上つたことがあつた。十時を過ぎて月は石水院の對岸の山上高く上つてゐる。私はその時つれ立つてくれた歌誌「風日」の主宰小原春太郎氏と共に、石水院で茶を喫しつゝ、月を眺めて、義章上人のことばをきいてゐた。この月は京の數々の月の名所を巡つてきた最後の月です、明惠上人はいつも最後の月を見ていらつした、義章上人のそのことばは、時と環境から、私に絶妙の詩歌の如くひゞいた。今の上人の一期の感慨をふくめたやうな、あるひは人生永劫の寂寥感をそのまゝに、ほの〴〵とした慰安につゝみ込むやうな響をもつて、神々しいものをさへ感じさせ、まことに生涯に數無い月見であつた。

高雄の寺が雜沓し、門前が酒亂の場と化すころにも、栂尾には觀光バスの乘入れが許されない。高雄の塔堂は、昭和の初め、さる篤志人の一建立と傳へ聞いて、落慶の有難さを見物したことがあつた。しかし近ごろはその雜沓をよけて、山内に入つた例がない。寺域の景觀、由緒の好ましさ、建造遺品の優秀さを兼ねそなへた寺院はすでに少いが、私はその上に、そこに常住する僧の人がらを重んじる。高山寺を今日洛内外の第一といふのは、その條件を、溫和無雙豪氣無類の義章上人がかなへられてゐるからである。名月の夜さへ、午後の八時を過ぎねば現れないといふ、深い谷底の月である。京中で最も狭い天を仰いで、京の數ある月の名所を巡つて、人を感動させてきた最後の月を拜してゐられた、古と今の上人の尊さを合せ思つたことである。

高山寺の奥、周山への途中は、ゆく人があるなら、特殊な民家に眼を見はるものがあらう。嵯峨野の時雨がしきりと數を增し、俄かに寒冷を味ふやうな朝、周山から下りてくる國鐵ばすが、屋根に雪を積んでくると、都の冬は一脚早く嵯峨野を支配するのである。嵯峨御所大覺寺は近頃やうやく觀光地なみの雜沓に入らうとしてゐる。今では國中の通人にその名を知られた嵯峨の豆腐屋のおーと三輪が、車體にれい〳〵しくその名をしるして、いさましく走る姿を、私は敗殘者のやうにぼんやりと眺めてゐたことがある。

嵯峨御所へ上皇の通はれた御幸の道は、丸太町を西へ出て、常盤のあたりから北へと上る。常盤は常盤御前の出身地といふ。その墓と傳へる塚は、年に一度地藏盆の夜の子供の踊り場となる。そのみちの北づめ、今では宇多野の街道に出るまでを、歌枕千代の古道としてゐる。この道の東側山上に、君が代の國歌にちなむ、さゞれ石の名所を作つたのはいつのことか知らない。さゞれ石の山に、神聖な囘顧をする人よりも、稚心の思ひ出をよび起す人よりも、今ではこゝにのぼる若い人々はその眺望をよろこぶからである。まことに眺望格別な名所である。宇多野のみちを釋迦堂をへて、二尊院をすぎてあだし野に出る。あだし野の石佛群は忘れられた偉觀である。二尊院、小倉山、定家卿の厭離庵、あるひは去來の落柿舎と散在する嵯峨野宇多野道は、京都で最も美しい殘された自然の地帶である。

嵯峨の竹藪もまだ十分に旅人を欣ばせるに足りるものがある。この道筋には、數々の池があつた。廣澤池、大澤池、あるひはわが山荘のあるかみの池。さうしてこのあたりに特別なものとしては、小さい面積の中に複雑な地形を包括してゐるといふことである。かみの池の東南隅の高臺にたつわが山荘の地形もその一つの例であつて、こゝは僅々數百坪の山地、南は太秦の田園をひかへ遠くに西京の新市街から、桂離宮の森、石清水の山、さらに遠くは生駒のあたりまで眺望される。東は雙ケ丘、比叡山を遠望し、京にめづらしい昔ながらの私有地の山道がある。西は池をへだてて家一つない山つゞき、又北は、數百坪にも足りぬ松の林が池につゞき、その谷のなりが、自然林の荒々しい景観をなしてゐる。山荘の南窓に京の春の雪が降る日に、北窓に降る雪は、池の面にふき込み、また谷をまひ上り、さかまく激しい山の吹雪である。桂離宮の基礎となつた地形は、古の嵯峨野から太秦にかけては少くない。わが山荘は木野皿山の陶工上田恆次氏の設計である。その皿山ののぼり窯のある家の母屋は、上田氏十九歳の少年の日に、自ら設計し自身で大工もして建てたものだが、その豪膽さや太々しさは、往年の都の少年の氣風を具體的に示す實物である。京の烏丸に代々つゞいた呉服問屋の次男坊とは、どんな根性の持主かを、具體的に示すやうなその作品である。藝術とか造形といふもので、私の最も驚いた今の世の人の作品の一つであつた。その練上手《ねりあげて》や白瓷に、國始まつてよりの歴史の上に一期を劃したやうな上田氏の最近の一見優麗な仕事を知る人も、その人が十九の少年の日に作つた建築については殆ど知らないと思ふ。彼は陶器を作らずとも、その十九の日の建築は無類の天才の記念碑である。以來二十數年、わが山莊を設計するまで、彼は一つの小屋さへ作らず、わが山莊の設計を終へると矢つぎ早に住宅や料亭や店鋪と、次々に設計を強要された。

桂離宮はタウトによつて世に喧傳された。敦賀の港についたタウトはひたみちに桂へ赴いたといふ。そしてタウトは、桂と伊勢の神宮の建築を同じ次元で讃へた。私にはそれが不可解だつたのである。桂の人心惑亂の一つの要素は、特殊な地形の利用といふ手品に他ならない。眼の錯覺の補正などくだらぬ思ひつきである。數寄屋づくりといふものが、つまりは剛健で合理的な日本の基本建築、卽ち農家の建物の、墮落したいみでーしよんに他ならない。タウトは、彼の日本に於けるぱとろんであつたさる夫人に、世界の國々の農家の寫眞を示し、建築の基本といふことを語つた。要するに農家の正常な建物に於ては、世界は共通すると云つたといふ話は、私に感銘ふかい。しかし近ごろの流行では數寄屋づくりのさらに弱々しいいみてーしよんが横行してゐる。京の傳統の料亭や宿屋は別であるが、二流風な國際觀光云々の指定などのつくところでは、急激にこのやうないみてーしよん化が進行しつゝある。國の中堅をなす財力や地位を得た人の作る家、それが同樣に安易な數寄屋のいみてーしよんである。この大勢を國のため、民族のため、私は憂慮するのである。日常の住家と器具調度は、民族の精神と情操の育成に重大な影響をもつ。しかしこの責任は京都文化の解說者の負はねばならぬところであらう。所謂今の京都文化の流布のおそろしさである。龍安寺の石庭の石が、動かし得ぬものだなどといふことは安易な思ひ上りで、石さういふ觀念を見物の學生にうゑつける教育を私は怖れてゐる。西山の農家へゆけば、石庭の原型はいくらもあつた。それは農家の日乾場であり、仕事場である。その石庭の石は、無數の用途をもつてゐた。力さへあれば動かしたいやうなものだ。龍安寺の石でも力あれば動かしうる筈で、無限に動かしてもよいし、無限にうつしうるといふところで、動かぬといふことを考へねばならない。清正公の庭といふ本圀寺の一つの塔頭の石庭が、私のたのしい記憶に殘つてゐるのは、もう三十年も以前のことである。清正公は力あつたので、いつもその日の氣分でこの庭石をあちこちに据ゑかへたにちがひない、氣に入ればつぎつぎに餘地ある限り持ち込んだのでなからうか。私はこの氣持の方が好きである。それに清正公は龍安寺の武將とちがつて、近世最大の天才である。武人としての人格は申すまでもなく、築城、土木、建築などの諸藝術に亙つて、これほどの天才は近世史上再び見ない。近ごろ日本文化批判で問題を起すケストラーが、京へきた時、河井博次氏にたよつたのである。河井博次氏は我々の希望を擔つた陶工である。ケストラーは博次氏に、龍安寺の石庭はあゝとかと眞正直にきいた。

庭に石一つを据ゑたなら、誰でも不安定を感ずるにちがひない。石が安定してゐるかどうかの疑惑である。それを不動といひくるめて何になるかといふことである。不動の自信と自負は、我々の心の別のところにある。この石庭によつて東洋のこゝろを理解させることは、博次氏ならずとも難しいと思ふ。この博次氏がずつと以前西山の農家の、庭でない庭を次々にしらべあげ、庭でない庭の美しさを發見した昔の庭師の思ひを掘り出した。日本の庭は繪はがき風の名所の景をうつしたものでなかつたのである。庭の原型にたちかへらねば、今海外で流行してゐる日本庭園はどんなみじめなものになるかしれたものでない。すでにみじめで見るに耐へぬといふだけではすまないと私は思ふのである。成功した市民が、百姓のくらしを憧憬するのは、たしかに文明である。貴族の生活を實現することよりふかいと、東洋では考へた。しかし今日の成功者あるひはその雰圍氣の施設が、最も軟弱な數寄屋好みになつた理由はどこにあらうか。今日京都文化の解說者の最大の罪惡と考へられさうなこの問題のために、京の古い商家の大店の構造を觀光して欲しいと思ふ。京の商家の實體は、さうした弱々しいものでない、千年の都を支へた柱は細々しいものでなく、太々しいものだつた實例は無數にある。風雪を防ぐ屋根は、輕々しいものでなく、重々しく、厚々しいものだからである。さらに京に殘つてゐる、明治大正の前期文明開化の建築は、京の見所の一つである。烏丸通を中心に數へても、數箇は下らない。

近代の藝術の中で昔より勝つたものの一つは屋根つくりでなからうか。民家の藁屋根もよいものだが、瓦ぶきの大きな家の構への重厚さは、明治大正にかけての誇りと私は思つてゐる。東本願寺の重厚な瓦ぶき屋根の配置は、西本願寺の書院の繪畫に比べたいほどに私は思つてゐる。ある夏の一日、例ないやうな夕立の豪雨を、たま〳〵東本願寺のまへで雨宿りしたことがあつた。百千の瀑布が一時に天上から落下するやうな壯觀の中に、東本願寺の巨大な堂舍は、その天の飛瀑を激流のやうにはねかへしてゐたのである。それは神話の英雄の姿だつた。そしてしみ〴〵とこの屋根の工人に敬服したのである。はからずも知多の歌人島崎巖氏の祖父が、往年三河瓦の名手として、この屋根ふきを宰領したことを知り、現在の巖氏の親父に、先代の傳承をさぐるやう依頼したことがある。豪雨の中の東本願寺に匹敵する景觀は、ある秋の颱風の名殘りの中で、僅な夕燒を背景とした、暗鬱無比な東寺の塔堂の眺めだつた。逆光線の中にうつされた黑一色の東寺の一連の影繪は、密教といふものの無氣味さを申し分もなく示してゐた。嵯峨野に於ても特にわが山莊のあたりの夕映えは、都ながらのものであるが、西九條の貧しい町の東寺の夕映えは、異常の日でなくとも、世のつねならぬことを思はせる終末感を伴ふやうな景觀だつた。しかし東寺あたりも近ごろはすつかり整頓され、昔の貧しい町の俤がない。二條の神泉苑も、もとは都市の場末の陋巷をひかへてゐることが、むしろわびしい思ひをともなひ特別の感じだつたが、このごろはこぎれいな遊園地のやうになつて、以前の囘想の切なさを失つた感がする。

小倉山峯の紅葉と歌はれた小倉山は、私に最もなじみの多い山である。この山のことと二條の橋から眺めた橋向うの侘びしい町並の姿は、私が京でも最もよく知つてゐる二つの京都である。小倉山は落日がわけてもよい。しかしそれもかみの池を前面にした落日の景觀であつて、それは王朝文化の盛時の美的宗教情緒の何かを象徵してゐる風趣である。封建時代に上梓された京の名所圖會の一つは、この景觀をとらへることを忘れなかつた。しかし今日ではよほどの好事家が思ひ出したやうに、京名所の中で紹介する程度である。人の往來の絕えた清水寺の暮景は、夕空の哀愁の氣分が濃かで、夜の情態もすて難いものだつた。二條の河向うの町並は、全體の調子として、明治よりふるい時代の感傷であつた。

しかしそれは新撰組の横行するかき割りの感じではない。われ〳〵の心の底を離れない、日本の街道町のわびしさ、切なさの耐へがたいものを味はされる。かうした因業のやうな未生以前のかなしみを救ふやうに描いたのが、わが國の偉大な風景畫家廣重である。封建の作家のもつた絶大な人情を思ふ時、明治維新の根柢が、痛切な思ひで考へさせられるのである。春は曙、その曙に、空も家も池も木も、屋根も白壁も、すべて濃い紫の一色となる京の風景を、私はわが山荘で幾度か經驗した。夕方の淡い紫の世界でない。この濃い濃い紫の世界を私は表現する方法をしらない。見ぬものに信じられない耽美の世界であり、それに比べるなら、どんな法典の淨土描寫も空々しい文字にすぎないほどである。かういふ情景は秋の未明から曙にかけて起ることもある。時間にすれば、數秒の間であらうか。私の思ふのに、近代の文學に於て自然の暴威の如き怖ろしさの描寫にことかかぬが、何ほどにも自然の甘美無雙の描寫に完全に缺如してゐることである。王朝の文學及び一般藝術の根柢は、私のしば〳〵見た濃い紫一色の京の世界のいめーぢ、さういふものを除外して、もうその情緒の根柢は讀みとれぬもののやうに思つたことである。しかしかういふ景觀も、曉となる前に起きあがり、女の家を出る、女は見送つた男の俤を中空に幻想するといふやうな、終夜曉起の舊時の習慣をなくした近代の知るところでないかもしれぬ。王朝文學の生活の出來ないものが、王朝文學のやうな特異に緻密な文學を理解することは至難なことであつた。

かみの池は、文德天皇田邑陵をなかばとり廻らしてゐる。池畔にはあしびが多く、あしびの花は早々と春の花にさきがけするが、その若葉は、花よりも紅ふかく、春から土用をすぎてなほあくことなく、新しい葉をのばす。文徳天皇は惟喬皇子の御父、従つて業平がこの陵に詣で歎いた傳説は當然の話であらう。私がこの山荘に移つた年の翌年の元旦、その日は雪ふかく積つた。山の雪は都の數倍といふのが例である。そのひる少しまへ、わが山荘の下に一臺の中型自動車が停つた。恐らくわが家の客と思ひ、窓を開いて見てゐると、二人の青年がおりたち、一人の老年の婦人を兩脇からかゝへるやうにして御陵參道を上つてくる。老婦人は洋裝で身なりにも氣品のほどが見え、二人の青年は身つくろひも當世風にかなひ、それがいたはるやうに仕へてゐるさまは、見る側にも心地よいほどであつた。やがて御陵のまへに拜跪して祈願する夫人のさまがなみ〳〵でない。さなでも詣でる人の稀な御陵に、わけてこの雪の朝である。如何なるゆかりの人であらうか、如何なる機緣を因としてこゝに詣でたかと、私はいぶかしさに耐へなかつた。崩御後千十一年の元旦である。千年以前のみかどにゆかりの人が京にゐるのであらうか。自動車が案內知つた者のやうに止つたことも奇怪におもへてきた。私は物語の發端として、しきりに考へてゐたことである。露伴先生が、雪の夜に戶を叩くもの音から筆を起した物語は、中世の堺の町の話だつた。この物語は、發端のすばらしさのまゝで、物語に進んでからは、却つてそのすばらしい幻想をあつけなく消した感があつた。谷崎潤一郎氏が、水無瀨を舞臺にして描いた小說で水無瀨の風光を讚へる箇所は、京都文化を精密に解說した名論だが、物語の始末に於て、露伴先生の觀畫談の幽玄につひに及ばざること遠いものがあつた。私にとつてこの元旦の事件は、忘れ得ぬ記憶である。少しも不快さのない、變幻の物語を伴つて、爲《な》しやうのない記憶である。私は大和を描く時に心やすく、京を描くときに心おぢする一端は、かうした事例にしばしば直面するからである。日本交通公社の觀光案内の著者のやうな、紀行文や風土記の作者となるには、私はすでに京の人情と文化と傳統と自然に、ふかくなじみすぎた。しかし大和を描く私と異なり、私は京に於て、土着三代といふ舞妓なみの最小限の住民資格さへもたない。千年の文化を傳へるやうな複雑な市民生活が、一朝一夕でのみこめる筈がない。しかし典雅な都びとは、他所ものとそりがあはぬといつて、あへて反論せず、くど／＼と説かうとはしない。あまりあたりまへのことにわたつては、説きやうがわからぬのであらうか。他所ものに冷たいのは、文化の深さのゆゑである。誰が苔寺に生えてゐる苔の種類などに感心したといふのであらうか。苔寺が流行し出すともう口にするのさへ恥かしいやうな氣持となる。私はさういふ京都と京都の土着人を周圍に多くもつてゐる。京びとが金閣より銀閣を好みとするのは何故だらうか、さういふ人々は簡單に答へた。作つた人間への好みだと。北山殿より東山殿が京人の好みなのである。これは私には申し分なくわかることだつた。その東山の銀閣寺、正しいよび名などそら／＼しい銀閣寺の、發掘枯山水がその發現當時の生々しさに比べて、見るかげもなく俗化してゐるのは、何人かの加工にちがひない。以前の京都の風流では、一人一人が發見者だつた。附和雷同、すべて全學連風な近時の風俗でない、苔寺も圓通寺も、かうしてくづれ、觀光交通會社の食ひものとなつてゆくのは悲しいことなのだらうか。自分の眼で見て歩けば、京はいまも無盡藏である。

市街を一歩出るともう野鳥の多いのも、京都の樂しさかもしれない。わが山荘は市内か　ら車で十分、市内電車の驛から歩いて五分、山の相をしてゐるからか、うぐひす、ほと、ぎすを始め、大瑠璃などもくる。この冬はをしどりが數羽或ひは十數羽群れてきた。鷲が數十羽以上群れて鳴くのを雨戸を閉ざしてきいてゐて、さはやかな雨の音だと思つたことがあつたが、ほと、ぎすの同じ狀態のなきごゑには、陰鬱耐へがたいやうな雨の音を感じた。唐人がこの鳥を嫌つた理由を知つたと思つたことである。心のめいるやうな何ともやりばのない心の紊れを感じて、雨戸をあけると、雨ではなく、ほと、ぎすの最後の一聲が聞えた。幾十百の數かは見當もつかなかつた。すべて禽獸の聲も、自然としての風雨波浪の音の中にふくまれてゐるやうである。早春雉子が子をつれて道を散歩してゆく可愛い景色がこのあたりに展開される。これが京にある田舍である。比叡の名鳥三光鳥が、わが家の庭の木をわたるのも、もの知り人から敎へられた。比叡が俗化したので逃げてきたのだらう、どこまで逃れてゆくのだらうか、その人は鳥に問ふやうに、あはれむやうにつぶやいた。比叡からの氣流は、西へ流れて衣笠の山にあたり、わが山荘の附近で南に折れて太秦嵐山の中間をゆくのだともきいた。古く平安京の以前に外來民の拓いたのはこの地帶だつた。今も多くの舊蹟を殘す地帶である。ともあれ私は吹雪の中の金閣寺は、一度見たいと思つてゐる。きれいな再建金閣寺で十分である。

今の京の町を歩いて、必ず眼につくものは後水尾院と豊太閤である。東山あたりの荒れた門跡寺をのぞいて、何か風情ありげに見えるところは、殆ど後水尾院のゆかりの寺である。名前など憶えてゐないが、荒れてゐるのが却つて美しい、杜甫が幽情にかへるといつた、その人工が自然にかへりつゝある状態に於て殊に美しいやうな庭に、好運の人はゆき當るかもしれない。

東山の五條坂あたりから、山科に出る道は、近いころまで、全くの田舎の山路だつた。のぼりつめると茶店があつた。春の水は道に流れあふれ、習ひたての口三味線でとびこしていつたものでしたと、まだ若い女性が云つた。昔の五十三次、三條街道を京へ越える東山の峠の、山科よりの日ノ岡の名號石は美事な石造物である。享保二丁酉七月の記銘があつて、南無阿彌まで地上に出てゐる。昭和八年の國道開通の時、今の場所に移した。この石碑は、京都にある民族造形の中の絶品である。時代が新しいので尊重されてゐないやうに思はれるのが殘念である。

後水尾院はその超人的な長い御世涯にかけて、近世前期の文化の一切の中心であり裁可者でもあつた。三浦爲春のあだ物語は上皇によつて認められた、わが國の近世小説の始祖のやうな作品である。光圀卿の大日本史も、上皇の裁可によつて、權力の干渉を許さぬ不動の權威をそなへた。俳諧はこの院を奉戴してその道をたて、その御集は近世初期最大の歌集である。特に水無瀬に御心をむけられ、その茶室燈心の御席は、ひろく喧傳されてゐる。この院の風流生活は、現在の京都の文化の端々に生きてゐるのである。これに先立つ豐太閤の桃山文化と、現在京都文化の二つの大きい柱である。わが國の地方の生活が、未だに室町時代を基幹としてゐるのに對し、千年の傳統をもつ都の風俗の基幹の新しいのは、不思議さうに見えて、當然の事實である。しかしこの院の御製の一つに、「みちみちの百の工のしわざさへ昔に及ぶものはまれにて」とあるのは、昔も古が秀れてゐるとの歎き、今と變りないのが感慨ふかい。同じ院のかゝはりある桂と修學院に於て、修學院の林丘寺の雰圍氣が、たま〳〵私の深い感興をひいた記憶がある。林丘寺開山の緋宮は、四十五歳で剃髪され、その後尼僧としてさらに四十五年生きられた。ある秋の夕方この寺を訪れたことがある。門跡の老尼の美しい京言葉が印象にふかい。その夕、ほとんど夜になつてから、油火の燈をかざして拝んだ開山堂の緋宮の着色木像の美しさは、あやしいまでに思へた。白日光下に見るその木彫がどうであらうと、この燈火の中で見た美しさは、私にとつてかけがへのないものであつた。御食事を三度三度にさし上げ、朝の御手洗にも御化粧にも、日ごとかゝさず奉仕してをりますといふ老尼の話が、さらにあやしい情緒をかきたてた。

桃山城の再建は停滯狀態といふことであるが、過日賀茂大橋の上から鴨川をまへにした桃山城を遠望した時、この城がかつて京洛の景觀の上に作用したものをしみ〴〵と知らされた。地形上そこにあることによつて美しい城だつた。鴨川を中にした洛中を遠く南に俯瞰する眺望のかなめとさへ感じられた。豐太閤が京中に殘してゐる桃山の多くの遺構は中すに及ばず、今の京都文化の趣向や氣分、市井の住家調度の端々に、この日本の英雄は十分に生きてゐることである。二條の城も、外觀、內部、庭園、いづれも優秀で、京都に於てまづ第一に、誰彼にもよろこばれるものであらう。努力して意味をさぐらねばならぬといふものでなく、すなほにそのものの美しさに入りこめる。ここで野立の茶會でもひらけば、どんな初歩の手まへも見苦しくなく、野外の藝能はどんな拙いをどりでもなほ見るにたへるものとしてくれる、本來の意味で萬人のものといふべき建造物である。

京の多くの古い祭りの中で、懸絶してすばらしいのは、鞍馬の火祭りである。その規模の雄大さ、演出の巧妙さ、氣分の激しさ、雰圍氣のもの〳〵しさ、日本の藝術や藝能をほめたゝへるあらゆることばを集中しても私はなほものたりなく思ふ位である。その幽玄、妖艶、神祕、靜寂、激發、すべての美的觀念を集中してゐる大藝術、大演劇のやうなこの祭りの繪卷は、その雄大さと剛健さの一つに於ても、京都文化のたくましい背景を解くに足るものがある。京都文化の今を語り、さらに傳統や歴史を云はうとするものは、この祭りを見落してはならない。それを見おとすことによつて京都の强さたくましさの實感をのがすからである。この祭りは、鞍馬の地主の神と、新しく都とともに移つてこられた神との出會を主題としたものであつて、祭りの最高潮も、その出會にある。この出會の演出は、わが國のどんな演劇藝能にも劣らぬ見事な、靜かで激しい情景である。この最高潮がさつとひくと、次に神輿の渡御を中心としたさま〳〵の藝能がくりひろげられる。以前は二日にわたつたものを、近來一日に短縮した。この短縮は近代の人の好みにはあひ、成功と思はれる。その祭りの間中、鞍馬の町では路上に徑一間にも及ぶほどの大木の根を軒端までつみ重ね、終夜燃やしつゞける。そのかゞり火の數が盛時には百數十に及んだといふ。想像の外の大とんどが、今でも町内に數十ならべられる。さうして大小數々の神事用のたいまつが町内を終夜つぎ〳〵に動き、村人とその縁故者は手に手に手たいまつをさげて祭りに參加する。歩行者はすべてたいまつをふりかざすわけである。私は以前から多くの祭りを見、殊に火祭りを好む性、人後におちぬ方であるが、かつて二月堂の修二會、所謂お水取り行事を見て、本邦第一と考へたが、鞍馬の火祭りのまへにはいさぎよく、舊説を撤回したことである。ところで残念ながらこの祭りはここ何年間か中止されてゐる。中止の最大の理由は、祭りに參加すべき若者たちが、村を離れて勤め人になるものが多く、その人手不足にあるといふ。この火祭りの中止は私にとつては京の最大藝術を失つたやうにさびしく悲しい。尋常の無形文化財とか國寶などと呼ばれるものとは、類を絶した巨大な民衆の祭りの復活の、よき方法を思ひつく智慧者と、それを實現する本當の實力者の現れることを心から祈つてゐるのである。葵祭、祇園祭と、京の四季にはさま〴〵の名實にそむかぬ祭りがあるが、鞍馬の火祭りは、私にとつては、類を異にした大祭りである。それはわが民族のすばらしい活力と、ふかい藝術の天分を餘すところなくまざ〳〵と示すものだからである。

京都のさま〴〵の名所舊蹟、人文藝術の遺品と現物を數へあげて、最後の最後に於て、何が最も京都であらうか。ためらひなく私にいへるのは、それは御所であるといふ一言である。その美しさ、氣分と雰圍氣、それは京都の最高のものであるのみならず、日本の最高の美であらう。舊江戸城の皇居と異なり、わが京の都の御所には、一重の普通の塀の他に、何の防壁も關所もない。この無防備の王城は、世界に比類ないものともいはれた。この無防衛の王城は、國初めよりつねに國民結合の精神の中心として尊崇されてきたのである。この尊崇のこゝろが、無防備といふ事實の原因である。そしてその無防備はわが國がらを端的にあらはしてゐる。その上御所の美しさの原因である。京都の美の本山は今日に於ても、御所である。京都の人々が、數へきれぬ名所の數々、美しいものの數々をあげつゝ、つひにそのただ一つのものと問ひつめられていふところは、必ず御所である。それは日本人のあたりまへの審美觀のあらはれであり、それは日本に於ける大衆的であり、しかも秀れてゐる審美觀である。しかし一番あたりまへのことを、第一番にいへるといふことは、よほどに心すなほでなければ出來ない。しかしさういふことはさほどにも重要なことでもないとも思ふ。最後にいふ一言の方にも、尊く誠實な場合もまゝあるからである。美を求めることは、美につき當ることである。わが國の古い信仰、そして今も基本生活をする民間に生きてゐる信仰では、神々は先方から訪れてくるといふことになつてゐる。昭和三十七年七月

奈良てびき

藤原の宮が平城へ移つた元明天皇の御代から山城遷都までの間、年數にすれば八十年たらずである。しかもその期間のうちも奈良の都は必ずしも安定してゐなかつた。その甚だしい例が、聖武天皇の都移りである。天平十二年の恭仁宮造營、つゞく十五年の紫香樂宮造營、さらに翌年は難波宮を皇都と定めると詔されてゐる。「續日本紀」にしるされた紫香樂宮終焉の記事は、異常を越えて變妖を極め、文章そのものもわが文學史上の一白眉である。萬葉集後期を形成してゐる抒情と情緒の根柢に、この奈良京の背面をながれてゐた不安、その一つの例として、聖武天皇の都移りの原因をなしたもの、さらにさうしたもののかもし出す氣分を考へねばならぬだらう。しかしこの奈良朝の、天平時代と呼ばれる御代の文物は、國内の各地遍遠にまであまねく分布し、多數の古文書を殘してその證をなしてゐることも、後代との比較から云つて不思議なほどの事實である。

東大寺建立が平城京を安定させたとも考へられた。例の三寶の奴の詔のあつたのは天平勝寶元年四月一日で、その年の閏五月二十三日には、天皇藥師寺宮に移られ、こゝを行在所とし、同じ年七月二日皇女孝謙天皇に譲位されてゐる。後の院政に類した狀態であつて、しかも對外的には、女帝の事實をかくされたかの感があつたのは、何故であらうか。天皇が皇后と御ともに、行基を請じて受戒されたのはこの年の正月十四日、法名を勝滿と稱し給ふといふのも、いかなる大御心であらうか。この二月二日大僧正行基は入寂した。行基は民間に信仰のあつた修行の高僧である。東大寺の建立には、この行基の力によるところ多かつた。

聖武天皇の正しい御名の稱へは、天璽國押開豐櫻彥《あめしるしくにおしはるきとよさくらひこ》尊と奉る。かうした古神道風信仰の濃厚に感じられる御名の稱へは、欽明天皇の天國排開廣庭《あめくにおしはるきひろには》尊が近い時代の始りであつた。欽明天皇は磯城島金刺宮《しきしまのかなさしのみや》に御座した。金刺宮は今の櫻井市の式島《しきしま》といふ土地であつて、この「しきしま」が大和國全體のとなへとなつたことは、誰でも知つてゐることである。百濟が佛像と經卷を上つたのも、この磯城島の宮であつた。磯城島の金刺宮は、わが上代史の上では、最も濃厚に國際色をもつた最初の大都であつた。國內の開發もこの時代に增進した。以前からの三韓問題は緊迫の狀態を續けてゐた。この欽明天皇の外交政策についての遺詔が、後代に及んで、わが國策を決定してゐる。百濟をたすけ新羅をうて、といふ任那日本府復興の大方針は、天皇遺詔の國策として、誰人もこれにさからひ得ぬものとされた。物部氏の沒落、聖德太子の執政、蘇我氏の滅亡、大化改新の斷行といふ、上代の國家の變革と危局の期間を貫いて、つねに至上の大義名分となつたのがこの遺詔である。萬葉集や記紀の歌謠、あるひはさらに古い石造の造形にあらはれる感情は、かうした歷史の底に流れるものを源としてゐた。奈良の都がつくられる以前の文物と、奈良京の文物藝術をくらべあはせることは、近世三百年位、わが鄕土の史家文人の一つの努力だつた。それは所謂國學の勃興といひ、あるひはわが國の文藝復興といはれる時代に亙つて、わが考古家や文人風流者のすさびになつてゐた。これを學問と云はず、すさびごといひたいのは、古人の厖大な成果に對する感謝と自信によるのである。近代の西歐風の美術考古學、滅亡した異民族の優秀文物を發掘した心構へや手續きと、まことに異なるものがあつたからである。

周知の下河邊長流は大和の文人だつた。近世隱遁家列傳の筆頭にのせられてもふさはしいこの天才に著目したのは、さすがに水戶の義公であつた。長流の懶惰は、光圀の期待に應へなかつた。代つて難波にゐた契冲に、萬葉集釋義の大事業はふりむけられた。この事實がわが國の文藝復興の發端のあらすぢである。契冲は、友なる長流を敬重し、自身の一期の事業に、「代匠記」となづけてゐる。長流の代役として著したものにすぎないといふ意味である。このゆかしさが、わが國の近代の文學の生みの母胎となつたのである。家康以降、幕府が極力保護してきた官學からわが近世の學問が生れず、眞の學問は民間市井の間から生れた。これを市民的反抗といふ政治的觀點から重視するのでなく、生活から生れた發想の優位として解すべきである。和學國學の面のみならず、儒學に於てすら、文學と學問は、布衣の民間、市井の生活の發想にもとづいたものが、後の維新の開化の原因となり、又まことの學となつたのである。

しかし經歴を見ても、契沖は異常な天才であつた。室生寺で修行した若年のころに、一度は岩に頭をうちつけて自殺をはかつたといふ如きは、すぐれた小説作者のみのときうる祕密のやうである。長流は室生の近在、御杖村の人といはれてゐる。

この長流といふ人の存在で描いた大和文化の系譜を、遡つて追つてゆくことが、私にとつては、生きてゐる今の奈良文化觀につながるのである。萬葉集も、推古白鳳も、天平弘仁の文物も、我々にとつては、人と生活と、さらにおしなべての歴史と切りはなされた遺物ではない。もつとふるい古墳時代の造形が、今の手仕事に十分生きてゐるといふ事實は、ゆるがせにし得ない民族的事實ではあるが、それにならべて、この長流とか、戰國の世の高山の宗砌、山田の道安などいふ人々をつなぐ歴史の大筋が、私にとつては極めて大切な一つの系譜として大和上代文化觀もこの線上に形成されるのである。いづれもわが國の美術の歴史からはづし得ない人々である。

天平時代といふ奈良の都の文化雰圍氣が、專ら佛教的だつたと考へるのは、間違ひではないが、皮相である。もう少し別の、なまな、たくましく、あやしい信仰の、異様な雰圍氣が、その根柢にあつたはげしさに氣づいてほしい。もちろんそれには時代を少し遡つて、經過と變貌を考へねばならない。

欽明天皇の御名のことさらな古風さは、横溢してしまつた特異な信仰の一つの現れを象徵する時代的なものであつた。その原因は佛教といふ國際的なものでなく、もつと民族的な生命の生々しい土俗のものであつた。欽明天皇の遺詔が、そのものとしても巨大な神祕的な靈威力をふるふことを信じるやうな形の考へ方やうけとり方のなかで、有無なく歴史の流れにそつて、壬申の大變局に遭遇して了つたあとは、人心も多様に變化し、あげくのはてに、民族の悠久永遠の信仰をつよめる方に向ひ、そのための神々の呪力を信じ、かつ納得する傾向をとつた。人麻呂の壬申の時の高市皇子への挽歌は、この思想を現し萬葉集第一の長篇をなしてゐる。人麻呂の慟哭は、究極に於て國と民族の信の證を次々にうたひあげた。黒人の嗚咽のうたのとこしへの嘆きのかげにも、不滅の民族の悠久感があつた。我々が今日みても、これらの萬葉前期歌人の國の危機を支へた歌から、悠久な國と民の思ひを、かなしく切迫してうけとることが出來る。昇る月にかけて白鳳の歌人のうたつた、目のあたり見てきた何ごとによつてもくづれず、つひに亡びないものがこも〴〵歌はれた。巻向の山、倉椅の山など、車窓より見る旅人には、標高とるに足りぬ山々であらうが、こゝでなつかしい、時には苦しい、土俗のくらしを經驗した我々にとつては、ある時は、それは重厚の山として、畏怖の山として、我々の心にしづまつたものであつた。それは傳統的な祭りのま夜のさかりに、あるひは終りも知らぬひでりのつゞくころの雨乞ひのかゞり火に燃えて、山腹も山頂も火照つた初夜に、など〳〵といつた思ひ出は、民族の原始の、わが萬葉びとの永劫の嘆きを象る何ものかにぢかに通ふのである。

御名にふつと現れた奇異な信仰の實體は、壬申の役にあつてにはかに高揚されるのである。それが平安京の初期までつゞき、淡海公の子孫の一族が朝廷の權をほしいまゝにするに至つて止んだ。持統天皇の度重ねてくりかへされた吉野行幸といふ事實、後の院政末期の熊野御幸のみが匹敵するやうな、あの頻繁な行幸は、皇嗣についての祈願も目的の一つだつただらう。しかしその信仰の實體となつた吉野宮の濫觴は、神武東征、丹生津姫巡幸の系統の信仰につながるものをもつてゐた。吉野宮の所在について、私は森口奈良吉翁の小村《をむら》の丹生神社といふ考へ方にしたがふのである。それを宮瀧あたりに見たてた物見遊山じみた見方は、謬りのまゝに無數の人が犯してゐるところで、萬葉集の思ひの底は、かういふ輕々しい人々によつて全く誤解されるといふわけである。ひいては奈良文化の根柢に及んで、誤解とこじつけは際限もない。しかしわが先祖の古美術や古文學は、當世風美文の材料とされるだけのものとなつてはならぬのである。萬葉びとの聖地、寧樂《なら》びとにとつては、さらに心のふるさとともなつた飛鳥の神奈備《かんなび》について、私は誰からもきいた例のない、誰とも同調してゐない愚意の考へがある。寧樂の天平びとにとつて、神奈備といへば、飛鳥だつたのである。どこでも人の住んで村をなす地にある神奈備ではない、彼らの心の裡のたゞ一つの神奈備は、飛鳥の神奈備であつた。

　天平びとの心のふるさととして、さらに傳統と土俗から、何ともならぬ日常生活の端々に及ぶ信仰の最も神聖な現地として、私は飛鳥神奈備と吉野宮を考へる。それが萬葉集の成立の二つの大きい根源であり、天平の文物とさらに時代相のどうしやうもない根柢だつた。この見地から私は以前に飛鳥神奈備の祭神を考證したのである。つまりは萬葉集の根柢を見極めるといふ考へからだつた。その時の營みとして、私は近世の古典學の方法からはみ出さなかつたのである。近世古典學のとつた方法は、合理的な文獻學的なものであつた、それによつて我々の古典のすべての校訂がなされ、日本の文法の學問は成立した。私はその方法によつて、ある時期の飛鳥神奈備に、下照姫と丹生津姫が隣りあつて住まはれたといふ神話を見つけ出したのである。私は失はれた神話とこれをなづけた。私の樂しい遊びごとの一つである。丹生津姫のことは、わが美術史上に殘る作品にも見られる、高野山の地主の神として、高野に傳はる丹生津姫神像圖は、女性を描いた美術史上の傑作の一つであつた。美しく豐艶な王朝風女人像である。下照姫については、神話の中に前半生のことが現れてゐる。この出雲の神の一族の女性は、當時地上第一の美女であつた。高天原から國譲りの交渉に遣はされた天若日子《あめのわかひこ》は、彼女と婚して八年をへても天上へ歸らなかつた。天若日子は、天上からきた使者のきぎしなきめを射たかへり矢で身うせられ、その時下照姫の嘆き哭かせる聲は天にまでとゞいた。當時の神々の中で最も美しかつた女神は、人間世界に共通する悲劇の主人公として、悲しい生涯を經驗されたのである。私が前代の輝かしい古典學の方法論を忠實に守りつゝ、試みた考證では、飛鳥神奈備の主神は、この最も美しい、そして最も人間らしく、最も悲しかつた女神ときまつたのである。その考證の方法と記述は十年ほど以前しるしたことである。萬葉集の飛鳥神奈備の主神が、出雲の神々の中で最も美しい、しかも悲しい下照姫だつたといふことは、私の考へでは天平文物の最大根柢のやうに思へるのである。さうしてこの神が、持統天皇と申す、稀有の大女帝の皇都の守護神となられたといふことは、想像としても、小説としてもふさはしいと思はねばならない。丹生津姫が、この飛鳥神奈備の隣に御座した時があつたといふことは、丹生の祝《はふり》の傳へた古い丹生告門《のりと》の考證の結果として云へることである。折口博士はこの丹生の祝詞の文を丹生祝の作爲のやうに申されたが、柳田先生は、大方その内容を信じられた。その中に出てくる新嘗様式のしるしわけを、私は正確に第一級の古典と判斷し、この祝詞と後代の地誌を照合したのである。

天平の文物は、大女帝下の大文物であつた。持統天皇の大なる光被の下のものであつた。その持統天皇が度重なる吉野行幸に當り、今の丹生中社で行はれた上代の祭祀は、今日ではや、想像の外のもののやうに思ふ。折口博士は、天皇はたゞ水を求めてをられたのですと云はれたが、聖水を求めるといふことばのさきが、無限な意味をふくんでゐる。今の奈良に殘る最高最大の天平藝術である二月堂の修二會、所謂お水取行事にも外觀上の類似がある、むしろそれと一つの祭事である。

奈良佛教の遺品を考へる場合、一般的な海彼文藝學や、あるひは比較藝術學ではすましきれないものを私はもつてゐる。いな、むしろ、問題はそのさきと思はれた。二三の佛像を作品として扱ひ、ユダヤ文藝學的語彙をふりあててみても、所詮何の意味もないといふことを、これまでもいやといふほどに知らされてきたのである。大正の中期でさへ、まだ一貫した奈良美術史の手ごろのものがなかつた。佐々木恆清先生の「南京と西京」がさういふ形では小著ながらに先頭のものであつた。まだ若かつた小島貞三、足立源一郎、辰巳利文、この三氏共著の大和の本がそれにつゞいて出た。これに對蹠的なものが和辻哲郎博士の「古寺巡禮」である。この本は多くの亞流を作つた。今に於ても、大和と古美術といふ話になると、みなこの本の亞流のやうな氣がする。佐々木先生も小島翁も、その著述をたゞ案內記と云つた、謙虛なたてまへだつた。それらがどんな重要なことに夥しくふれてゐるかといふことは、今こゝで詳細にいふつもりもないが、いづれも人一人の生涯から生れ、さらに生涯をかける生き方を反映して出來たものである。

奈良の佛教的遺品さへ、單純に海彼文物の移入でなかつたのである。その感じは、私にはまざまざとわかる。そこにある畏い精神生活は、持統天皇の信仰の朝廷にたゞよふ畏怖から、奈良の女帝の宮廷に於ては、はや一段と妖しいものさへ感じられた。三月堂の喧傳する佛像のかげに、しづかにたゝずんでゐる諸佛諸天たちのあるもののかもす雰圍氣である。二月堂修二會の全行事が、かりに神道とよぶ固有の信仰を根幹とするものか、佛教の意匠の濃厚なものか、その判斷はいづれに片よつてもよいが、いづれ當時の國際的な藝能をあつめ、優秀な演出を完成した國際的綜合藝術であることには間違ひない。私はこれを古都最大の藝術とし、天平最大の文化遺品といふことにためらはない。華やかであるが、しばしば威嚴があつた、喧騷もある、はげしさ、たくましさ、また傍若無人ぶり、みなよいものだが、その上に威嚇をふくむことが、私につよく作用した。さういふことは決して正しいことでないからである。美しい藝術に、けがらはしい政治が顏を出してゐる感じだからである。この行事に、死の穢れを忌む風の強いといふことは、また奇異ときく人も多いだらう。無數の宮座の傳統を傳へてゐる大和の村々の古俗は、他國の人の知らないところである。

東大寺は普通の寺でなかつたのである。佛寺でありながら、こゝの僧侶は葬列に加はることなく、葬列の死骸は大佛殿前の通過を許されなかつた、神社なみである。修二會の行者である人々にも、死者の忌はことにきびしかつた。忌中のものの訪問をうけただけでも、練行僧の資格を失つたものだときいてゐる。寺内には誰人の墓所もなく、――たつた一つの例外については、かの俊乘房の勸進帳にまつはる傳説があるが、寺内の葬をあつかふために特別の寺をもつてゐた。聖武天皇につながる特別な極めて特殊な寺として、これに類似する例のないものであつた。

奈良の都の佛教は、平安朝の場合にくらべても、異常な信仰の狀態の上にのつた佛教であつた。その歷代の御名は、固有の信仰に立脚して、いかめしく神祕的な言靈の信仰を象徵する長々しいおん稱へだつた。萬葉びとが、殆ど佛教を讚へる歌をなさなかつた所以については、私は二十年も以前の若いころの著作の中でしるしたことがあつた。飛鳥淨御原宮の大女帝につゞく傳統の中で、奈良の女帝の相つゞいた宮廷には、名狀し難い强烈な神呪の信仰のたゞよふものがあつたのである。これが白鳳天平の文物の强烈な背景である。さういふものが、人間に於て最も强烈なものであることは、多くの人の知つてゐるところである。そしてこの雰圍氣が弘仁に於て純化される造形の前景となる。

舊東大寺大佛の鑄造は、天平十九年國中連公麿を總監督として、高市眞國、高市眞麿、柿本男玉その他數名の名が技術家としてあげられてゐる。かういふ巨大な鑄造をあへてする技術が、わが國のどこにいつからあつたのであらうか。それは當時に於て古今東西に比類ない科學工學上の大事業だつたのである。この以前の鑄造作品を見ると、今は飛鳥安居院に殘る所謂飛鳥大佛がある。飛鳥藤原の大寺塔堂の一切を奈良京へ運んだ後に殘されたものである。飛鳥大佛は推古の鑄造である。しかし意外にも、この作は固有の日本の造形感を多分にもつてゐる。法隆寺三尊よりはるかに固有造形の感覺をもつてゐるのである。それが飛鳥にのこされたのは、運搬の方法に困じたからであらうと考へられてきた。いま一つ、かの山田寺の本尊の三尊が殘された。さういふ時代から數十年もたたない日の大佛鑄造である。これより少しさきに出來たらしい、以前は帶解《おびとけ》のトドコロといつてゐた廢寺跡、出土の石造九輪について、鑄造技術の困難さから石にしたものと解釋されてゐる。帶解は奈良の南郊、在原業平ゆかりの故地で、その山村《やまむら》の圓照寺は、かつて後水尾院の皇女文智内親王のいましたところのゆゑに、奈良にはめづらしい後水尾院御好みの庭園がある。我々の知る明治大正の頃には伏見宮の文秀女王が門跡として常住され、上方の高雅な風流と文化の一つの中心となつてゐたのも、すでに古い時代のよき思ひ出となつた。人に追從して今の奈良の低俗化を嘆くまへに、私はすぎさつた時代と人の去來を考へてゐる。明治になつてからの春日神社の初代だつた水谷川忠起男爵にしても、その懶惰な大人ぶりは、古都の文明の中心をつよく支へるに足りる重厚さをもつてゐた。水谷川の家をついだ忠麿さんが、あのやうに早くなくなつたことは、すでに古都の墮落の一つの因となるやうにも思はれ、はやくもそのきざしにあつては、故人を思ふこと切なるものがある。

大佛鑄造の技術に驚異した私は、さらに天平の大佛殿を飾つた沓形の傳承にその驚きを深くする。沓形は支那風には鴟尾《しび》とよばれる。天平の大佛殿のそれは青銅に鍍金し、一箇の重量二百六十八貫と註されてゐる。天平の大佛殿は、高さ十五丈二尺八寸、間口二十八丈四尺二寸、奥行十六丈六尺六寸、それが約七尺の土壇の上に建つてゐたのである。二百六十八貫の沓形は、この屋根の棟の兩端に飾られて朝日夕陽に輝いた。今の鴟尾は木製塗裝である。

今日の小中學校の教師の中には、この大佛を指して、これは奴隷文化の遺物と教へてゐるものがある。今の大佛と大佛殿は、元祿寶永の頃に公慶上人の再建したものである。かつて大佛と大佛殿の建立は、勝寶感神聖武皇帝の大威力を以てしても尋常のわざでなかつたのである。しかるにその大佛殿は再度の兵火をうけた。第一回は後白河法皇が願主、源頼朝の懸命でかの俊乗房重源がその再建に當つた。徑五尺以上高さ百尺以上といふ大柱九十二本をたづねさがすことは、霸者頼朝の新興の威令をもつてしても容易でなかつた。柱一本の發見者には米一石といふ懸賞が附された。周防より運ぶ時、海を越えて木津川に運びあげ、木津から奈良まで二里の道をひくのに柱一本に牛百二十匹を要したといふ。しかしこの俊乗房勸進の時は天平の時より太い柱を用ひ、數も八本増してゐる。公慶上人は長さ三十尺内外の柱を接いで、中心柱の周圍には澤山の木材を入れて鐵輪でしめつけた。しかし公慶上人は、大佛殿の建立をまへに、大佛の再建をしてゐるのである。その修復の開眼供養は元祿五年三月八日から四月八日迄に營まれた。その時の供養の圖で、木版を紅彩した一幅を、私は珍藏してゐるのである。近世史を通じてこれほどの大勇猛心を發揮し、かつ成功した人はない。その非凡の努力を考へ、超人の意志を思ふ時、私は身のひきしまるものを味ふのである。八十の老齢となつた佐佐木信綱先生が、生涯の業として萬葉の全釋を發願された時、書齋の床にはつねに公慶上人大佛開眼供養圖をかゝげ、かつはわが志を勵ますと申されてゐたことが、身につまつてさもあるべきことのやうで、なほ先生の志のつよさ尊さにうたれたことであつた。

そも〳〵大佛の御難は、文德天皇の齋衡二年理由なくして首が顚落した。これを修繕した開眼供養は貞觀三年に行はれた。つぎは平重衡の燒打である。「御首《みぐし》は燒け落ちて大地にあり、御身は鎔《わ》きあひて山の如し」と平家物語はしるしてゐる。賴朝が特に鄭重に再建をはかつた。宋人陳和卿が主として修補の技術に當つてゐる。それから約三百七十年の後、松永三好の兵亂は大佛と大佛殿を灰燼となした。首はとけ、胸以上も大破損した。山田道安が木で首をつくり、これに銅板を張るといふ一時繕ひをした。道安は山田城主、戰國末期の大畫人の一人である。その大樣な畫風は室町の禪家風の水墨と別途の心境を描いた。この亂世の武將はゆーもらすな風懷をよく出した。しかし今の大和でその遺作を見る機會は私に今まで無かつた。近世に入つてからの大和の大畫人は、柳里恭である。畫も文も書き、近代初期の第一流であつた。先年その年祭りかに當り、故鄕の郡山と奈良とで遺作を集めて展覽したことがあつた。鄕里に殘る品數は多く、傑出の作の皆無に近いのは、さびしいことであつた。現代の大和が產んだかけがへのない藝術家である富本憲吉氏の場合にも同じ結果だらうと思はれる。柳里恭と富本氏との間には、高雅斬新な美しさで共通するものがあつた。奈良縣知事奥田良三氏は、よしんば柳里恭や富本さんといつた、中昔以後の人たちの美術館を作つても、奈良へくる人はよろこんでくれないだらうと、私に云つたことがある。今、奈良縣知事が、奈良の俗化を叱る世間の聲の風おもてに立たされた形である。

奈良の都の造營と同時に、飛鳥の寺々は大官大寺を始めとして、藥師寺元興寺と次々に新都へ移されていつた。殘つたのは飛鳥大佛と山田寺が疑問のものだつた。山田寺は今の櫻井市内にある。中ごろは御堂關白がこゝに參拜したこともあるほどに、七堂そなはつた榮華の大寺であつた。大化改新の最大の功臣の一人でありながら、悲劇の主人公となつた蘇我山田石川麿の菩提のため、天智天皇天武天皇兩帝の敕願になる大寺であつた。中昔興福寺が燒亡し、本尊を失つた時、僧兵大擧してこの山田寺をおそひ、その本尊脇侍を奪ひ去つたといふ記錄は、あまりにも突飛なので、史實のままに信じないものも少くなかつた。しかしそれが實證される時が來つた。興福寺金堂臺座の下から破損の佛體があらはれたとき、忽ちかけつけた故松田定一翁の思ひ出話はどんな小說も及ばぬ迫力と興味をそなへてゐた。松田氏は一風のある畸人だつた、「大和國神社神名帳」を殘して先年他界した。所在別に、大和の一切の社名とその祭神を列記したこの神名帳は、史書よりも興味つきない私の愛讀書の一つであつた。

今興福寺陳列場にある佛頭は、その山田寺の佛頭であつた。むかし小島翁は、史實を信じてゐた。史料は證された。今では誰でも山田寺佛頭として信じる。これこそ日本の鑄金佛中の第一等の作である。第一級の見地では、三井の法輪寺の虚空藏が、これに對比される。こちらは木彫であるが、前者のみづ〳〵しさに對し、この氣品の床しさは、まことにわが國最高造形である。猿石や石舞臺といつた飛鳥の石造物は、造形としては一段と固有のすばらしいものであつた。しかし奈良に於て第一等の美術品は、奈良より五里南に當る櫻井の山田寺より掠奪し來つた佛頭にきはまる。欽明天皇の都があつた櫻井、その式島の地は、歴史時代に入つた日本の國際的な最初の大帝都として國史上に位置する。磯城島の都はやがて磐余《いはれ》道を飛鳥淨御原へと移り、さらに奈良にいつた。櫻井より南西、飛鳥にゆく道は中ごろでは山田みちとなへたが、古は名もゆかしい國初のよび名の磐余《いはれ》みちとして、萬葉集にも歌はれてゐる。さらに櫻井より北へ、石上《いそのかみ》ふるあたりまでが、近ごろ人の遊心をしきりに誘つてゐる山《やま》ノ邊《べ》ノ道である。磐余みちより飛鳥に出、飛鳥のおくの手のみちと私がよんでゐる、飛鳥の丘の左手のみち、大内陵の下をゆくみちを中心に廣くに散在する石造遺品が、飛鳥の見どころである。飛鳥神奈備として私の考へるのは、この左手のみちの南の山なみ、他國の人が漠然ときめこんでゐる右の低い丘陵帯ではない。山ノ邊ノ道が、奈良の古都よりもなつかしく、近ごろのわが國の人々の心のふるさととなりつゝあることは、ものに對する思ひの深まりとして、私の心をよろこばせた。かういふ歴史の中で、奈良の都は今のことばでいへば、植民地のやうな形でつくられたのである。天平の造形、萬葉後期のさろん性いづれもさうした風情を示してゐる。けふの奈良の町が、あめりかぶりへと急降下の俗化をしてゐるといふ話を、私はことさらに問題にしたくないのである。

奈良といふ大和北端の地方は、人情も風景もうらさびてゐる。松さへ亭々とはそだたない佐保のあたりの岩山の土肌の薄い丘地を彷徨して、天平の詩情を空想する如きは、らちもない旅行者のせんちめんたりずむである。奈良の學藝大學の寺尾教授が、ある日、今の奈良で最もよいものを見せようといつて、奈良舊市の北郊、もとの監獄を眺望する所へつれていつてくれたことがあつた。荒涼とした丘陵の上の赤煉瓦造りは、落ちついた文明開化建築である。あたかも夕陽をかなたにして、そのありのまゝよりも一しほ荒亡の情をしめしてゐた。寺尾氏は美しいとくりかへして云つた。一通りにうべなひたいやうな情景であつた。歐洲でも獨逸あたりの邊土の風景繪葉書に見るやうな、なつかしい未開の通俗性にも缺けてゐなかつたのである。

奈良の俗化といふことが、心ある人心なき人の口論を賑はしたことは近いことであつた。雙方の云ひ分をきゝわけたわけでないが、頃日わが住みつく嵯峨野を一周してきて感じたことの方が俗化といふ上で危懼の感がしたのである。大佛さまを表看板にしてゐる奈良の町の俗化論は、東大寺わきの自動車みちの塵埃を問題にすることと別途に考へるべきではなからうか。春秋の好季に少しはなれて奈良を遠望してゐると、町並の地域の何倍かの廣さをつゝんで砂塵が濛々たちのぼつてゐる。一つ二つの道の有無の問題でないやうだ。以前奈良京都間の道が十分でなかつたころ、京からきた自動車で、今日奈良坂といつてゐる坂を上り下つて、大佛殿の大屋根がまづ眼につく景觀は、さすがに千二百年の舊都の眺めと、えも云はれぬものであつた。しかし鴟尾の輝きも今はあらかた衰へたやうに、空氣はうすにごつた感じである。奈良京都の街道では、一つの沿線看板も見當らず、木津川に沿ふあたりなど、美しい村々がつゞき、最も好ましい道の一つだつた。しかし今では、立看板は京都府が許さぬか、見當ることもないが、整備された道の沿線には調子はづれのぺんきぬりの建物が次々に現れた。作つた人は當世風の美しいもののつもりらしいので、いふすべもないことである。わが處世訓として、元祿の俳聖にあやかり、亂極つて治至るの心境を、百度も自身に云ひきかすべき季節かともおもはれる。奈良の市民が三笠山につけたむごい傷あとが、天地運行の力で少し癒され、緑におほはれかゝつたかと、かつて眼をそむけたあたりで、今は眼のやりばもない埃の空を見ることは、まことに心苦しいが、これも所詮すべないことであらう。周山街道筋の嵯峨野は今まさに危機の状態にあるが、その筋に心あれば、宇多野道の嵯峨野はまだ安定させる方法も十分にある。奈良はさういふ適當な地形でもないやうに思はれる。

　奈良公園がどの程度に俗化してゐるのか、近年の私はとみに御無沙汰がちでわからないのであるが、東向の電車の驛のだら／＼坂が、奈良公園や社寺の舊地へ入つてくるあめりか化を食ひとめてゐた期間は久しかつた。片方は三條通のはづれ猿澤池のなだら坂が、不思議に惡氣流を止めるやうな形だつた。しかしこの申し合せのやうな無形の境界線は、北圓堂を侵略した放送局《エヌエイッチケイ》の建物で破られたのである。古建築としても優秀な北圓堂は、殆どかへりみられることうすい遺構であつただけに、私には無慚な思ひをさせられたことであつた。しかしこの夏久しぶりで奈良の町を通ると、公園の入口、縣廳のあたりが一切にうちこぼたれてゐる。かつてあつた見事な土塀は姿を消してゐた。奈良の人は、天平白鳳などといふ時代の古さだけでもの考へたり大切にしたりする惡いくせがある。美しいもの、なつかしいものに對し、時代を越えて、今も古も一つだといふ愛情が足りてゐないのである。それは他國の人や、わが國の今の世に學藝家といふものの通弊にはちがひないが、奈良の市民には、それにしづかに對抗し、無關心といふ態度によつて、無關係を持續するていの、文明人の自負と自信が欲しかつたのである。きのふけふ造つた土塀にも、その無心のところに、天平のこころが、古よりけざやかに生きてゐる例でさへ、いくらもあることである。

縣廳を中心としたあたりの屋根の交錯は、少し北の小高い場所から見ると、何の誇張もなしに、國の眺め、奈良の誇りだつた。古い寺院の屋根と民家の屋根の重厚な配置は、どこで見られるものでもなかつたのである。しかしその中に二つの最も無慚な異物は、殘念ながら、公營の建物であつた。美しい平和な調和の中へ、無作法につき出された兇器の如く、それは忌むべき暴力といふものを、まざまざと具體的に示す實例標本であつた。公園の中へ、土地の交通會社がつくつた乗合自動車の待合が、數寄屋のふりをとりいれたりして、つゝましく萬全の顧慮をしたつもりで、却つて門前のみやげもの店より不調和であることは、責めたくない類のことだが、國立博物館が公園のまん中に建てた講堂のような小屋は、一體どういふせんすの產物であらうか。奈良の公園の中へは、平凡な傳統だけをいれるべきである。平凡といふことは、長い歳月と何代もの人生にわたる洗練の結果である。新規の試みは、もつと廣い未開の新地がいくらもあるからである。傳統でも新規でもない安易なものは、良心の教育によつて防ぐよりほかないのである。數寄屋風ならといふ考へ方は、墮落といふことを知らない人の善意である。東大寺門前のみやげもの店をとりはらひ、熱海風の町づくりをすることが、それが俗化の最終點である。新規な町づくりや所謂觀光設備といふ形式は、自衞といふ形の暴力のかまへを自然にひき出すやうなものをふくんでゐる。さういふ中で巷の暴力組の暴力の廢止を叫ぶのも、笑止といふほかない。軍隊を否認して、暴力の横行といふ現象を生んだ。奈良の町のみやげものの中で、修學旅行の子供の最も興味をひくものは、奈良の鍛冶を銘うつた小さい匕首の類だといつてゐる。

終戰後なくなつた奈良の古老藤田祥光翁の談である。翁の少年時だから大體明治の二十年代の初め、まだ猿澤池の池畔は萱などがしげり、目白とりをしたりしたものだつた。翁は奈良の古事の見聞を克明にしるし、その稿本を背丈ほどの高さにつんでゐた。この猿澤池畔を今のやうに開發したのはどういふいきさつがあつてかについてはきき得なかつた。奈良の俗化がいはれるにつけて、祥光翁が誌しとめなかつたことを、私は自身の觀點からとめておかうと思つたことである。私が知つてからのことである。多くの人が氣にもとめないこととなつたが、奈良公園の相當の範圍は、明治二十七年から二年間ほどの間に造營された人工公園である。今の博物館のあたり一面は、そのころはまだ田畑であつた。祥光翁はそこで田植してゐる百姓の姿をおぼえてゐると云つた。

奈良公園の造營者について私に教へられたのは岡本六二先生であつた。古い美術學校の出身で、早く大和の古い家をつぐはめになつて歸鄉し、その後中學の教師をされた。美について、傳統について、鄉土の歷史を見る心がまへについて、この先生によつて少年のわが眼はひらかれたのである。

この數十年ほどの間に、私の興味をもつたのは、本光明寺の平安初期風十一面觀音であつた。奈良の博物館で直觀した時、私はわけもなく、物語の佛だと感じたからであつた。しかし奈良の物知りたちも、この佛について、又本光明寺といふことについて何ごとも教へることが出來なかつた。たま〳〵月をへて、岡本先生を訪れた時、私はこの佛の話を始めたのである。私の物語の佛の主人公には、直感から業平を感じてゐたのである。その衣の濃紫色の匂ひが、何といふわけもなく、そんな幻想を生んだのかも知れない。私は物語の佛をさがし求めてゐたからであらう。しかしその時不思議だつたことは、この佛と寺名について先生の克明な說明をきいてゐると、正しく在原氏ゆかりの像だつたのである。そしてさらに私を喜ばせたのは、この佛像が初めあつたその本場所から次々に流轉されてゆく浮世の物語であつた。さらになつかしい話は、この佛が遠い以前に京の博物館へ旅立たれる時の、土地の人々の惜別のことばや行爲だつた。わが土俗の中に生きてゐる、佛と庶民のかゝはりあひについて、小說より面白い事實が次々に先生の口から出たことである。そのころ小學生として、旗をふつてこの佛の旅立ちを近在の驛まで見送つたといふ年配の人を、呼びよせて、その思ひ出をきかせて下さるほどに先生は親切だつた。私の物語の佛は、とりとめない直觀の幻想以上に、なつかしい小説を生の形で多分にもつてゐたのである。それは今も私の好いてゐる數少い佛の中の一つであるが、私は先生からうけたまはつた佛の經歷についてもまだ誌してゐないのである。

　奈良公園の基幹を造營した前部重厚翁の逸事も、先生に教へられたのである。棕盧前部重厚先生は幼名を吉次郎といつた、幼時より今の橿原市八木の鴻儒谷三山先生の門に學んだ。明治三十五六年の頃になくなられ齡七十前後だつただらうか、岡本先生の縁つゞきだつたが、正確なことはおぼえてゐない。岡本先生の子供のころにしばしばゆききもし、その風貌は大隈重信によく似てゐた。儒者ではあつたが、力あつて相撲を好んだ、書畫をよくし、遺作も少くない、思想上では陶淵明に傾倒してゐた、棕盧先生はかういふ人であつた。橿原市の小房《をふさ》に自宅があつて、その家に自身で庭をつくつた。五六百坪ほどの儒者好みのよい庭であつたさうだが、今はない。奈良公園の博物館あたりの松は棕盧先生が植ゑたもので、そのころ大和の國原（平坦部）から多くの老木を運ばせてゐた。南圓堂の前にある御茶所に起居し、毎日人力車を馳せて造園の監督指揮に當つてゐたさまを、さきの祥光翁もおぼえてゐるといつた。その當時は、まだ東大寺と興福寺との間に明瞭な境界があつたさうである。

　奈良で最大の藝術品は公園である。その造營について、あるひは造園上の批評にわたつて寡聞にして私は聞いた例がない。奈良公園は自然の公園ではなかつたのである。しかし奥山を巡り、春日の山々をつゝむ全貌からいへば、重厚先生が人力車を馳らせて造つた庭は、その一邊といふべきであらう。儒者だつた棕盧先生の造園の考へ方や思想は、近代の日本人のした大きい仕事の一つとして、ふりかへつてみる必要があるやうに私は思ふのである。近世以後に於ても、京の庭と大和の庭とでは、趣向に大きい差があつた。公園といふ仕事は、造園としてより、都市計畫に近い。これからも必要な仕事の一つである。こゝにわが近代の林學や造園學のどの系統にも屬さぬ前代の儒者が、わが國最大の庭、しかも世界にその名のひゞいた公園の設計者だつたといふ事實は、大佛を再建し大佛殿を建てた公慶上人の次に記憶にとどめておくべき、奈良のゆかりの大切な人物と思はれる。

我々の少年時代のなつかしい記憶の一つに問答師傳說がある。博物館の列品紹介から、傳問答師作の名札をとりはらはれてからでさへ、はるかな歲月がすぎた。美術品に對する扱ひから、土俗生活の要素をけづりとるといふことが純粹學術的といふことにふさふと考へてゐる人は、その反面で作者の純情の情緒を抹殺してゐる面に氣づかねばならない。誰でも知つてゐる興福寺阿修羅王像が傳問答師作の代表だつた。「興福寺濫觴記」には、法華滅罪寺の觀音が、光明皇后をもでるに作られたとも誌してゐる。多少神經質なかしこさうな眼ざしの作品が、どうしてがんだら人の作として分類されたのであらうか。しかし法華寺の觀音の傳說は、話が美しくてよいので、なくてはならないであらう。

奈良の町できづくことの一つは、これほどに古い町であつて、美しい古風な通りが一つもないといふことである。感じのある通りもなければ、ものがたい基本的な建築の町家の並びを見ることも出來ない。それは奈良の町のさびしさである。しかも一歩近郊の新市内の農村へ出ると、一つとして美しくない村とてないのである。村々の美しさでは、奈良の周圍の農村も、どこにくらべても少しも見劣りしない。奈良の影響をうけた南山城の農村やその農家は、京都府下では、他所よりすぐれてゐる位である。しかし奈良の町には、見るべき一つの町並もない。

いつのことだつたか、坂本万七氏のうつした藥師寺の寫眞帖の中で、かの三重の塔をかなたにして、こちらに兩三軒ほどの民家をおいた寫眞に感心したことがあつた。三重の塔の美しさに目をみはつたのではない、その民家の重厚素朴な堅實の美しさである。季節のゆゑか日射のせゐか、少しかすんで見える塔が、私には本質上でもかすんで見えたのである。輕い、次第に消えてゆく影のやうに思はれた。作者のいたづらとしてもすばらしいが、古から知つてゐる万七さんは篤實な作家、方今最も信頼できる寫眞家である。輕率ないたづらや皮肉に興味をもつ類の人でなく、他人をこけにして已を示すやうな輕薄者では勿論ない。作者の眼か、機械の眼か、いづれかがこの對蹠を正しくもとらへたのであらう。私は思ひ立つやうに奈良へ出かけた。かねて郡山の金魚も見、藥師寺のこゝと思ふあたりにゆくと、道は變り民家の手前には殘念な建物が出來てゐたのである。止むなくたま〳〵建ちあがつたばかりの唐招提寺の天平復古の山門へと廻つた。その建物を眺めたけれど、この時ばかりは再建の設計に木割の寸法の出しあやまりがあるのではないかと疑つたほどであつた。色彩がま新しいので氣分が出ないなどといふやうな不粋なことを思つてゐるのでない。ま新しい原色の彩色が、堂内の光線を影響し、それが内部にゐるものに如何にこゝろよいものかといふことは、この三十年間に亙つて、大和の各地の寺々で數限りなく實地に經驗してゐる。私が考へ込まされたのは、基本的な構造上の點で、各部の木材の寸法や手法にもわたるやうなものであつた。夕方であつたので、門番のゐない山内へ、くゝり戸から入つた時の庭の景觀はこの上もなかつた。案内してくれた土地の新聞記者が、晝間なら門内へ入るにも入場料をとると云つてゐた。この寺の前代の管長は珍重すべき人物とき き、高僧といはれてゐた。私の知らない人であるが、この寺のある電車の驛に案内の標札をたてることさへ許さなかつた。向ひの藥師寺と正反對のゆき方が、大和の人の話題となつたわけである。私はこの寺の古いころの案内人のおしやべりが好きであつた。社會科の本をよむやうな案内でない、標準語にすることの出來ないやうな、方言の世界で、その老婆は、美術や國寶を語らず、佛を人のやうに説明してゐた。昔の人は水とお粥だけのくらしで、このやうな立派な佛を作られたのだから、美食と贅澤をつくして仕事をされる今の人に、どうしてもつと立派なものが作れないのだらうかとその老婆はきいた。世間では、わが國人は粗食だから大文學が生れないと、相當の文士が信じてゐた。濃厚な肉食に努めたなら大文學が出來るといふ議論が、文藝論として堂々と月刊雑誌にのせられてゐたころである。生活上の變化は今日どういふ形であらはれただらうか。

しかし贅澤な仕事をしてゐた法隆寺壁畫の模寫は、その電氣座蒲團の不始末から、本物の壁畫を焼いて了つた。終戰につぐこの衝撃が、ぜねすとさわぎのさなかに國中を震撼させ、そのことは國の人心に反省とまではいかなくとも、ある種の靜觀の狀態をよみがへらせたやうでもあつた。しかしこの時最も悲劇的だつたのは、近來の名僧といはれた佐伯定胤管長のいた〳〵しい姿だつた。管長は戰前にも模寫が問題となつた時、或ひは取りはづし保存が唱へられたりした折、つねに極力執拗にまで反對されつゞけた。私はそのころから驥尾に附して同調しつゞけてきたので、その間の事情は十分知つてゐた。それにしても最も不幸だつたのは、老管長だつた。大和の人はこの火災について、そのさき神宮のために用意されてゐた遷宮の用材を、終戰の後に文部省が法隆寺修理の方へまはしたことが、聖德太子の御意に添はなかつたので、自ら燒却されたのだと云ふ理由を作つてゐた。皇大神宮の御憤りといふのでなく、太子が恐懼されたといふ云ひ方である。そのころ法隆寺修繕の募金のために、活動寫眞を作つて奈良縣下の中等學校を巡回し、その映畫を見せる代りに零細な寄附を生徒に割りあてゝゐた。その活動寫眞が、二箇所ほどで映寫中に火をふき出したやうなことがあつて、これもさきの太子の話にこじつけ、この話は面白がつて一層流布されたのである。

聖德太子の信仰は今なほ生々しいものがあつた。最も不幸なもの、苦惱にゐるもの、生業の罪障を擔つたもの、さういふ人々の苦惱や罪障は、みな太子が代つて擔はれるといふ太子誓願の信仰がつよく殘つてゐるからである。太子像はみな苦惱にみちた御顏として描かれるのはその重荷のせゐである。微笑の太子像は存在しないと云つた。法隆寺の年一度の大祭りである會式《ゑしき》は、さういふなりはひの人々の集合がかもし出す異樣のけはひのために、心得ぬものには異常に近づき難いものさへ感じられた。その法隆寺の追儺に參會したことがあつた。他の大寺の宣傳のとゞいた祭りより却つてよい感じのものだつた。かういふ雰圍氣の中になじんできたせゐか、私らは、寺と博物館の差別をはづすがよいといふ、當節の一見正しさうな輿論についてゆくには、多少ならぬためらひをもつのである。

古の美術品のゆたかさもさることながら、私は國民の代々の誠實なくらしがつくりあげた、民族の美や造形に共通するものを樂しみたい旅人である。さういふ點で奈良はまづしい町であつた。明治十年の行幸の時、奈良市内で絹の蒲團を集めたところ一枚もなかつたといふ嘘のやうな話が傳へられてゐる。これも祥光翁の直話である。その同じ時、橿原市今井が奈良の次の行在所となつたが、ここでは近在より集めて寺の本堂にうづ高くつみ上げた。しかしこの日西南反亂の急報が入つたので、忽ち行程變更され、集まつた品は使用されぬこととなつたので、人足の者らが一生の思ひ出だと、その蒲團の上にくるまりはしやいだ、祥光翁はさういつて、當時奈良の經濟界は不況がつゞき、あたかも絹蒲團に變る直前であしふみをしてゐる狀態だといつた。今日でも古代の文物にめぐまれた古都の、人のこゝろは日々にさびしいやうに思はれる。つい最近奈良の關信太郎翁が死んだ。奈良最後の名士の死にあふ思ひだつた。この舊家の主人は、風流の文化人であつた。その經歷の思ひ出話は、奈良の一番よい面の敍述だつた。大正時代の翁らの仲間は、今の奈良の有力者といふ中に見ぬ氣風の持主ばかりだつた。多くの畸人通人が、この溫厚無類な腰低の、いかにも大家の主らしい謙虛の人と集ひをなしてゐた。私はめづらしくもない奈良案內に、この最後の奈良の土着人の、その死を悼むことばを、冒頭にしようと思つたほどである。

前川佐美雄氏が闢翁を悼む文章の中で、二人でこもぐ〵奈良は厭なところだと語りあつたといふことを書いてゐる。しかし歌人である前川氏は南和忍海《おおしみ》の舊家の長子、母方の緣で奈良に移り三十年をへたといふ。闢翁の方は生えぬきの奈良びとである。多少ことばとこ、ろでは、感じに異同はあつたであらうが、兩者が同調するもつともさは、私にもわかる。

今では日本の心のふるさとに出あふためには、奈良から五里ほど南下せねばならない。その旅路の上つみちは、上街道と呼ばれ、上古は山ノ邊ノ道として聞えた。大正の初期には、なほ大和で最も文化と生活の高かつたこの街道が、今では最もうらぶれた道となつた。奈良縣知事が、先進地帶だつたために、今では却つておくれた形となつて了つた、この冬までには、とりあへず道を廣くして通すつもりと、この夏多武峯の宿で語つてゐた。設備と、のつてうるところも多いが、失ふものも必ずあるのが通常である。この上街道を中央で二つに別ち、南が山ノ邊ノ道である。南北朝と國が二分された時、この道も、二分されて山ノ邊ノ道以東と以南はあくまでも南朝宮方を奉じた。奈良へあめりかの情報官がきてゐたころ、當時鄉里にゐた私方へしばしば訪れてきたが、彼らはこの二分線を別の觀點から割り出し、北は封建的、南は民主的といつたのは、負うた子に教へられた感じだつた。

さて私の案内記が少しでも役立つなら、觀賞者の立場で、古代の文物を見てもらふ代りに、創造者の立場として見てもらひたい手引をと、考へた點であらうと思ふ。創造者とは自分の生命と、その現れである造形力を、自身で信じるものの謂である。ものを見て己の魂を太くすることは、創造のはたらきである。漠然と奈良大和を歩く人ですら、すでに奈良より南へ、國の古いこゝろ、國のふるさとを尋ねる方へと、旅程を自然にかへてゐるのが、近頃の一つの傾向である。東京讀賣新聞の杵木田記者のかいた、その意をふくめた旅案内の記事が、實に大きい作用をし、それにつゞく義宮の行啓が、さらにその氣運をたかめたと、地元では口をそろへて云つてゐた。新聞の大衆性もさりながら、やはり人の心に求めるものがあるからであらう。

紅葉衰ふ古き國原と歌つた、赤彦の慟哭調の詠嘆はさもあらばあれ、斑鳩あたり、古都も寺も塔もうね〳〵と一線にならび、頭をめぐらすと、二上にしづむ夕日は無氣味な位に大きく赤い、春の大和こそ、大和の景観である。暮れ遅い春の永日の日長さをかこつものうさのはてに、暮れはてた日に悔をのこすやうなけだるい感銘は、奈良を少し西へ、斑鳩や富の小川あたりで頂點に達する。そのあたりの小泉の石州の寺、慈光院が近ごろ人に好まれるのは、あのぶつきらぼうな座敷に寝ころんでながめた、大和の東の山なみの、ものういやうな眺めが、今の世の人の心にふさふ、いこひとなるのであらう。禪僧の作つた庭が、我意のぎり〳〵を示すのは、もつともなことかもしれないが、儒學好みの隠遁者流の趣向が、あなたまかせの他力主義なのは、なか〳〵に曲のある事實である。杜甫のいふ、徐ろに幽情を添へるといふ田園の自然風情は、庭の一草一木に眺められるものであつた。かういふ境涯をもう一歩すゝむと、これは陶淵明の風懷である。しかしそれを描き出す手近い造形の少いのは、多分、金持がありあまつた金をもちつゝ、あまりにも貧乏なくらししか出來ない皮肉に通じるものでなからうか。それは物惜しみのゆゑでない。美と幸福は多くの天與に、少しばかりの努力の結合したものだからである。しかし私は肉食大文學論の、近來文豪のひそみにならふつもりはない、外國の例にくらべたら、日本の貧しい金持が、なほ富裕者かもしれぬ。

しかし奈良はやはり美しい土地である。冬枯れ時の山々の松の色のやりきれなさを考へても、なほ奈良の自然や、その雰圍氣は美しい時が多い。田原みちの石佛のあたりは、むかしのまゝであらうか。近い紅葉谷でさへ谷川一つ越えると道もない山の相、もつと近い東大寺附近の裏の細道でもよい。しかしかういふ思ひは奈良を、天平を、そしてすべての人間生活を、最も薄つぺらな形で逃避した形ではなからうか。それよりももつとぢかに、白鳳の造形のもつやうな、さらに古い固有の石造物の造形が發散してゐるやうな、平安京にない形のどぎつい不逞なたくましさを、奈良の古都で見なければならない。小林剛氏が唐招提寺で、乾漆佛の基體だと認定した、木彫についての發見がある。最もすぐれた木彫を中につゝんで、冷たいまでにとりすましてゐる、整つた乾漆の中の、ひめられた造形と熱情は、もう少し露骨に語る機會があつてもよいと思ふことがある。數年前の小林さんのこの新説は、近年の私の心をゆさぶつたものの一つであつた。本當の美がかくされてゐることが、たのしいからである。春日大社、十輪院、などと數へると、奈良のよい所は、京都と趣を異にしてつきない。不退寺、海龍王寺と歩をうつし、さらに遠出して神童寺越えとうつるともう限りない。人と佛は生活で結びついてゐるのである。美術や國寶として存在する以前に、人と生活に結びついてゐた佛を、觀光の見世ものとする俗化の張本人は一體どこにゐたのであらうか。文化とか藝術とかといふ名稱をつけることなど問題でない、箱づめにされて博物館へ送られる佛がいたはしいと泣き、あとでそのためのたゝりに怖れたやうな氣風も、宮座のさかんな土地には、なほほんの少しだが、心のかげりをなすほどには殘つてゐるのである。あながち年齡のせゐではない、親の思ひは子につがれるものであつた。二千年三千年といふ一筋の歷史は、業のやうにつよい。はかり得ない。教はらず、學ばず、むしろ拒みつゞけてきたものが、一朝のめざめにわが身の內奧深くにかへつてゐるのに氣づくやうな例は、五十年といふ一代を限つても、決して數少い記憶ではなからう。無心の忘却よりも不幸な記憶ははるかに多かつた。菊の香に奈良の古き佛たちは、人を無心や淨土へと導く代りに、世々の不幸な記憶を、已れ一身の經歷と織りなして、その推古式微笑を試みてゐるやうにさへ見える。その微笑のかたちは、白鳳天平とへて、多少の變化と、大樣な變容を拒まなかつた。しかし天平の文物の美と心情の根柢に、執拗にとりついてゐるものは依然とつよく、飛鳥淨御原宮の大女帝の畏き心術からつながつてゐた。それが奈良の畏き女帝たちの宮廷の靈異の雰圍氣である。家持にあのやうな情緖の歌ひ方を教へた原動力は、傳來の文藝の中にも、海彼の思想にもなかつたと思はれる。この御三方の大女帝たちは、すべて蘇我山田石川麿の血統の女系であつた。

昭和三十七年八月

〈解説〉

保田與重郎と感情の回路

丹治恆次郎

保田與重郎には感情の回路がある。このことを、生前の姿や声、そしてその語りや著作に接して以来、私はつねに思いつづけてきた。感情に「回路」があるとは奇妙な言葉遣いだが、これはじつはフランスの画家アンリ・マティスが自作を語るときにつかった言葉である。眼前の特定の対象「たとえば風景やモデル」を眺めるだけではない。それを子細に観察し分析するだけでは、いくら眼や感性が鋭く技術や方法が優れていても充分な絵はできあがらないという。心のなかに感情の流れがあり、その流れが対象と出会う、あるいは対象がその流れを曳きよせる。このとき対象が真の機縁となる。この心の状態こそ肝要である。個別の対象に真正面に眼が出会って、そのときになって初めて感情なり情緒が真新しく生ずるのではない。感情には循環があり回路があるということ、そのようにして感情を喚起し情緒を育てること、このことの機微を画家は語ったのである。

フォーヴィスムの原初の色彩観から出発し、やがて独自の画論を形づくったこの画家の語ったことが、いま私に鋭い示唆をあたえる。認知の働きが深まり、感情がほとんど内的情緒と一体をなす。その感情の流れが人間の、現在の知覚作用や知識形成などの水面のずっと奥底で循環し、その水流が心の深いところで記憶を生かしているということの意味である。知覚がいかに鋭利で繊細多感であっても、この感情の在り方はそれとは次元を異にする。その別の次元とは時間である。情緒が記憶となり、それが循環することによって生命となる。感情は個々の対象に真摯に応ずるのだが、それに束縛されることがない。抒情の流れは特定の対象に固着しないのである。これが画家マティスの天衣無縫で、しかもきわめて知的な方法論なのであった。

おなじことが保田與重郎にあっても感じとれる。――私にとっては、いはばマティスのほうが後からやってきたのだ。――たしかに保田與重郎においては、危機的と私が覚えるほどの屈折がある。これが妖しい魔力として働くとさえいえる。しかし、いかなる形においても感情の固定という要素がない。心の奥では感情がつねに循環し、その豊かな抒情の水路をたどっている。このことが、とくに「長谷寺」や「山ノ邊の道」、「京あない」や「奈良てびき」では、はっきりと感じとれる。再読するごとに、いまさらのように私は強い感銘をうける。たんなる該博な知識による案内記でないことはいふまでもない。無知の啓発だけではなく（その要素もきわめて大きいが）、読書は強烈な衝撃ともなり啓示ともなる。大和の一連の古社寺や墳墓、その伝承や神話に纏わる地勢や歴史を語っても、それはその風土への執着の所産ではない。ことさらの顕彰でもない。保田與重郎が称える個々の土地や風物はかならず彼がいう象徴へと転化し、さらに宏遠なる空間への通路を拓くのである。その途上でまた別の風光があらわれる。そのような流れ、情緒への水路、感情の循環、祈念にも似た情感、これらは一時的感傷とはなんの関係もなく、またいかなる固定観念とも異なる。感情の流れが観念の捏造（感情の凝固・論理への執着）を去り逆方向にむかって大きく拡がるのである。

このことを証だてる一例だけを挙げよう。たとえば「長谷寺」（昭和四十年）では、こういう箇所がある。幼い日に見た初瀬の大鹿と「春日曼荼羅」との関係である。

初瀬谷の黑崎あたりに鹿や猪が出る話は、大正時代で一應終つたやうだつた。そのころ、三輪山から初瀨への山々を驅け廻つて最後の大鹿がゐた。その大鹿が、三輪山の東の山つゞき、慈恩寺といふ黑崎の西に當る部落の山上の落日の中に立つてゐる姿を、私は子供の日に見た記憶をながくもちつゞけてゐる。夕陽がまともに當る丘の、ほの暖い秋の日の夕焼の中で、村も家も川も山々もすべて紅紫に染り、この最後の大鹿は、角をふるつて、英雄のやうに頂上に立つてゐた。その雄姿は山より大きく天にとゞいてゐた。後で知つたことだが、これが私の見た「春日曼荼羅」の最高の原型だつた。

この幼年時代からほぼ十年がすぎる。少年となった保田與重郎は、あの神秘で華麗な宇宙の象形、幾重にも世界が層をなす「春日曼荼羅」の表現に初めて接する。そのとき幼年期の「現身の記憶に體がふるへた」という。私にとって重要なのは、それにつづく文章である。

しかしよく考へると、その以前の幼童のころ、何かのはずみで、寺詣の老人のお伴のついで、春日曼荼羅といふものを見てゐたかもしれない。そしてそれが大鹿に先行したかもしれない。私の家には、昔、天から降つてきたといふ春日曼荼羅があつて、それをお寺へ奉納し、その法要を近ごろまでは、たしかに寺でくりかへしてゐた。（中略）さういふものを幼童のころに見て、忘れて、しかも意識に潜在したかもしれぬ。しかし後年春日曼荼羅を見た時、私は初瀬山の大鹿の現身の記憶がよみがへつて、體のふるへたのをおぼえてゐる。それを思ふと、いまの心さへ妖しい。

これは大和三輪山の麓、櫻井の旧家に生を享けた特定個人の例外的体験ではない。およそ原理的にいって人間の記憶というものの在り方、感情の在り方なのである。しかもこの感情の回路は「春日曼荼羅」にとどまらない。保田與重郎は「大津皇子の像」(『戴冠詩人の御一人者』所収)を初めて見たときにも、彼が覚えた同様の感情と情緒の体験(在り方)を誌している。他の文章の底流にも一貫しているといってよい。

ではこの感情の回路をとおる流れはどこへ向かうのか。それはすべての人間がみずからへ問うべき問いである、といえばそれまでである。しかし感情を裁断する「近代」という課題がここにある。近代否定そのものを含み込む「近代」という課題である。保田與重郎には『ヱルテルは何故死んだか』(昭和十四年)という壮絶な近代論がある。彼においては、感情の回路はこの近代論をとおり抜けている。私は戦後『日本に祈る』(昭和二十五年)から保田與重郎を読みはじめたのである。だが、どこへ向かうかの問いについては、ここでもう一つの指標を挙げておこう。「京あない」の一節である。

龍安寺の石庭の石が、動かし得ぬものだなどといふことは安易な思ひ上りで、さういふ觀念を見物の學生にうゑつける教育を私は怖れてゐる。西山の農家へゆけば、石庭の原型はいくらもあつた。それは農家の日乾場であり、仕事場である。その石庭の石は、無數の用途をもつてゐた。力さへあれば動かしたいやうなものだ。龍安寺の石でも力あれば動かしうる筈で、無限に動かしてもよいし、無限にうつしうるといふところで、動かぬといふことを考へねばならない。（中略）庭に石一つ据ゑたなら誰でも不安定を感ずるにちがひない。石が安定してゐるかどうかの疑惑である。それを不動といひくるめて何になるかといふことである。不動の自信と自負は、我々の心の別のところにある。

「我々の心の別のところ」と保田與重郎はいう。それはどこなのか。いま私にいえることは、それが彼の若年にしてすでに準備された、ということだけである。

由來作家の精神とは、存在と意識といつた意味の對立を、如何なる哲學的又は生活的意味からも許容しがたいものであると私は考へてゐる。それらはもと觀念論哲學の考へた中心のカテゴリーに過ぎない。その意味で觀念論哲學と發生の地盤を等しくする藝術家のイデオロギーとなり得るかもしれないとは一應いへる。しかしかかるカテゴリーよりさきに観念論そのものの要請となつたものから、作家は出發せねばならないと思へる。唯物論の論理からでなく、唯物論の要請となり、前提となつたものからこそ、文學の出發はある。そこは論理の操作した世界でなく、論理がそのものの中にたくはへられてゐる世界である。かかる世界に於て作家に妥協の餘地は許されない。かかる宿命的な事實のまへに一人の淸らかな詩人の宿命が犧牲として求められたのである。

この文章は昭和八（一九三三）年に書かれた「淸らかな詩人――ヘルデルリーン覺え書」（『英雄と詩人』所収）のなかの一節である。当時保田與重郎は弱冠二十三歳。いま私が類縁性をみとめるベルクソンもフッサールも、ここでは一切引用していない。早熟の精神、保田與重郎独自の言語観表現観である。

自分の書いたものは、全部でせいぜい五冊くらいでよい、どうしてこんな簡単なことをいうのに言葉を多く費やさねばならぬのか、という意味のことを、保田與重郎はある夜私に語ったことがあった。右の引用文執筆から四十余年後のことである。「論理の操作した世界でなく、論理がそのものの中にたくはへられてゐる世界」――この言語未成の世界を言語でもって語ろうとするには幾千幾万語を費やしてもまだ足りぬであろう。だがそれはまた、きわめて困難なことながら、人間の心の奥底を流れる至極単純なことの自覚でもあるのだ。困難だというのは、多くの場合この「言語未成」と覚える世界さえ、秘めたる言語と制度をすでに纏っているからである。

私は若くして亡くなった三男保田直日君の知友として、友人高藤冬武とともに鳴瀧の身余堂をお訪ねすることたびたびであった。そのつどご母堂の典子夫人からは細やかなお心つかいをいただいた。そして身余堂の主からは、夜を徹してお話を聴くのであった。そのような一夜、求めて揮毫していただいた一つの歌がある。

けふもまたかくて昔となりならむわが山河よしづみけるかも

これは昭和十八(一九四三)年の保田與重郎の歌である。感情の流れとともに時も循環する。「しづむ」とは森羅万象が「静やか」になり、深く沈むことである。空間のなかだけでなく時間という大湖のなかに沈む。このときわたし「主体」はどう在るのか。在来の類型的批評のいうごとく、広大な宇宙を前にして「主体」は極小となり吸引され消滅するのか。運命への諦観、敗者の美学、自己滅却の思想なのか。それともシャーマンの魅惑的毒素なのか。転倒した自己復帰なのか。断じてそうではない。わたしの感情は「わが山河」の流れとなり、その山河が鎮む。神の霊をとどめて据えるのである。歌そのものがこの感情をあらわしている。

保田與重郎文庫　17　長谷寺／山ノ邊の道／京あない／奈良てびき

二〇〇一年七月八日　第一刷発行
二〇一八年十二月二五日　第二刷発行

著者　保田與重郎／発行者　中川栄次／発行所　株式会社新学社　〒六〇七―八五〇一　京都市山科区東野中井ノ上町一一―三九　TEL〇七五―五八一―六一六三
印刷＝東京印書館／編集協力＝風日舎

ISBN978-4-7868-0038-2